MW01527036

1658
L'éclipse du Roi-Soleil

Du même auteur
aux Éditions J'ai lu

LE SECRET DE CHAMPOLLION
N° 7922

L'INSOUMISE DU ROI-SOLEIL
N° 8289

LA PROPHÉTIE DE GOLGOTHA
N° 9032

1630, LA VENGEANCE DE RICHELIEU
N° 9199

Jean-Michel RIOU

1658
L'éclipse
du Roi-Soleil

ROMAN

J'AI LU

À C & A & V...
Les petites lettres de mon tendre alphabet.

Les vices entrent dans la composition des vertus, comme les poisons entrent dans la composition des remèdes.

François de La Rochefoucauld (1613-1680)

Avertissement

Se non è vero, è bene trovato[1]...

---
1. « Si ce n'est pas vrai, c'est bien trouvé... »

Paris, le 21 janvier 1680,

À Nicolas de La Reynie,
Le plus grand limier de Sa Majesté, Louis Le Quatorzième

Moi, Antoine Petitbois, je déclare avec solennité que le récit rapporté ci-après est la transcription scrupuleuse de la *Vérité*.

Ce mot – *Vérité* –, j'y reviendrai souvent. De ce fait, il me faut expliquer pourquoi je l'emploie et la promets à vous, Nicolas de La Reynie, officier de police de Sa Majesté Louis XIV.

Je sais qu'un limier de votre importance n'ignore rien de ma personne. Dans le secret d'un de vos tiroirs, au fond d'une armoire, il y a le récit détaillé de la vie d'Antoine Petitbois, espion du cardinal de Richelieu et de Mazarin. Quelque part, en marge d'un rapport, il est certainement fait mention de ma fidélité à mes anciens maîtres, et noté que j'ai toujours agi pour leur cause, sans chercher à tirer profit de mes fonctions. En somme, que je fus tel que vous, incorruptible aux vices ordinaires de la vie. Oui, je pense que nous pourrions être amis, comme les combattants d'une même cause, mais l'expérience et votre maudit métier vous soufflent d'observer avec défiance ce vieil espion, détenteur à coup sûr de secrets brûlants. À mon âge, pensez-vous – je dépasse les vénérables soixante-dix ans –, je devrais attendre la mort et, dans le court laps de temps qui m'en sépare, prier Dieu pour le salut de mon âme. En somme, me faire oublier.

❧

Aussi, que vous vaut de me voir apparaître ? La surprise que je ménage est-elle bonne ou mauvaise ? Me viendrait-il le genre de folie qui frappe les gens séniles ? Me voyez-vous courir dans les rues de Paris, braillant que je connais tout de l'histoire de cette couronne que vous protégez bec et ongles ? Ah ! le triste effet. Et quelle pénible fin pour ma personne ! Rassurez-vous, cher La Reynie, je suis sain de corps et d'esprit, et j'ai raison gardé. Ce qui sommeille dans ma tête n'est pas près de se réveiller. Ainsi, le Petitbois qui vous écrit est à l'égal de celui qui servit dans le passé. Comme vous, je suis toujours économe de mes mots et, plus encore, des vaines paroles. Dès lors je mesure votre surprise tandis que vous soupesez le volumineux précis que je vous ai adressé. Tant de pages et de lignes écrites d'une plume fébrile, au prix d'un effort insensé, d'une traite, je vous l'assure, de peur que mon souffle ne cesse, que mes yeux ne se ferment avant d'avoir achevé le récit que je me suis décidé à vous offrir. Que cache ce bavardage, cette curieuse audace ? S'agit-il d'un cadeau empoisonné ? Aurais-je oublié la mesure, la circonspection, la discrétion – ces règles intangibles qui s'imposent aux alliés de l'ombre ? Quelle nécessité, quelle urgence me force à rompre le jurement inextinguible de la loi du silence ? Oui, l'irruption subite d'Antoine Petitbois dans votre vie a de quoi ajouter du tracas à ce qui dévore vos heures : la traque de la fange, de la lie, du rebut de notre société – cet horrible commerce avec les fripons, les pendards, les charlatans, les empoisonneurs ! ces criminels de tout bord que vous poursuivez sans relâche.

Ce soir, vous espériez peut-être un répit, un instant de paix, quelques heures sans meurtre, sans complot, sans assassin, sans cri, sans violence... Hélas, je m'apprête à ajouter une croix au lourd fardeau que vous portez. Je sors de la retraite pour parler d'un sujet qui me hante et torture ma pauvre vieillesse. C'est une affaire de démon, de sang, de poison dont vous saisirez bientôt la gravité et les horreurs. Elle surgit du passé, de l'an 1658, d'une époque où Louis XIV, notre roi bien-aimé, était un jeune homme d'à peine vingt ans. Et je cite Sa Majesté, car il sera question de sa noble personne.

❧

À quoi sert de déterrer de méchants souvenirs ? La vie d'un roi, nous le savons, n'est-elle pas faite d'ombre et de lumière ? Faut-il donc obscurcir celle du Roi-Soleil, la ternir d'une *éclipse* ? Je le crains, cher confrère, car, tels les êtres maléfiques qu'aucun exploit humain ne peut éradiquer, ce dont j'ai été témoin en des temps éloignés est en train de resurgir. Une ombre, une noirceur, le diable revenant de l'enfer ? Je le devine en découvrant avec effroi ce que vous avez mis au jour dans l'affaire des Poisons[1].

Que vais-je ajouter à vos tracas ? Quelle confidence viendra se joindre aux terribles révélations qui souillent chaque jour davantage les intimes du roi ? Hier encore, Racine et Colbert étaient accusés à leur tour d'être liés à la populace des devineresses, et soupçonnés d'avoir usé de leur poudre à des fins meurtrières. Voici que le fleuve gronde, déborde. Et combien de temps pourra-t-on encore cacher à l'opinion que Mme Athénaïs de Montespan, favorite de Louis le Quatorzième, sera la prochaine désignée à l'opprobre de la Chambre ardente, ce tribunal pour sorcières dont on ne par-

---

1. Affaire qui toucha les plus grands personnages de l'État, accusés d'avoir usé du poison pour se débarrasser de leur entourage. De Colbert à la marquise de Montespan en passant par la Brinvilliers, la Cour fut éclaboussée par ce scandale.

vient plus à juguler le désir de probité, l'audace de dire, de juger, de trancher et dont l'élan foudroyant pour la *Vérité* finit par produire des effets aussi violents que ceux du poison ?

Quand s'achèvera donc cette hystérie de justice ? Car voilà que, désormais, tout est mis sur la place publique. Tout. Nous savons que nos ducs et nos marquises se sont accouplés avec des vestales à la nudité diabolique, esclaves sybarites de prêtres blasphémateurs à l'âme noire, adeptes de messes infernales où se mêlaient le sacrifice de nouveau-nés et le parjure d'une adoration absolue et sans retour pour le prince des ténèbres. Nous savons qu'ils ont bu ensemble la ciguë, abjuré leur foi, cédé à la passion du mal en échange d'opiacés et de philtres d'amour promettant de leur ouvrir les portes de Sodome. Qu'ils meurent ! Qu'on les oublie et qu'ils brûlent en enfer auprès de leur maître, Satan, dont ils sont les serviteurs.

Mais leur disparition ne suffira pas pour arrêter l'affaire.

Ces gens, dépouillés de morale, aveuglés par la haine, inspirés par les forces néfastes, ont aussi décidé d'entraîner dans leur chute les innocents. Ce troupeau galeux, guidé par Lucifer, vomit d'ignobles mensonges, accuse d'innocentes brebis d'être semblables à eux-mêmes, assassins et disciples de leur méthode, empoisonneurs à leur tour, sans qu'il y ait ni preuve ni autre raison que de souiller le nom d'illustres familles afin d'emporter ces âmes sincères dans la tombe du funeste pasteur. Tout s'effondre, le barrage cède, la bourrasque infernale entortille le bon grain et l'ivraie. Qui est innocent[1], qui est coupable ? Voici que le poi-

---

1. Ce fut le cas du maréchal de Luxembourg, surnommé le Tapissier de Notre-Dame pour avoir doré les voûtes de la cathédrale d'étendards pris à l'ennemi. Il fut sali, accusé, embastillé... avant d'être blanchi.

son, telle une matière visqueuse, souille aussi la *Vérité*. Plus votre enquête avance, cher La Reynie, plus l'eau boueuse trouble votre jugement. L'affaire des Poisons ressemble à un torrent incontrôlable. Hier, on accusait *je ne sais qui* d'avoir voulu tuer le roi en déposant dans un placet[1] qu'il s'apprêtait à lire un poison violent. Voudriez-vous arrêter la folie des hommes que vous ne le pourriez plus. Le scandale vous dépasse. Et la *Vérité* s'en ressent. Qui dit vrai, qui dit mal ? Qui faut-il accuser, qui faut-il épargner ? Le monde vous fuit, vous ment. Les accusés se parjurent. Et vous perdez pied. Oui, l'*éclipse* nous menace.

⚜

Voilà de quoi décourager le meilleur des hommes. Par Dieu ! Rien ne devrait accabler davantage son sort. Pourtant, c'est le moment que je choisis, quand on me croyait quasi mort, et sur le point d'être enterré, pour surgir et troubler votre vie tant occupée. Quel est donc mon sujet ? Son degré d'importance, son urgence ? En quoi sert-il les intérêts du premier officier de police de Sa Majesté ? Le croirez-vous si j'annonce que j'entends vous distraire de vos occupations sérieuses en portant à votre connaissance des faits anciens, oubliés ou ignorés, et sans liens apparents avec cette affaire des Poisons qui mine à elle seule toutes vos pensées ? J'avoue, qu'ainsi exposé, je risque fort de contrarier votre humeur. Votre temps est trop précieux pour en abuser à loisir. Le roi somme son agent. Il veut des nouvelles de son enquête, il réclame une avancée. Les courtisans se pressent à la porte, on exige une

---

1. Requête adressée au roi en personne que ses sujets pouvaient lui faire parvenir.

audience à propos des soupçons qui touchent Colbert. Trop d'urgences, de désordres à régler. Et je vous devine agacé, sur le point de détourner le regard, de m'oublier déjà. Attendez ! J'ai mieux à offrir pour retenir votre attention et, je l'espère, vous donner envie de lire la prose d'un vieillard. Feuilletez simplement, je vous prie, ce qui suit et je parie que vous serez grandement surpris par les lieux, les dates, les gens qui surgiront. Condé, Louis XIV, Mazarin. Et encore Marie Mancini, le fol amour de Louis-Dieudonné, ce roi si jeune... 1658... La guerre, l'écho de la Fronde... Rien ne vous vient ? Une date n'est pas suffisante pour susciter votre intérêt ? Ai-je mieux à offrir pour vous persuader de lâcher ce dossier, cette autre *affaire* qui assombrit votre existence ? Croyez-moi, j'ai plus intéressant que l'apothicaire filou et son empoisonneuse à qui, ce matin, j'en suis sûr, vous avez tenté d'arracher quelques confidences. J'ajoute que mon histoire risque fort de vous éclairer sur le rôle de certaines personnes empêtrées aujourd'hui justement dans l'affaire des Poisons. Prenez encore le temps de tourner quelques pages et vous découvrirez combien je parle de crimes, de sang, et surtout d'un empoisonnement d'une gravité formidable, liée à l'histoire même de notre royaume. Vous doutez ? Bien sûr ! Se peut-il que le plus grand limier de la Couronne ne sache rien d'un tel sujet ? Il existe une raison pour expliquer votre ignorance. Il s'agit d'un secret d'État dont Antoine Petitbois, l'espion de la Couronne, est le dernier témoin vivant.

❦

Une telle affirmation courtise l'arrogance et l'outrage. Au mieux, vous flairez la bravade destinée à exciter votre curiosité. Comment un vieillard, oublié du monde, réduit à une vie monacale, pourrait-il savoir ce que le premier policier du roi ignore ? Parce que nous n'étions que deux dans la confidence : Mazarin et votre conteur. Le cardinal est mort. Il faut bien admettre qu'il ne reste que moi. Un secret, pensez-vous, dont le roi lui-même n'aurait rien su ? Surtout pas, monsieur de La Reynie ! Et pour savoir pourquoi, il faudra me lire. Ah ! vous voilà soudain intéressé, guère loin d'être captivé, tenté par l'idée de jeter au moins un œil sur ce manuscrit. Ouvrez, je vous en prie. Lisez, je vous dis. Et vous comprendrez en quoi je peux vous être utile.

Bien sûr, l'histoire que je vous cède a un prix. Le limier devra choisir : enterrera-t-il à jamais ce qu'il va découvrir ou en usera-t-il à la façon d'un glaive justicier dans l'affaire des Poisons qui tourmente et enflamme le royaume ? En somme, je crains fort de vous placer dans l'embarras. Me lire, c'est devenir complice – un rôle étrange et nouveau, pour vous, le policier. C'est tout autre pour l'espion, croyez-moi. Sa vie est faite d'alliance avec l'ombre et les alcôves. Il sait et ne dit rien. Il n'en a pas le droit. Il reste à sa place. Se tait et oublie. Voici ce qui nous distingue. Vous ne pouvez cacher un crime, le laisser impuni. Si bien que vous venez d'apprendre ce pourquoi je vous glisse dans la confidence. Je vais vous parler d'assassinat et de poison afin que vous punissiez l'auteur. Le ferez-vous ? Oserez-vous ? Méfiez-vous de vous-même, Nicolas de La Reynie. Le projet est terriblement dangereux. Il pourrait mettre fin à votre ambition, peut-être à votre vie. En voulez-vous la preuve ? Moi-même, je n'ai rien fait. Je n'ai pas pu. Ni moi ni Mazarin. Et qui se situait déjà au-dessus du cardinal ?

À présent, je vous inquiète. Songez-vous à jeter au feu mes écrits ? Pour retenir votre geste, je répéterai que, malgré les années qui séparent les événements, il existe un lien entre mon affaire et celle qui vous ronge : le poison. Mordiou, l'appât est gros ! La prise le sera-t-elle ? Croyez-moi. Plus encore que vous le pensez. Mais sa valeur est élevée. En supporterez-vous les résultats ? J'ai moi-même payé dans le passé les effets d'une trop grande curiosité[1]. Je sais que la *Vérité* n'est pas toujours bonne à entendre. Aussi, je préviens. Il existera un avant et un après. M'ayant lu, vous ne pourrez regarder le roi et son entourage de la même façon. Alors vous devrez choisir entre agir ou fermer les yeux.

Et quoi qu'il en soit, vous regretterez votre choix.

Malgré ma mise en garde, franchirez-vous le Rubicon ? C'est l'espoir que je poursuis en m'adressant à un homme d'honneur. J'agis pour que triomphe cette *Vérité* que vous désirez tant. Voici pourquoi je romps le silence et vous livre un secret que j'avais juré de n'offrir qu'au néant.

Antoine Petitbois
L'espion de la Couronne

---

1. Voir, du même auteur, *1630. La vengeance de Richelieu*, éditions J'ai lu, n° 9199.

L'espion de la Couronne

Qui habet aures audiendi, audiat [1] ...

Volume II

1658
L'Éclipse du Roi-Soleil

---

1. « Que celui qui a des oreilles pour entendre, entende. »

Chapitre 1

La nouvelle me frappa comme la foudre. Louis XIV allait mourir. Et sans doute dès ce soir. C'était le 2 juillet de l'an 1658.

Je vivais à l'époque dans le quartier de l'université de Paris, non loin de la faculté de médecine de la rue de la Bûcherie. J'habitais précisément rue des Rats[1], dans l'espoir que la présence supposée de l'animal pesteux ferait fuir les curieux attirés par ce Quartier latin et sa gent estudiantine. J'aimais la tranquillité qui sied à l'espion, et déjà la solitude. J'avais choisi le juste milieu. Mêlé à la foule, mais sans m'y joindre, j'étais comme invisible. Un parmi des milliers.

Dans cette rue, il n'y avait pas plus de rats qu'ailleurs et moins d'agitation que rue Saint-Jacques, l'artère voisine, occupée nuit et jour par une jeunesse ébouriffée. Je logeais au premier étage d'une maison en pierre, propriété d'une matrone, veuve d'un sergent recruteur de l'armée royale. Ma chambre donnait sur un jardin parfumé aux quatre saisons car, sur ce lambeau de terre, la propriétaire cultivait des fruits et des racines qu'elle accommodait dans une grosse braisière. Cuisiner emplissait sa vie. Un ragoût, assurait-elle pendant que je tenais le rôle du

---

1. Aujourd'hui, rue de l'Hôtel-Colbert.

mirliton, n'offrait toutes ses saveurs qu'en échange de patientes attentions. Je touillais la mixture, je salais et goûtais sur son ordre, et j'écoutais pour la centième fois les histoires de campagne et de guerre de feu monsieur son mari. Ainsi, j'adoucissais la solitude de ma vie dans ce havre discret car, pour des raisons que j'expliquerai, je n'avais plus guère d'occasions de me frotter à la vie de l'espion.

❧

Ce 2 juillet 1658, ce jour si tragique, j'avais fui le bavardage de ma logeuse pour gagner le jardin du Luxembourg. Du moins, je m'y rendais encore posément sans imaginer un instant le bouleversement qui allait se produire. Je n'avais d'autres soucis que d'accompagner le jour et pour seule occupation de le consommer agréablement. Mais je restais un espion et par habitude, je gardais un œil sur tout. Et, plus encore, j'ouvrais grandes les oreilles.

N'eût été le tapage des élèves de l'université qui rejoignaient leur faculté, le calme régnait sur les premières heures du jour. Je me laissais porter par le mouvement, faisant mine d'ignorer leur joyeux désordre. Grâce à cette indifférence, je n'existais pas. Je n'étais qu'un passant – et c'était ce que je réclamais : fondre mon infime personne dans les ombres naissantes d'un mardi d'été. Les étudiants aimaient eux la lumière et je leur cédais volontiers la place. C'était à celui qui donnerait le plus de la voix, versifiant en grec, ânonnant Virgile et Socrate, paradant en toge noire et portant fièrement l'éminent bonnet de chaque école. Celui, carré, de la médecine, tenait un rôle particulier dans le cortège. La tête sur laquelle trônait ce trophée ne s'agitait pas, ne ballottait pas non plus, allant à l'égale mesure du pas de sénateur romain auquel se forçait son auguste propriétaire.

Par tradition, l'enseignement complexe de la science médicale interdisait de céder à la moindre fantaisie. Pour quelle raison ? Lutter contre la mort, alléger la peine et la misère du malade était comme se mesurer au Créateur. Et une œuvre d'une telle importance ordonnait à ses serviteurs d'afficher en toutes occasions un air de gravité. La règle ne souffrait aucune exception. Être docte forçait-il cependant à se montrer hautain ? Il fallait chercher l'explication dans la méthode de l'instruction car, pour combattre les caprices de la maladie, la Faculté professait plus le latin et les effets de manche que les mystères du corps et le secret de l'anatomie. Réciter les préceptes d'Hippocrate et décliner, yeux fermés, *purgandi, taillandi, coupandi, seignandi, perçandi*[1], voilà qui donnait droit à cette *sommité* d'orner sa tête d'une couronne de lauriers. Et d'afficher une belle pédanterie.

Molière avait déjà écrit[2] d'amusantes comédies qui mettaient en doute le savoir du médecin parisien. On glosait sur le métier, sa cupidité, on moquait son jargon, mais pour discourir avec honnêteté, il était tout aussi vrai qu'à la moindre indisposition Argan envoyait chercher Diafoirus et subissait sans broncher la saignée du barbier[3]. Je n'aimais pas la prétention de ces savants-là, pontifiant les jours de cérémonie dans leur tenue rouge fourrée d'hermine. Ma robuste santé (Dieu m'avait fait ce don, m'offrant en retour une taille petite) n'expliquait pas à elle seule ma méfiance. J'avais partagé les déboires qu'avait fait subir la faculté de Paris à Théophraste Renaudot, mon cher ami. Comme il en sera longuement question, je n'expliquerai pas encore les tenants et abou-

---

1. « Purger, tailler, couper, saigner, percer ». Un latin très approximatif emprunté au génie de Molière…
2. *Le Médecin volant*, en 1645. *Le Médecin amoureux*, en 1658.
3. Allusion à la dernière pièce de Molière, *Le Malade imaginaire*.

tissants de cette cruelle affaire. Il suffira d'écrire que les ignobles attaques que subit ce remarquable homme de science assombrirent ses dernières années. Sa mort remontait à l'an 1653. Je ne m'en remettais pas, et l'âge n'arrangeait rien. J'avais cinquante ans, une ancienneté que d'aucuns jugeaient canonique. J'allais vers la fin, résigné, ressassant le souvenir de mes belles années. Et ce jour devait être semblable à la veille, quand j'entendis ce bruit plus formidable que le tonnerre. Louis XIV mourait. Et lui n'avait que vingt ans.

⚜

La rue a ceci de remarquable. On y apprend souvent ce que les puissants ignorent encore. Comment expliquer que le bon peuple sache tout, y compris ce que l'on tente de lui cacher ? Eh bien ! C'est que l'air de la rue contient plus que du vent et, dans le brouhaha de tapages, de racontars qui l'encombre, la *Vérité* surnage toujours. Il faut, pour la saisir, oublier la gouaille des mégères qui se battent dans l'espoir d'extorquer un bon prix au marchand et s'ôter de la cervelle l'inutile qui embrouille l'ouïe et étouffe l'essentiel. Au premier indice, au signe qui ne trompe pas, oublier la foule et, sans y paraître, repérer le phraseur qui se croit protégé par la cacophonie, s'en approcher, se fondre dans ses pas, s'éloigner parfois par crainte d'être repéré. Puis revenir à lui prudemment, marcher çà et là, saisir un son, un autre, une note échappée de sa partition. C'est une danse dont la musique sont les mots qui se conjuguent jusqu'à former un refrain mélodieux. Manque-t-il le point d'orgue – un nom, une date, par exemple, dans le cas d'un complot ? Il viendra. C'est une question de patience et d'attention. Dans mon cas, il a suffi du hasard, d'entendre *Louis XIV*, volant au-dessus de la mêlée pour ne plus lâcher ma proie. La faveur d'un indice de cette importance, de celui qui éveilla mon attention, me fut offerte lors d'un esclandre entre une commère et un boucher. L'une et l'autre discutaient de la maigreur d'un poulet. Entre eux, le ton monta. Une voix passa à leur côté et brailla pour se faire entendre de celui à qui elle s'adressait. *Louis XIV* ! J'étais là. Par jeu, par habitude, je me suis intéressé. *Douleur*, a surgi. La mécanique de l'espion se remit en route. Et chez moi, rien n'était rouillé.

La gouaille d'un mercier ambulant vantant à tue-tête la cherté d'un pendentif prétendument argenté (perse de surcroît) vint encore à mon aide. Chemin faisant, j'ai saisi patiemment chaque mot et les ai réunis. En atteignant la place de la Sorbonne, le tout donnait ceci : *Sa Majesté guerroyait l'Espagnol, non loin de Dunkerque. Elle paradait à cheval – un blanc pour que les siens La reconnaissent et L'acclament. Soudain Elle s'était arrêtée et, posant un pied à terre, murmura qu'on La porte sous un arbre. Elle gémit que dans Sa tête résonnait une immense douleur. Ce furent Ses dernières paroles. Elle perdait Ses forces, Ses mains tremblaient. La fièvre venant, on L'installa sur un lit de fortune et on La fit porter à Calais. Là, Elle s'était assoupie. Longtemps. Trop. Elle ne se réveillait plus.*

Et j'assure que pas un détail de ce compte rendu n'était faux.

❧

Quels êtres pouvaient être assez balourds pour livrer à l'encan des faits aussi graves ? Devais-je y croire ? Malgré la prudence qui me soufflait de rester à l'écart, je m'approchai des bavards qui tenaient assemblée sur la santé du roi : trois bonnets carrés, exaltés par leur sujet, indifférents au monde qui les entourait – et au petit bonhomme qui se glissait à leur suite. Trois élèves de la faculté de médecine, décontenancés par l'énigme qui entourait l'inquiétant malaise de Sa Majesté, trois carabins par qui j'avais également appris que le Premier médecin du roi, Antoine Vallot, était lui-même autant désarçonné.

Depuis deux nuits, racontaient-ils, l'illustre Vallot se heurtait au mystère d'un mal foudroyant et s'avouait paralysé par l'immensité de sa tâche. Pouvait-il triompher de la mort ? Le ton dont usaient les jeunes imprudents me convainquit qu'eux-mêmes en doutaient. Vallot avait procédé à de multiples lavements et, en désespoir de cause, tiré d'un bras désormais inerte trois grandes poêlettes de sang. Après ces interventions, la situation n'avait fait qu'empirer et l'on craignait une progression de l'infection dans la région des lombes[1]. Selon les dernières nouvelles qui remontaient à la veille, le roi ne sortait plus de ses rêveries, son pouls battait irrégulièrement, faiblement. Son corps demeurait dans un étrange état de froideur. Alors, un carabin ôta son bonnet pour évoquer tristement l'extrême-onction. Sa robe noire de bachelier n'arrangeait rien. Ses compagnons se signèrent. Et aucun ne lui reprocha son audace. Grave ? Ce n'était plus assez, toujours selon Vallot qui avait alerté la Faculté afin qu'on vienne à son secours. La suite relevait de sots bavardages murmurés rue de la Bûcherie[2]. Voici donc comment ils avaient découvert la situation. Et en dépit d'un serment qui les obligeait au silence, se taire leur était impossible. Mais pouvait-on reprocher à ces jeunes de se libérer de leur poids, au mépris de toute prudence ?

— Le roi a peut-être été empoisonné…

L'un d'eux avait parlé assez fort pour qu'un sourd entende.

— Dieu ! répondit un collègue, j'y pensais. Une bile jaune, des humeurs maussades, un souffle court, une

_____
1. Les reins.
2. À l'époque, siège de la faculté de médecine de Paris.

paralysie des membres... Voilà qui rappelle les effets de l'antimoine...

— Silence ! souffla le plus âgé entre ses dents. Ce n'est pas ici qu'il faut discourir.

Il jeta un regard circulaire sans s'arrêter sur moi. En un éclair, je vis son teint blanc, ce visage marqué par la peur. L'instant suivant, je me noyais dans la foule, l'esprit hanté par l'hypothèse de l'apprenti médecin. *Antimoine...* Ce mot seul résumait les terribles difficultés auxquelles avait fait face Théophraste Renaudot. Je connaissais la haine de la Faculté pour ce remède et l'accusation diabolique qui l'accompagnait. Vérité ou mensonge, je n'avais pas d'avis. En revanche, un homme pouvait me dire si cet expédient avait pu empoisonner le roi. Et cela m'obligeait à renouer avec la vie passée.

À mon âge, était-il sensé de reprendre les habits de l'espion ? Oubliant la voix qui me soufflait de me méfier de moi-même, je filai d'un pas vif vers la Seine, me forçant à croire à une aventure pour en avoir manqué depuis trop longtemps. Et, sans me douter de rien, je courais vers la plus incroyable de ma vie.

Chapitre 2

La maison du Grand-Coq, rue de la Calandre, dans le quartier de la Cité, n'avait pas changé d'allure depuis la disparition de l'illustre maître des lieux. Combien avais-je frappé à cette porte, le souffle court, l'esprit agité par toutes sortes de raisons pressantes ? La première fois remontait à l'an 1630. Je n'avais guère plus de vingt ans. J'étais emporté, inconscient et très ignorant du métier d'espion qui, dès le premier jour, m'obligeait à déchiffrer un rébus rédigé en latin dans lequel se cachait le secret de la plus grande conjuration du siècle tournée contre la Couronne. C'est pourquoi Richelieu lui-même m'avait poussé à me rendre dans cette maison afin de consulter un savant, humaniste, expert de l'écriture et des arts de l'imprimerie, génie de la chimie et, plus encore, une âme charitable versée dans l'aide aux nécessiteux[1]. Ce Gazetier, puisqu'on appelait ainsi l'inventeur du journal *La Gazette*, ce médecin puisqu'il faut y venir, n'était autre que le stupéfiant Théophraste Renaudot.

Nous nous étions connus lors de cette affaire ayant trait à la Nouvelle-France et dont je parlerai peu, étant lié par un serment qui me force encore au silence. Il suffit d'apprendre qu'une amitié sincère et indéfectible

---

1. Voir *1630. La vengeance de Richelieu, op. cit.*

naquit sur-le-champ. Nous devînmes les deux bras, les deux frères d'une même cause, celle du cardinal de Richelieu, ministre principal de Louis XIII. Combien de chausse-trappes insurmontables avons-nous pu déjouer grâce à l'intelligence du grand Théophraste ! Rien ne nous arrêtait : voler à Marie de Médicis un secret caché dans ses appartements privés, tromper aussi honteusement son jeune fils, Gaston d'Orléans, pour pénétrer dans son château de Blois, fuir sans encombre d'une prison de Londres tandis que les sbires des Anglais étaient à nos trousses ! Et rire des embûches dont nous triomphions, forçant à chaque occasion un peu plus le destin. Ma vie se confondait avec ces moments piquants, même si la main tremblait, que le front se couvrait de sueur, que le ventre se nouait de peur quand soudain, au cœur d'une nuit blafarde, pressé de rallier le Louvre où veillaient le Cardinal et Renaudot, impatients de savoir ce que je rapportais de ma traque, j'entendais dans mon dos la course du spadassin et le cliquetis de son épée pressée de s'enfoncer dans le flanc de sa victime… Et combien il était bon, quand cette folie cessait, de rendre grâce à Dieu d'avoir veillé sur nos âmes audacieuses ! En ces temps, quand la fin se voulait heureuse, ma récompense tenait entièrement dans le plaisir de rejoindre le havre de la maison à l'enseigne du Grand-Coq. Nous y revivions l'aventure, la recomposions, l'enluminions d'imprévus et moquions nos ennemis en nous laissant gagner par le doux nectar du vin d'Anjou que mon cher ami s'attachait à faire venir de Loudun, sa ville natale.

— Saviez-vous que le marquis de Cinq-Mars a décidé de mener sa fronde personnelle contre le cardinal de Richelieu[1] ?

---

1. Allusion au complot ourdi par Cinq-Mars et Gaston d'Orléans, le propre frère de Louis XIII, contre Richelieu. Cinq-Mars avait imaginé l'assassinat du Cardinal avec le soutien des Espagnols. Il fut trahi par une lettre qu'on lui *subtilisa*. Et finit décapité.

Sitôt installé, Théophraste songeait déjà à repartir en guerre…

— Au moins, soupirais-je, me direz-vous comment vous l'avez appris ?

Le Gazetier, inventeur de la presse, homme le mieux informé de Paris (après le Cardinal), se penchait en avant jusqu'à entrer dans la lumière de la chandelle et me montrait son nez camus :

— L'affaire vous tenterait-elle ? débutait-il en me fixant de son œil malicieux. Parfait. Eh bien, j'ai entendu le mot complot, ce matin, dans les couloirs des Tuileries…

Et pour rien au monde, je n'aurais songé à l'interrompre.

❧

Que Théophraste manquait ! À moi et à la Couronne. Dans une affaire comme celle qui me poussait vers la maison du Grand-Coq, le 2 juillet 1658, il eût suffi que je me présente, demande à le voir, qu'on s'installe dans son bureau pour étudier attentivement chaque parole des carabins. Sans doute aurait-il apaisé mon furieux penchant pour les causes vaines en m'assurant que tout cela n'était que fariboles…

— Sinon, notre cher cardinal de Richelieu n'aurait pas hésité à nous faire mander sur-le-champ…

Il s'agissait d'une époque révolue, d'un temps où la *familia*[1] de Son Éminence se réunissait au premier appel, prête à offrir sa vie. Qu'en restait-il ? Des ombres, des morts, quelques esprits grincheux, remâchant le passé. Plus rien n'était comme avant. Mazarin avait ses propres opinions, ses hommes à lui, et, en dépit de mon allégeance à cet homme ainsi que

---

1. Référence à l'esprit de corps créé par Richelieu et réunissant ses fidèles.

Richelieu l'avait exigé, une sorte de méfiance s'était instaurée entre le conseiller de Louis XIV et ma personne. Peu à peu, les liens s'étaient délités. Je fréquentais de moins en moins le palais du Louvre et ne m'y rendais plus guère pour faire entendre à Mazarin mon opinion sur les échos recueillis à Paris. À quoi bon ? Je n'obtenais en retour que peu d'attention, pas un *satisfecit* – et moins encore de confidences.

J'avais fini par me juger inutile, imaginant même que Mazarin avait combiné cette sorte d'indifférence pour que je comprenne ainsi que je devais me détacher de lui. Les audiences s'étant espacées, je décidai alors – quelques mois avant ce jour de juillet – de proposer au ministre de les suspendre, arguant de son temps précieux, du faible intérêt des sujets que je lui présentais, de l'inutilité d'y consacrer plus d'importance. J'espérais, je l'avoue, qu'il oppose son refus. Je voulais entendre que j'étais encore nécessaire à la Couronne.

Mazarin n'avait montré aucune émotion :

— C'est mieux ainsi. Mais je vous recevrai au premier appel.

Il ne s'engageait à rien. Et qu'aurais-je eu à lui apprendre ?

Puis il s'était forcé à se montrer complaisant :

— Au nom du roi, je vous remercie pour la fidélité que vous lui avez offerte en toute occasion.

J'ai songé qu'un vieux curé prononcerait ce genre de mots le jour de ma mort. *Loyauté, dévotion, respect, grande honnêteté…* La messe était dite. Mazarin s'est levé. Il m'a salué, et c'était un adieu.

⚜

Ruminant sur le passé et cédant à la nostalgie qui amoindrit le cœur et l'esprit, mes pas m'avaient conduit à destination. La porte de la maison du

Grand-Coq était grande ouverte et, en cela, rien n'avait changé depuis le temps de Théophraste.

Dehors, une foule se pressait pour consulter un tableau noirci de mille annonces utiles à la vie quotidienne. Voulait-on acheter ou vendre, emprunter, se loger ? Tout se marchandait ici, rue de la Calandre. Et tandis que les uns lisaient à haute voix, d'autres, fort nombreux, les écoutaient avec attention :

— M. Henry de Bonneville, demeurant dans le quartier du Marais, recherche un domestique zélé offrant de belles références.

— Mordiou ! Donne-moi son adresse, hurla un sacré gaillard que j'imaginais mieux comme charretier.

— Face au cloître des Billettes[1], lui répondit le lecteur, grimpé sur un tabouret pour que tous le voient.

Trois hommes dont un chauve filèrent subrepticement, sans doute afin de se présenter les premiers.

— Y a-t-il un logement à louer ? se manifesta une jeune et jolie femme blonde, serrant dans ses bras un nourrisson aux joues rouges et aux cheveux frisés.

— Une chambre dans les vignes de Montmartre, lui répondit-on sur-le-champ. Mais je doute qu'elle soit meublée.

— Quelqu'un te prêtera son lit ! railla un fripon en reluquant la belle. Et peut-être son or...

— Voici un bourgeois qui n'en manque pas, lança un inconnu qui s'était avancé pour consulter le tableau. Ce grigou consent à donner un louis ou plus... à condition de rembourser le double dans l'année.

— L'usurier ! cracha une rombière noyée dans la masse.

— Bon, reprit un autre lecteur en approchant des lunettes de son nez. Ne perdons pas de temps.

---

1. 24, rue des Archives.

Quelqu'un a-t-il de la marchandise à vendre ou à acheter ?

Dix mains se levèrent. Dix voix rugirent. C'était toujours ainsi au « bureau des adresses », la belle invention de M. Renaudot[1].

❧

Si l'on comprenait à présent le chahut bon enfant qui régnait à l'extérieur, il fallait expliquer pourquoi un même désordre existait dedans car, ayant franchi le seuil, on devait encore jouer des coudes pour entrer dans la première salle, envahie par le monde. On découvrait alors la nouvelle invention de notre génie : un lieu ouvert le mardi aux démunis afin d'être soignés gratuitement. Mais on devine le succès que connut cette générosité. Si bien que, désormais, l'accueil se tenait quotidiennement car, depuis la disparition de Théophraste, un être aussi magnanime que notre inventeur avait repris la place.

Et c'était lui que j'espérais rencontrer.

Un flot continu d'hommes, de femmes accompagnées de leurs petits allait et s'en retournait. L'époque de Renaudot me revint. En entrant, je recherchais toujours en premier sa silhouette, penchée sur les misérables perclus de douleurs, brûlants de fièvre et de mauvaises humeurs. Dans cet océan de souffrances humaines, il surgissait enfin, le regard contrarié par tant de misères. Sa main se posait sur le visage d'un enfant et soulageait sa peine de mots attendris. Renaudot savait soigner son prochain autant par le savoir que par sa présence. Bien sûr, j'admirais sa prodigalité mais je m'étonnais surtout de la manière

---

1. Qui n'est pas sans rappeler les journaux d'annonces et l'ANPE avant l'heure. Car tout se trouvait réuni au « bureau des adresses ».

de la financer. Aussi lui fis-je l'offense de prédire à la maison du Coq une faillite certaine, que pas un de ses patients ne viendrait secourir.

Comme à son habitude il sourit devant tant d'ingénuité et accepta de me répondre, non sans avoir marqué un long silence :

— Mon cher Antoine, trouveriez-vous convenable que, tirant un bénéfice conséquent de mon « bureau d'adresses », je n'en fasse pas profiter les plus simples ?

— D'un mot expliquez-moi vos méthodes, grommelai-je, piqué de ne rien y comprendre.

— Voyez-vous, soupira-t-il, les renseignements que j'affiche au mur de la maison du Coq ne sont pas gratuits.

— Qui les paye, grand Dieu ?

— Le noble qui cherche un valet, le banquier prêtant son or, le menuisier vendant ses armoires. Chacun d'eux me finance car je suis seul à offrir des milliers d'yeux et d'oreilles afin que les boniments soient connus du plus grand nombre !

— Vous en tirez un si bon prix ?

— Ajoutez-y, répondit-il indirectement, ce que j'obtiens de mes annonces dans *La Gazette*. Pensez au double ! Au triple ! Vous serez en dessous de la vérité. Ce sont les riches qui m'enrichissent...

— Ce bonus vaut en effet son poids de magnificence, reconnus-je.

— Pourtant ce n'est pas assez pour expliquer que je soigne ces gens gracieusement...

— Me donnerez-vous vos raisons, m'impatientai-je, ou s'agit-il d'un secret d'alchimiste ?

— Vous ne pensez pas si bien dire, grinça-t-il.

❧

— Il y a, débuta-t-il, plusieurs sortes de malades[1]. Aux riches, je ne fais aucune charité. Ils payent le prix qu'on leur demande et je crois honnête que l'apothicaire et le chirurgien touchent eux-mêmes une partie de leur rente en échange de bons services. Les pauvres ? Il est juste qu'ils ne s'acquittent de rien. D'ailleurs, le voudraient-ils qu'ils ne le pourraient point. Mais il ne suffit pas de dire d'où vient le mal. Encore faut-il soigner et, pour cela, recourir au remède que concocte l'apothicaire. Tout a un prix. Il faut des poudres et des onguents, des plantes et des alambics. Concasser, moudre, réduire, peser, chauffer, mélanger, doser, quoi encore ? Ces manipulations engendrent des charges que je n'ai pas à fournir car, chez le médecin, seule la tête se dépense. Aussi ai-je convaincu l'apothicaire d'accorder au pauvre une faveur particulière. Il ne règle, s'il le peut, que les débours engendrés par la préparation du traitement.

— L'apothicaire ne tire aucun profit de ses actes ? insistai-je.

— Je vous l'assure. Il n'encaisse que la somme dépensée dans la composition de ses formules. D'une certaine façon, il travaille *gratis pro Deo*.

— Comment avez-vous réussi ce miracle ? m'étonnai-je.

— Par la ruse, gloussa-t-il en plissant les yeux. Je n'ai eu qu'à expliquer à mes amis pharmaciens que la meilleure façon de vanter l'usage de leurs médications auprès de ceux qui pouvaient les payer était de faire connaître leur qualité. Ne soignent-ils pas aussi bien les pauvres que les riches, ne guérissent-ils pas des mêmes maux ? C'est en voyant le succès du « bureau d'adresses » que l'idée m'est venue. Plus l'opinion sait, plus elle accourt... Voilà qui a séduit

---

1. Argumentation que Renaudot développa dans les *Consultations charitables pour les malades*, 1640.

l'apothicaire car il s'agit aussi d'un marchand : en offrant sa science, il participe à une œuvre bienfaitrice qui prêche en sa faveur, mais surtout, il démontre la qualité de son travail...

— Eh bien, bredouillai-je, si je manquais de preuve pour savoir que je ne suis qu'un sot... Votre raisonnement relève du génie et si...

— Ne vous martyrisez pas, cher Antoine, intervint-il en riant de bon cœur. Il est une autre explication que vous ne connaissez pas encore et qui vous prouvera que mon action est aussi intéressée.

Il but un peu de ce bon vin d'Anjou avant de reprendre :

— Je vois dans ma position un intérêt qui n'a rien de loyal...

Il avala une autre belle gorgée, ravi de me faire patienter :

— En défendant l'apothicaire, je ridiculise la faculté de Paris, souffla-t-il sur le ton de la confidence, et prouve que son docteur est ignare. En soutenant la chimie qu'il proscrit, j'accable ses procédés remontant à Hippocrate et qui n'ont plus de sens. Saignées, purges, voilà tout ! Prétendre que le sang ne circule pas dans le corps, quand Harvey[1], ce génie, en a apporté la preuve ! Jurer qu'il suffit d'en ôter où gît le mal pour purger l'humeur ! Maladresse et ignorance fautives, entretenues par le rapt que la Faculté a créé : pas un médecin ne peut exercer sur son territoire sans qu'il soit soumis. Me hait-on parce que j'ai appris ce métier à Montpellier ou pour ma croyance en la chimie ? Cherche-t-on à me nuire pour l'audace ou parce que je suis le protégé de Richelieu, car sans lui je

---

1. William Harvey (1578-1657) démontra brillamment que le sang circulait dans le corps. Guy Patin, doyen de la faculté de Paris, réfuta la thèse, traitant le génie anglais de *circulator*, qui signifie « charlatan » en latin...

serais banni ? Ces cuistres de la Faculté sont obtus, ignares, stupides et je ferai rendre gorge à leur méthode défendue sans raison par leur maître, cet âne de Guy Patin...

Théophraste citait le doyen de la faculté de médecine et, à ce nom seul, il s'enflammait. C'était pareillement dès qu'il abordait le sujet principal de leur animosité : Renaudot vantait le médicament et plus encore l'antimoine, procédé sulfureux, à mi-chemin de l'élixir miraculeux et du poison, dont l'effet selon les incertitudes du dosage pouvait conduire à la guérison – aussi bien qu'à la mort.

Dénoncé par la Faculté, l'antimoine avait ses sectateurs et ses détracteurs, les deux camps se montraient inconciliables et le combat virait à la haine. Je crois qu'ils auraient tué pour que leur parti vainque. Et c'était le seul point de désaccord entre Théophraste et moi, car sur ce sujet, je ne reconnaissais plus l'homme sage.

— Encore cette querelle..., bougonnais-je chaque fois.

— Il s'agit de bien plus ! se révoltait-il avec la même constance. Je livre un combat contre l'ignorance, l'obscurantisme, l'intolérance !

Je n'ignorais rien des excès auxquels il cédait afin de défendre sa thèse. Pour *faire rendre gorge* à ses détracteurs, il avait installé dans la maison du Grand-Coq un laboratoire où les drogues interdites par la Faculté étaient produites sans prudence. Ce coin de la maison était ignoré des visiteurs, mais j'étais plus que cela. J'y accédais avec méfiance, frôlant les matras[1] et autres instruments de chimie dont on extrayait, dans un air saturé de chaleur et de buée, des huiles, des sels, des quintessences d'eaux troublées et sombres, des teintures, dès précipités stupéfiants dont la couleur évoquait l'or et le sang et toutes

---

1. Récipients à long col utilisés dans la chimie.

sortes de magistères[1] qui appelleraient, en cas de découverte, la condamnation immédiate de la Faculté.

— Si on vous prend à produire ces...

— Quoi donc ? s'amusait-il. Dites le nom ! Prononcez le mot de poison...

— Cher ami, tentais-je alors et sans fin de le ramener à plus de sagesse, personne n'ignore que vous travaillez sur les plantes et sur...

— Les minéraux, en effet ! Le plomb, le secret de l'alchimie ! Et si je cherche la pierre philosophale, ce n'est pas pour transformer un vil métal en or. Je crois au seul miracle du médicament, celui qui guérira. Voilà ce que l'on me reproche et c'est assez pour me donner envie de continuer, de me battre !

— Vous y laisserez l'honneur. Si on vous prend à produire de tels procédés, vous serez condamné, banni de Paris.

Il secouait la tête. Rien dedans ne changeait.

— On fermera la maison du Grand-Coq, insistais-je. On interdira vos activités. Et que ferez-vous de vos pauvres ?

Ce dernier argument était le plus féroce. Mais Théophraste y faisait face sans sourciller :

— Richelieu me soutient. Je ne crains rien.

— Il n'est pas immortel, pestais-je de plus en plus souvent.

— Comme vous et moi, répondait-il sobrement. Je n'ai aucune crainte. Un autre prendra ma suite. Ils sont de plus en plus nombreux à me rejoindre. Les étudiants de la Faculté viennent en secret me voir pour que je leur enseigne l'art de la chimie. C'est une force que Patin et ses ouailles ne peuvent plus arrêter !

---

1. Composition à laquelle l'alchimiste accordait des vertus miraculeuses.

— Que Dieu vous entende, finissais-je par dire, puisque rien n'aurait pu abattre la foi insatiable qu'il accordait au progrès.

Hélas, les pires prédictions finirent par se produire. Richelieu mourut et nous perdîmes tout soutien. À moi, on sait ce qu'il advint. On m'oublia et c'était un moindre mal eu égard à ce que vécut notre docte guérisseur et chimiste. La Faculté lui fit subir les pires ennuis. Son journal, *La Gazette*, fut attaqué. Sa maison du Grand-Coq ne tarda pas à subir le même fatal destin. Au cours d'un procès scandaleux et inique dont je viendrai à reparler, Guy Patin, l'ennemi absolu de Renaudot, employa son savoir de latiniste et d'orateur à détruire l'honnête homme. Il n'en resta rien. Il fut piétiné, traité en scélérat, d'autant que les magistrats du Parlement appelés à juger étaient acquis d'avance à la cause de la Faculté. Et l'on vit, dans la condamnation d'un allié de Richelieu, un moyen de se venger *post mortem* du Cardinal détesté.

Tout s'effondrait, disparaissait.

Théophraste ne parvint jamais à se remettre d'une épreuve si douloureuse. Nous conjuguions nos peines, les partagions tels deux soldats blanchis sous le harnois, ressassant et flattant le souvenir de ces aventures merveilleuses tandis que les années passaient. Mais, sur un point au moins, il avait eu raison d'espérer. Comme il l'annonçait, l'un des siens avait repris le flambeau. Ainsi, rien de ce qu'il avait inventé, produit dans son industrie ne retournait à l'oubli. Et cet homme prometteur, je venais de l'apercevoir dans la maison du Grand-Coq.

En digne élève de Renaudot, lui saurait me dire si Louis XIV avait pu être empoisonné comme l'affirmaient les carabins.

Chapitre 3

Il pouvait avoir quarante ans. Peut-être plus. Peut-être moins. L'indécision venait du visage, bosselé, creusé de rides et, pour tout dire, affichant une ressemblance stupéfiante avec un homme que j'avais bien connu. Quoi de plus naturel puisqu'il s'agissait du même sang, injustement drapé des mêmes difformités. Mais sous ce masque parfaitement ingrat se cachaient de beaux trésors : une âme franche, un cœur généreux, un esprit décidé qui perçait dans le regard azuré. Ce faciès mentait. Au-delà de la superficialité, je connaissais les qualités de ce personnage-ci pour les avoir jugées chez mon ami, son père.

Eusèbe se précipita pour m'accueillir, et sitôt l'émotion me gagna. Je revoyais Théophraste. La démarche, la taille petite, la voix grave, le ton affectueux, le regard – vif, cinglant –, dont j'ai parlé, tout était semblable chez le géniteur et le fils. Telle cette tête, ses appendices et ses reliefs ; et ses lourdes paupières, desquelles saillaient des globes proéminents. Plus haut, il y avait un front, gondolé et plus fripé que le mien[1], mais rien ne se mesurait au nez, la fameuse excroissance des Renaudot. Camus, pour les

---

1. Eusèbe Renaudot est né en 1613. Il a donc 45 ans lors de cette description.

uns, plat et court, pour d'autres. Un nez, en somme, qui ne passait pas inaperçu et avait valu à Théophraste la cinglante remarque de Guy Patin, doyen de la faculté de médecine de Paris et accusateur du Châtelet[1].

— Monsieur Renaudot, avait raillé l'infâme plaideur, ne vous plaignez de rien, car vous avez gagné en perdant ce procès… Vous étiez camus en entrant ici, et vous sortez avec un beau pied de nez[2].

L'insulte fit le tour de Paris et valut à Patin une notoriété qu'il peinait à gagner dans son métier de médecin.

❧

— Entrez, Antoine. Ne restez pas dehors, lança Eusèbe en me saisissant chaleureusement par l'épaule.

Il planait toujours sur la maison du Grand-Coq l'indicible présence du fondateur. Rien n'avait changé, n'eût été la disparition de l'activité dite de *friperie*, que la Faculté avait fait interdire à la suite du procès. Lors de cette affaire, on avait traité père et fils de *nabulo* (« fripon ») et l'emploi du latin n'ôtait rien à l'injure. Sur quoi se fondait l'injustice ? L'envie, la jalousie, la peur. Renaudot était un *blatero* (« polisson ») pour avoir exercé le commerce de vêtements. Mais comment diable aurait-il autrement financé l'aide aux indigents ? À quoi bon faire boire l'âne qui n'a pas soif ? Les accusés se plièrent à la décision de la cour contre la promesse de pouvoir exercer leur métier de médecin. Car Eusèbe et le second, Isaac, l'étaient également. Cela ne s'était pas fait sans mal,

---

1. Ici, référence au procès de la Faculté qui se tint sous l'égide du Parlement.
2. Épisode rapporté par M. Raynaud dans *Les Médecins au temps de Molière*, Didier et Cie, 1863.

la Faculté reculant sans cesse la délivrance de leur diplôme. En 1648, quatre longues années après le procès, le Parlement, forçant la censure de la Faculté, s'y était résolu. *Ils avaient attendu longtemps avant de se prétendre médecins*, avait écrit Patin. Des mots qui renseignaient sur la dureté de leur sort.

❧

— Cherchons le calme, décida Eusèbe en poussant une porte.

La promesse était vaine. Dans cette pièce que je connaissais bien, régnait le désordre de Capharnaüm[1]. Mais le bruit surprenait plus encore. Ici, on fabriquait *La Gazette*, et l'apocalypse était la règle. Le journal prenait vie, entre un article et une consultation, au milieu de machines à imprimer dont le vacarme étourdissant ne couvrait pas les hurlements des vendeurs venus chercher le nouveau numéro – car il se vendait dans la rue.

— Allons plutôt dans l'ancien laboratoire, suggérai-je.

— Mon frère Isaac y travaille, se tendit Eusèbe. Et…

Il n'eut pas besoin de continuer.

— Voudriez-vous m'apprendre que vous poursuivez en secret, malgré l'interdiction de la Faculté, les expériences chimiques qui ont tant coûté à votre père ?

J'avais réagi comme un membre de la famille, protecteur et sévère. J'en aurais fait autant pour mon enfant si Dieu m'avait accordé la joie de la paternité.

— Vous connaissez nos raisons. Allez-vous nous tancer ? railla-t-il de cet air pugnace que j'avais vu tant de fois chez Théophraste.

---

1. Ville de Galilée dominée, selon la légende, par une formidable désorganisation.

— Pas cette fois, soufflai-je, tâchant de cacher mon excitation. Car je viens vous parler d'humeur, de bile jaune, de tremblements du corps, d'évanouissement durable et d'une roideur des membres…

— Que cherchez-vous à savoir ? répondit-il d'un ton soudain intéressé.

Je me dirigeai alertement vers la porte du laboratoire :

— Si les effets décrits entretiennent un rapport avec le poison.

— C'est en effet possible, grommela-t-il. Isaac pourra vous en apprendre plus. Mais s'il confirme ce que je crois, hâtez-vous de prier pour l'âme de votre malade.

— En apprenant son nom, vous prendrez le sujet au sérieux. *Avanti !* Montrez-moi à Isaac. Nous avons du labeur…

❧

Isaac pouvait être plus jeune. À vrai dire, cela non plus n'avait guère d'importance[1]. Comme son frère Eusèbe, il ne pouvait renier le lien de filiation physique avec Théophraste, auquel s'ajoutaient ses propres traits de caractère. La différence – ou la personnalité – venait de là. Autant Eusèbe se montrait invariablement sérieux, volontaire, investi des missions dont il avait hérité après la disparition du père, autant Isaac restait une sorte d'éternel grand enfant dont les épreuves n'avaient pu altérer le caractère jovial et débonnaire. L'un, Eusèbe, avait hérité d'un esprit posé ; l'autre, d'un tempérament toujours en mouvement, inventif et souvent imprudent. Les deux allaient de pair, comme les deux faces d'une

---

1. On sait qu'il mourut en 1680, après son frère Eusèbe. En revanche, on ignore sa date de naissance.

seule pièce : Eusèbe cultivait le legs de Renaudot ; Isaac défrichait, toujours en quête d'une nouvelle piste qui prouverait la justesse des arguments de leur clan en matière médicale.

Si les consultations gratuites pour les pauvres n'avaient jamais cessé, au grand dam de la Faculté, contrainte d'en faire de même dans son fief de la rue de la Bûcherie, le reste du prodigieux héritage avait été partagé. Eusèbe maintenait à flot l'activité du « bureau d'adresses » et consacrait le reste du temps à imprimer *La Gazette*. Isaac ne voulait pas s'occuper d'activités lucratives, préférant la recherche – la chimie – à nulle autre. Or je venais d'entrer dans l'antre où se tenaient toutes ses bizarreries expérimentales.

— Antoine, s'écria-t-il joyeusement en m'apercevant. Donnez-moi un peu de temps, je dois régler ceci...

Isaac s'approcha prudemment d'un fourneau chauffé à blanc et en sortit, à l'aide d'une pince, un tube d'où s'échappait la fumerolle d'un gaz bouillonnant. La vapeur se dissipant, j'aperçus le contenu, un liquide étrange, composé dans sa moitié supérieure de substances épaisses et sombres tandis qu'au fond du flacon sommeillait, plus dangereusement que le repos du dragon, une coloration blanche et pourtant douteuse. Une bulle s'échappa, puis une autre, déchaînant une réaction en chaîne. Le volcan prenait feu.

— Attention, Antoine !

Je fis un écart.

— Ne craignez rien, se reprit-il. Je maîtrise les effets.

Mais il jeta sa *découverte* dans un bac rouillé en tendant les bras pour ne pas recevoir de projections. Une fumée épaisse se dégagea, nous obligeant à reculer.

— Allons loin, dans l'autre pièce, grimaça-t-il en se recouvrant la bouche d'un mouchoir.

Ses yeux, piqués de larmes, souriaient :

— Je crois bien avoir enfin trouvé ce que je cherchais. Cette concoction vous ferait rajeunir de vingt ans, cher Antoine !

Cette promesse, bien qu'alléchante, ne fit qu'augmenter ma méfiance.

Le reste du laboratoire était aussi encombré. L'endroit avait servi autrefois à l'activité de *friperie*, désormais interdite. Au temps de Théophraste, le désordre y était à son comble, mariant le commerce à la charité, et se servant du premier pour financer la seconde. Ainsi se côtoyaient les objets destinés à la vente et ceux que l'indigent venait déposer dans ce mont-de-piété afin d'échapper à la rapacité de l'usurier. Soigneusement étiquetés, s'entassaient dans cette cour des miracles les objets les plus variés, outils, vêtements, coffres, bijoux, tableaux... On y enseignait aussi la chimie et il était fréquent de voir des bonnets carrés, serrés sur un sommier qu'un pauvre avait déposé ici. Sinon, on organisait les consultations quand le nombre des malades devenait ingouvernable.

Aujourd'hui, les lieux étaient entièrement réservés à l'œuvre d'Isaac et l'on mesurait l'importance de ses multiples inventions à la quantité de récipients et de fioles exposés sagement sur des étagères. Après la tempête venait donc la paix. Pas un bruit, pas un souffle dans cette pièce sans fenêtres, isolée du monde, éclairée par quatre grands flambeaux colorant de multiples nuances dorées les extraits d'essences, d'huiles, de précipités. Autant de trésors. Autant de preuves et d'accusations dont la faculté de Patin aurait fait son gras s'il avait été su qu'un Renaudot ne renonçait jamais.

Je m'étais révolté – mille fois ! – contre la provocation et le mépris pour la loi d'Isaac, l'écervelé. Mais aucun de mes arguments n'était parvenu à le convaincre et je crois bien que nous nous serions quittés fâchés si le sage Eusèbe ne m'avait livré un jour les raisons de cet entêtement.

— Il est un point, Antoine, avait débuté ce dernier, que vous ne pourrez jamais discuter, et qui explique l'acharnement d'Isaac.

— Un seul, avais-je répondu effrontément. Eh bien, confiez-le-moi, et, justement !, nous en discuterons.

— Lors du procès, reprit-il impassiblement sans me chercher querelle, nous fûmes accusés de tous les maux. On nous traita même d'*ardelio* – « proxénète » ! – pour avoir inventé ce que l'avocat de Patin, le sinistre Chenvot, osa appeler un *mont-d'impiété*... Quand il s'agissait de venir au secours de l'autre.

— J'ai eu connaissance de tout cela, m'adoucis-je.

— Ce que vous ignorez, reprit-il, c'est qu'après avoir gagné Patin exerça sa rancœur pour nous interdire, à nous les fils, d'exercer notre métier de médecin. Il nous fallut attendre, ronger notre frein...

— Vous patientâtes quatre longues années, je le sais, et...

— Attendez ! s'emporta-t-il contrairement à sa nature. Il y eut un ignoble marchandage pour mettre fin à cette injustice. Patin lui-même exigea que nous cessions les consultations charitables, que le mont-de-piété soit fermé, qu'il soit procédé à la saisie des vêtements entreposés.

Il chercha son souffle tant la suite lui coûtait.

— Mais ce n'est rien, expira-t-il. Nous dûmes encore... renier notre propre père !

— Théophraste ! balbutiai-je. Vous l'avez...

— Oui, nous avons juré de renoncer à suivre sa voie, dénoncé son savoir, condamné ses travaux, reconnu devant un notaire qu'ils étaient vains. C'était l'échange, le donnant donnant, l'infâme plat de lentilles qu'on nous fit avaler. En quoi, nous gardions la maison du Grand-Coq, *La Gazette*, le « bureau d'adresses » et nous pouvions être médecins.

Je me tournai vers Isaac. Son teint pâle, ses mâchoires serrées, son silence s'accordaient à la gravité des faits.

— Notre père nous en conjura, gémit-il. Il nous l'ordonna en nous faisant promettre de poursuivre en secret ce qu'il avait entrepris et, si nous refusions, il nous accusait de le trahir aussi sûrement que Patin.

— C'était, continua Eusèbe, sa façon de se venger car il savait que notre soumission à l'injonction de ses ennemis serait fausse. Et vous voudriez que nous renoncions à présent, que nous donnions raison à la Faculté ? sourit-il tristement.

— Alors, il y aurait vraiment parjure ! s'emporta Isaac.

— C'est pourquoi, glissa Eusèbe en se tournant vers son frère, je soutiens et approuve ses travaux…

Connaît-on ses amis, ces proches dont aucune faille ne serait secrète ? Théophraste ne m'avait jamais confié l'abdication exigée par Patin. Ce renoncement douloureux expliquait-il le déclin qui suivit ? Avant d'entendre la confession d'Eusèbe, j'avais mis la distance qu'il avait prise avec la vie sur le compte de l'âge, de la mort de Richelieu, de la lassitude qui m'avait aussi gagné. Désormais j'accusais la terrible vengeance de Patin.

Et je fais état de ce maudit secret, car l'honneur de Renaudot tenait sa place dans la maladie mortelle du roi. S'agissait-il de chimie ? D'un empoisonnement auquel la médecine de Patin et de ses pairs de la Faculté ne pouvait rien opposer ?

Patience, nous arrivons.

Chapitre 4

Je me croyais vieux. Du moins, je le répétais afin que l'on m'assure que c'était faux, qu'on flatte ainsi ma vitalité et salue ma verdeur. Pure coquetterie ! Je soignais ma personne, l'observais *sub secreto* et pour m'apaiser, la mesurais à ceux de mon âge, marmonnant entre les lèvres que ces vieillards-ci, courbés, flânant sur leurs jambes arquées, devraient se soucier de la pureté de leurs âmes car, pour eux, le grand rendez-vous que Dieu ne tarderait pas à leur donner exigeait qu'ils comptent sans délai leurs péchés. Qu'ils y veillent et n'oublient rien, malgré cette pauvre mémoire dont ils maudissaient les effets. Qu'ils se confessent longuement malgré leur souffle court. Hardi ! Qu'ils se mettent en ordre. Le temps pressait. Moi, je disposais de tout le mien. Je n'étais pas comme eux. Je trottais, pensais, mangeais, mon ouïe ne me trahissait pas. Je me souvenais de tout, des visages croisés dans la rue, de la tenue de ma logeuse et, ce jour encore, du moindre détail du palais du Louvre. Je pouvais dessiner au détail près ses couloirs interminables, tant je les avais arpentés. J'aurais identifié entre mille la voix d'un prince, d'un courtisan, son rire, son pas, autant que la botte de la ronde soldatesque qui me saluait fièrement quand je revenais de nuit d'une expédition glorieuse. Et, ce mardi

2 juillet 1658, alors que deux heures sonnaient à peine au beffroi de l'église de Saint-Germain-l'Auxerrois, je ne reconnaissais rien. J'étais perdu, inconnu dans un monde étranger.

Et que faisais-je au Louvre après m'être précipité le matin même chez les Renaudot, cherchant à savoir si trois carabins avaient raison de craindre l'empoisonnement du roi ? Patience. Je vous l'ai dit : nous y venons...

Les gardes du Louvre m'arrêtaient, me détaillaient, exigeaient un laissez-passer. L'un d'eux m'avait même accompagné tout le long du chemin qui conduisait au bureau de Mazarin.

Mordiou ! Ma dernière visite au cardinal ne remontait qu'à six mois et je n'existais donc vraiment plus. Les têtes avaient changé. Le chef de la garde – comment s'appelait-il, celui que je connaissais ? – battait la semelle ailleurs, on ignorait son nom ou on ne s'en souvenait plus, et le jeune officier qui avait pris sa suite fronçait le sourcil en scrutant le papier jauni, signé autrefois de la main de Son Éminence, ce passe-droit qui hier ouvrait toutes les portes et dont le cerbère disait désormais :

— Ce n'est plus valable. Les certificats ont changé.

Il avait fallu montrer ma tête, soutenir qu'elle était connue et, pour finir, brandir le bel anneau en or offert par Richelieu sur lequel brillait le sceau des conseillers du roi. À regret, on m'avait fait entrer.

Ah ! le beau prologue pour un espion.

Puis, j'avais patienté dans l'antichambre d'un Mazarin pour lequel je m'étais paré de beaux effets. Je portais des chausses en soie, une veste de velours rouge relevé de rubans, une chemise immaculée que je gardais pour les grandes occasions, un chapeau orné de plumes argentées. J'étais Antoine Petitbois, l'espion de la Couronne et de Sa Majesté. Et, malgré la somme d'embarras précédents, je revenais.

« Je vous recevrai au premier appel », avait promis Mazarin. Palsambleu ! J'avais assez d'éléments pour le surprendre, lui prouver que le Petitbois dont il négligeait le talent et parlait au passé avait été enterré un peu vite. Mais j'étais vieux, en effet. Je l'avais oublié.

❧

La conversation entre Isaac et Eusèbe Renaudot nous avait conduits à la plus horrible conclusion : le roi avait été empoisonné.

— Antoine, souvenez-vous du moindre détail, ne cessait de répéter Isaac en caressant un flacon où gisait un serpent mort, une vipère victime d'une de ses étrangetés expérimentales et chimiques.

— Eh quoi ! Tout est gravé ici, m'enflammai-je en me tapant sur le front. Les carabins ont parlé de furieuses douleurs à la tête, de fièvres brûlantes qui ne cessaient de croître, d'accidents fréquents et violents qui poussaient le roi à sombrer dans l'inconscience, de lèvres fermées, d'une bouche refusant de boire et de manger... Que vous faut-il de plus ?

Ce n'était pas suffisant. Isaac respira lourdement et reposa le flacon sur la table. La bête, plongée dans un linceul d'huile aux reflets carmin, braquait affreusement son regard mort sur moi.

— Les rêveries. Parlez-m'en encore, continua-t-il en cherchant un nouvel objet pour occuper ses mains continuellement agitées.

— Considérables, je vous l'ai dit. Au point, selon les carabins, de provoquer des mouvements convulsifs...

— Auxquels ces sorciers ont répondu par des lavements et des saignées qui n'ont fait qu'affaiblir le jeune roi. *Stupido !* s'emporta-t-il en tapant du poing sur la table. *Cretini ! Idioti !*

Le flacon que rien ne fermait tangua, hésita à se renverser. La vipère bougea, laissant imaginer qu'elle reprenait vie, et qu'elle allait bondir afin de se venger des sévices infligés par l'alchimiste.

— Ont-ils décrit, ou simplement évoqué la couleur de la peau ? intervint posément Eusèbe qui, jusqu'à ce moment, écoutait et notait mes remarques selon les préceptes enseignés par son père.

La peau. Je me mordis les lèvres. En effet, ils en avaient parlé. L'oubli était impardonnable. Et que fallait-il accuser : la vieillesse ou les agitations d'Isaac et de sa vipère moitié vivante, les deux réunies m'empêchant de réfléchir ?

— Je ne sais plus ce qu'ils disaient, avouai-je. Voyons. Ont-ils prononcé bouffissure ou enflure pour évoquer l'aspect de la peau ?

— Les deux s'emploient, reprit Eusèbe pour m'aider à recouvrer mon calme. Continuez à chercher.

Combien je reconnaissais la méthode de Théophraste qui avait le génie d'extraire de la cervelle même ce qui y était perdu.

— La fièvre engendrerait une peau pourprée, glissai-je en fermant les yeux pour mieux *entendre* la scène. Puis ils en sont venus à décrire... la bouffissure du corps. Oui, c'est cela ! La marque, ont-ils ajouté, d'une grande malignité, d'un venin qui ne peut s'exhaler, ni sortir du dehors. Je jure que ce sont les mots qui furent prononcés.

Soudain, l'image de la vipère statufiée sur la table jaillit de ma cervelle. J'ai rouvert les yeux :

— Je suis un misérable vieillard sénile. J'ai omis l'essentiel...

— Quoi ? Quoi ? aboya Isaac.

— La bouffissure ressemblerait à celle qu'on observe après la morsure du serpent[1]. Ils ont prononcé exactement ces mots...

---

1. Ces observations sont strictement tirées des *Remarques sur la santé du Roy*, écrites par son médecin Antoine Vallot.

Eusèbe et Isaac se regardèrent et d'un commun accord, dans un mouvement parfait, leurs têtes pivotèrent vers le flacon où brillait le liquide qui avait tué la bête. Eux savaient ce qu'il contenait. Alors, le premier annonça ce que j'avais hélas déjà deviné :

— Sans antidote, le roi va mourir. C'est une question...

— ... d'heures ou de jours, termina Isaac.

Devine-t-on la course qui suivit jusqu'à ce que je me présente en tenue dans l'antichambre de Mazarin ?

❦

— Son Éminence est très occupée et, ignorant l'objet de votre demande, elle vous prie d'attendre ou de revenir un autre jour.

Un valet – encore un que je ne connaissais pas – me récita ce message. Il tordait le cou pour dévisager de travers le petit vieux dont les habits outrés, sans doute passés de mode, prouvaient qu'il toisait un visiteur, étranger aux usages de la Cour. Ses lèvres mimèrent une sorte d'indifférence – peut-être de mépris. Que faisais-je encore ici ? La porte, voyons ! Et qu'on en finisse avec ce dérangement...

Devais-je laisser un message, quelques mots pour expliquer à Mazarin la cause et la gravité de ma visite ? À qui le confier ? Pas à ce nigaud dont je n'avais pu apprécier la loyauté. Oui, tout avait changé.

— Ce soir, peut-être, tentai-je cependant en contenant ma fureur. Son Éminence pourra-t-elle se libérer ?

Le laquais plus fat qu'un courtisan tira sur les pans de sa veste et se mesura à l'impoli qui insistait au-delà des convenances :

— J'en doute, cingla-t-il.

Sa sotte assurance le trahit. Que savait-il d'autre ? D'instinct, je décidai de ne plus broncher, de le fixer jusqu'à l'enfermer dans un silence gênant qui l'obligea à reprendre la parole. L'impudence agit :

— Et ne tentez pas de vous présenter demain. Le cardinal ne sera plus à Paris. Dès l'aube, il part rejoindre le roi de toute urgence.

Mon sang ne fit qu'un tour.

— Je le sais trop, glissai-je en me forçant à la modestie. Dieu ! Que l'affaire est cruelle...

Le valet allait tourner le dos. Il se raidit, me scruta autrement et, devant mon assurance, blanchit. Son attitude suffisait seule. Si je doutais, j'avais la réponse. Mais l'idiot vint encore à mon secours :

— Seriez-vous dans la confidence ? souffla-t-il stupéfait.

— Pardonnez-moi de ne rien ajouter, mais je me dois la même discrétion que celle que vous observez.

D'un geste, je montrai l'anneau que je portais à l'index.

— Me comprenez-vous...

Il hocha gravement la tête et s'enfonça dans le piège :

— Imaginez ma surprise. Nous sommes si peu dans le secret. Moi-même, je fus aidé par le hasard. Mon oreille traînait quand Son Éminence... (il barbotait, s'enfonçait). Et...

— Et vous voudriez savoir ce que je sais et que vous ne savez peut-être pas, grimaçai-je cruellement.

— En effet, admit-il en étirant un sourire qui changeait du tout au tout du moment précédent. Aussi, puis-je ajouter une question ?

— Si je peux y répondre, avançai-je prudemment.

— Ce... malaise, hésita-t-il, se trahissant davantage. Oui, cette maladie qui touche celui dont on ne peut prononcer le nom...

— Eh bien, oui ?

— Est-ce aussi grave que ce qu'en pense Son Éminence ?

— Nous touchons l'impossible...

— Ah donc ! C'est une catastrophe...

— Je parle de la réponse, le repris-je. Ce qu'elle exigerait de ma part n'entre pas dans vos qualités. Vous êtes valet ! Que votre oreille ou votre bouche ne l'oublie pas. Et qui vous dit que je suis informé ?

— Vous l'êtes... Cela se voit, bafouilla-t-il de plus belle. Votre âge, votre allure et cette bague... Je vous devine comme une sorte de conseiller. Peut-être un médecin ?

— Si c'était le cas, répondis-je, devrais-je dénigrer la santé d'un patient aussi... royal que celui dont vous semblez parler ?

— Non ! Non ! gémit-il en roulant des yeux. Mais nous avons tant hâte d'apprendre...

— Seuls Dieu et Hippocrate connaîtront mon opinion. Bonsoir.

J'étais vieux, en effet. Mais rien ne changeait. Pour connaître la *Vérité*, il suffisait de peu de chose, d'un mot volant dans l'air.

Primo, le roi mourait. *Secundo*, Mazarin courait à son chevet. Restait le *tertio*. Qui, à l'exception des fils Renaudot et de moi, savait – car il était impossible d'en douter – que Louis-Dieudonné, Louis le Quatorzième, roi de France, avait été empoisonné ? Le criminel, sans aucun doute et deux ou trois carabins, prisonniers de la stupidité des maîtres de leur Faculté. Vallot, le médecin de Sa Majesté, s'en doutait-il ? Aussi, ne comptant pas sur le meurtrier pour livrer l'antidote que réclamaient Isaac et Eusèbe, restait-il à inventer une autre solution.

❧

— Sans délai, martelait Eusèbe. Je répète qu'il faut agir au plus vite. Le roi est jeune, fort, mais son corps ne résistera pas longtemps au sort que le poison lui fait subir.

J'avais regagné la maison du Grand-Coq où m'attendaient les deux médecins. Mon rapport avait été bref, détestable. Je n'avais pas rencontré Mazarin et le pire se confirmait. Le jour déclinait, les heures s'additionnaient. Et la vie de Sa Majesté s'échappait, frappée d'un mal invisible, mortel et inexorable.

— Au moins, connaissez-vous le moyen de le sauver ?

— La réponse est dans la question, murmura Isaac. Si je vois le roi, je comprendrai son poison. Alors, je découvrirai l'antidote.

Étais-je vraiment vieux ? Je le sus à l'instant.

— Eh bien ! Partons sur-le-champ à Calais, m'exclamai-je.

Les Renaudot se concertèrent en silence. Antoine Petitbois devenait fou.

— Vous pensez forcer sa porte, l'approcher, l'ausculter, puis courir voir Mazarin et lui dire par quoi le roi a été empoisonné ?

Je me levai d'un bond :

— C'est tout cela, Isaac, et même davantage… Suis-je dément ? Reconnaissez que je sais encore faire parler un valet stupide… Quoi d'autre ? L'âge ! Eh bien, je vais en tirer avantage, et c'est ce valet qui m'en a donné l'idée. Alors, voulez-vous l'entendre ?

Ils l'écoutèrent sans broncher, puis jugèrent qu'elle était plus encore insensée que moi. Et décidèrent de s'y associer. N'étaient-ce pas des Renaudot ?

Avant la nuit, un carrosse tiré par quatre chevaux s'échappait de Paris. Dedans, s'entassaient deux hommes étrangement accoutrés.

Et, d'où il se trouvait, Théophraste devait s'en amuser.

Chapitre 5

— J'ai connu de meilleurs déplacements, me plaignis-je pour la centième fois.

— *O tempora !* Il faut accuser l'âge..., se moqua mon voisin.

— Méfiez-vous, Isaac. Je pourrais vous prouver dans peu de temps que je suis plus vert que vous semblez le croire. Aïe ! Fichus chemins, maudits cailloux ! Mais quand atteignons-nous Calais !

— Ne sentez-vous pas déjà les embruns, le bon air de la mer ? Sondez la nuit, oubliez ce brouillard épais que nous expédie l'Anglais. Nous y serons bientôt… Ensuite ? Prions pour que votre stratagème n'ait pas que des défauts.

Notre périple était haché, brutal. Le cocher ne ménageait pas sa peine et celle d'un solide attelage. Nous avancions vite, grâce à une clef qui ouvrait la porte des relais où nous changions de chevaux. Six heures de route, moins d'une pour la manœuvre, départ sur-le-champ, la cadence reposait sur un sésame qui avait fonctionné jusque-là : le carrosse était aux armes de Louis le Quatorzième.

Je gardais de fidèles amitiés parmi les officiers de la Couronne et, en souvenir des aventures que nous avions partagées, le chevalier François Pallonges, maître écuyer des écuries royales du Louvre, avait accepté de mettre à notre disposition une voiture rapide menée par un homme habile, infatigable. J'ajoute que l'anneau de conseiller que je portais à l'index gauche, signe d'appartenance aux services du roi, continuait d'agir. Je le montrais. J'étais l'espion de la Couronne.

— Est-il encore raisonnable de servir Mazarin ? avait souri le chevalier. Ne songez-vous jamais à une paisible retraite sur les terres d'Anjou ou de Vendée ?

— Et vous, mon cher François ! Que faites-vous si éloigné de ce Périgord dont vous avez tant vanté les qualités ? rétorquai-je pour m'éviter de lui mentir.

Pallonges devait avoir soixante ans, et son corps, son visage témoignaient d'une rude vie. Pourtant, il fallait se méfier de ce géant boiteux, une gêne survenue lors d'un assaut victorieux[1] contre quatre spadassins dont j'avais été témoin. Sa main ne tremblait toujours pas et ce regard caché sous une mèche blanche était plus vif que l'éclair. Il caressa doucement l'encolure du cheval de tête, et les muscles de ses épaules saillirent sous sa veste. D'un geste de la tête, il repoussa sa chevelure, découvrant un front marbré d'une profonde cicatrice :

— Irez-vous vraiment voir la guerre ?

Voilà ce que je redoutais. Trop de questions.

— C'est notre destination, répondis-je prudemment.

— J'ai beau vieillir, je ne me calme pas, soupira ce soldat. Je regrette l'odeur de la poudre…

Il évoquait la bataille des Dunes où, quelques jours plus tôt, le roi avait triomphé des troupes espagnoles de Don Juan d'Autriche et du prince de Condé, frondeur infidèle à la Couronne. La Flandre allait tomber sous l'action conjuguée des troupes de Turenne et du blocus naval des Anglais, alliés à Louis XIV contre la promesse de récupérer la place forte de Dunkerque. Le roi, racontait-on, n'avait pas ménagé sa peine, se

---

1. Voir *1630. La vengeance de Richelieu, op. cit.*

montrant, cuirassé d'acier, dans les tranchées de Mardyck pour galvaniser ses troupes et augmenter l'ardeur au combat. Et Sa Majesté, descendant de cheval pour bénir la piétaille, avait accompli autant de miracles que ce diable de maréchal de Turenne. À Paris, trois jours avant ces événements tragiques, on chantait sa gloire et l'audace des deux. C'était une grande victoire pour un guerrier de vingt ans.

— On raconte que les pertes seraient considérables, continua le chevalier. Des morts par centaines, de nombreux blessés. Les eaux des marais qui entourent la région n'arrangent rien. L'été est cuisant. Les cadavres putréfient un air devenu irrespirable. Méfiez-vous des charniers et de l'eau. Ne buvez que celle dont vous saurez qu'elle n'a pas été infectée par un contact avec les cadavres.

— Je dois encore me garder de bien d'autres choses, grommelai-je sans y réfléchir.

Ou parce que mon courage, à l'heure irréversible, tournait à la peur.

François Pallonges ne broncha pas, mais je vis une étincelle briller dans ses yeux. Il m'observa attentivement, se tourna vers Isaac qu'il fit mine de découvrir et revint à moi en tirant une grimace amusée :

— Est-ce là toute votre escorte ?

— Je le crains, répondis-je sans le lâcher des yeux.

Il soupira et s'approcha de moi.

— Ce n'est plus comme avant, n'est-ce pas ? Des vieillards tels que vous et moi ne s'y reconnaissent plus, grinça-t-il. On les jette avec l'eau du bain, on ne les écoute plus. Et ils ont la rage…

Je ne fis qu'acquiescer en silence.

François se redressa, me toisa, jambes écartées, mains posées sur les hanches. Et Dieu ! Qu'il paraissait encore fort !

— Si vous avez besoin d'aide, faites-moi porter un message et je bondirai sur-le-champ. J'ai trop de loisirs. Ici, je m'ennuie. Oui, comme on le dit, j'enrage…

Il se détourna aussitôt pour aller parler au cocher, lui répétant que les passagers étaient *personae gratae*, qu'il fallait donner le meilleur et peut-être sa vie.

— Partez, maintenant !

Mais avant que je monte dans la voiture, il me saisit au bras :

— Bien sûr, je ne sais pas où vous êtes…

— Merci, soufflai-je.

— D'ailleurs, qui donc est monté dans cette voiture ?

— J'espère vous retourner un jour ce service, souris-je.

— Dieu vous entende ! Mais je crains que pour moi, l'aventure soit finie…

D'un geste puissant, il me poussa en avant, m'évitant de céder davantage à l'émotion, et glissa pour nous seuls ces derniers mots :

— Antoine, je vous envie. Quoi que vous entrepreniez, je sais que vous servez le roi et la Couronne. Par tous les saints, montrez-moi de quoi nous sommes encore capables…

⚜

Une nuit et un jour avaient été nécessaires pour approcher de Calais. Le soleil s'effaça soudain alors qu'il restait moins de dix lieues[1] à franchir. J'avais hâte d'arriver et songeais à réveiller Isaac, bercé par le roulis, insouciant du danger, afin de répéter une dernière fois notre entrée et la façon dont nous pensions nous approcher du roi, quand la voiture grinça, gémit et s'arrêta.

— Les chevaux sont épuisés, annonça le cocher en penchant la tête vers l'intérieur. Ils manquent d'eau et la nuit ou je ne sais quoi les rend nerveux. Des loups, peut-être… Crénom, j'aurais préféré ne pas

_____
1. Environ 35 kilomètres.

m'arrêter dans ce coin. Mais l'alezan ne tiendra pas. Nous devons faire une halte.

Philippe, il s'appelait ainsi, montra un point dans la nuit, à lui seul connu :

— Allons là-bas. Ho !

Le fouet claqua. Les chevaux hésitèrent avant de s'ébranler au pas, grognant de fatigue et mordant le cuir. Les paysages se fondaient dans l'ombre. Un bosquet, une branche d'arbre devenaient créatures de la nuit. Soudain, une lueur vive, qu'un rien de trop d'imagination aurait commuée en souffle brûlant du dragon, transperça l'épais rideau de brume et de brouillard qui s'était levé depuis que la terre vomissait la chaleur épaisse, orageuse du jour.

— Le relais de Terwann[1], bougonna le cocher.

Et il cracha sur le sol.

Les lieux étaient ceux de l'enfer, désolés et abandonnés, situés au milieu de nulle part. D'abord, je ne vis que le feu. Un brasier dont les flammes immenses s'élevaient dans l'air et où se consumaient les vestiges d'un pin, gorgé de sève bouillonnante. Le bois gémissait, se tordait, craquait avant d'exploser en milliers d'éclats rougeoyants qui tournoyaient dans un ciel constellé de lucioles. La pétarade provoqua la frayeur des chevaux et Philippe dut descendre pour les calmer. Je fis de même, tournant autour du foyer et de sa ferveur, cherchant le génie, bon ou mauvais, qui commandait cette scène dont je ne savais encore si elle était féerique ou luciférienne.

— Regardez, bredouilla Isaac qui m'avait rejoint.

Je vis à travers les flammes une grange misérable n'ayant rien de comparable avec les étapes royales où nous nous étions arrêtés.

— Le relais de Terwann, répéta le cocher. Le feu, c'est à cause des loups. Approchez. Il ne faut pas rester trop longtemps dehors.

---

1. Orthographe néerlandaise de Thérouanne. Nous sommes en Flandre.

La terre craquelait sous nos pas tant la chaleur se voulait vive, l'air était irrespirable. Une fine poussière blanche se soulevait dans un air sec, brûlant et entrant dans nos poumons pour les dévorer. Isaac prit dans la main un peu de cette matière étrange, irréelle. La curiosité du chimiste fit le reste. Il huma avant d'en glisser dans sa bouche.

— Isaac ! Non !

— Il ne craint rien, c'est du sel, intervint Philippe. Je connais. Je viens souvent dans ce coin depuis qu'on y fait la guerre.

Fouet en main, il fit un geste circulaire pour montrer qu'il n'y avait rien aux environs, rien que la bâtisse que nous avions aperçue :

— La ville a été rasée voilà quelques années par Charles Quint, le roi des Espagnols. Et parce que sa haine ne se calmait pas, il a fait couvrir le sol de sel afin que pas un brin d'herbe n'y pousse. Ce chien qui se prend pour un foutu demi-dieu méritait d'être écrasé dans les dunes de Dunkerque...

Un bruit se fit entendre, deux hommes sortaient de la grange, deux charretiers mal fagotés, crasseux, qui saluèrent de loin le cocher. Sans porter le moindre regard sur nous, ils s'emparèrent des chevaux qu'ils conduisirent à l'intérieur. Nous les suivîmes dans ces écuries où les odeurs de la sueur, du cuir, de la paille raccourcissaient le souffle. Sans rien dire nous attendîmes qu'ils harnachent des chevaux frais qui, diable aux trousses, piaffaient leur envie de fuir ce lieu abominable.

— Méfie-toi, glissa le plus vieux à Philippe en menant l'attelage au-dehors. Il y a encore des cadavres sur la route. Ils attirent les bêtes. Sinon, ils puent la peste. Ne t'arrête pas si on te fait signe, même si un blessé te supplie de lui donner de l'eau. Ce sont des déserteurs des deux camps, des mercenaires qui tueraient pour un sou. Adieu !

À peine sortions-nous qu'il se barricadait, glissant en travers de la porte une lourde poutre. Dehors, le feu ne faiblissait pas. À ce prix, les loups n'approchaient pas. Le vent mélangeait les cendres au tapis de sel dont le sol se gorgeait. Ce pays-ci était voué à l'Apocalypse[1].

❧

Il fallut du temps pour recouvrer la parole. Nous allions vers Calais, muets, scrutant la nuit de peur de voir jaillir à chaque instant l'ombre du déserteur qui viendrait nous taillader la gorge.

— Mordiou ! grommela brusquement Isaac. Cette odeur…

— La mort, mon ami, répondis-je. Le fumet aigre de la guerre. Le signe que nous arrivons.

— Il faut revoir nos personnages, glissa-t-il d'une voix tendue. Qui commence ? Qui parle ? Antoine, je crains que tout se brouille. De grâce, aidez-moi…

L'insouciance d'Isaac faisait long feu. Ce moment d'absence, où tout s'efface, file ; ce naufrage de l'esprit où la peur seule domine, je l'avais connu tant de fois. Pour lui comme pour moi, il fallait tenter de l'apprivoiser au moins un peu.

— Commençons par moi, lui répondis-je en me forçant à me montrer calme. Qui suis-je ?

Silence.

— Isaac ! Qui vous accompagne ?

Je pris sa main et le forçai à saisir la mienne. Il sentit l'anneau.

— Un conseiller du roi, lâcha-t-il enfin. Et vous vous rendez au chevet du roi avec…

— Un médecin. Il s'agit de vous.

— Oui, de moi, bégaya-t-il.

— Et pourquoi sommes-nous là ?

Il n'eut pas le temps de répondre.

— Barrage !

---

1. La ville de Thérouanne ne fut reconstruite qu'au XIXe siècle.

Philippe avait jeté ses mots. En un éclair, je penchai la tête. Une troupe, vingt hommes au moins, dont cinq qui brandissaient leurs flambeaux, se montrait au sommet d'une pente raide.

— Ennemis ou de chez nous ? glissa le cocher entre les dents. Je ne peux jurer de rien. C'est peut-être une bande de déserteurs.

Il fallait trancher. Sans plus raisonner, je décidai d'affronter :

— Avancez au pas et quand nous serons assez près, tendez les bras et appelez-les. Nous verrons bien s'ils parlent notre langue…

— Il y a autant de Français que d'étrangers dans nos troupes. Les paroles, ça ne veut rien dire.

— Avancez, je vous dis !

Car il était trop tard pour faire demi-tour.

⚜

À vingt pas, notre sort était joué. Ils parlaient, en effet, une sorte de charabia dans lequel je reconnaissais peu de mots français. Il me sembla entendre de l'allemand auquel se combinait un dialecte dont je n'aurais su dire s'il s'agissait de croate ou de bas breton[1].

— *Vorrücken !*

Comment savoir que le bougre d'en face, habillé en haillons, nous demandait d'avancer ? Par chance, il fit un geste qui l'obligea à lever son flambeau. Un instant, nous vîmes le chapeau qu'il portait.

— Un blanc, rugit Philippe. Ils sont de notre côté.

Moi, je le voyais plutôt gris.

— Dieu soit loué, soupira Isaac qui cherchait par-dessus tout à se rassurer…

---

1. L'armée comprend nombre d'étrangers. Allemands, Suisses (les fameux gardes), Irlandais, Hongrois, réputés pour être d'excellents cavaliers. Mais il arrive aussi que les armées d'en face enrôlent des Français…

Bien sûr, l'affaire aurait été plus simple s'ils avaient porté un uniforme. Dois-je rappeler que le ministre Louvois n'avait pas encore eu l'idée d'en inventer un pour nos armées ? Pour croire que nous ne nous jetions point dans un piège, il n'y avait que ce chapeau orné d'un bandeau blanc – ou gris ? –, mais surtout pas vert puisque nos adversaires avaient choisi cette couleur. Restait à espérer que celui qui s'était posté au milieu de la voie n'affichait pas la relique d'un mort. Au combat, le temps d'y réfléchir, une lame perçait le pensif. Si bien que, renonçant à comprendre, le hasard guidait souvent le mousquet ou la lame du combattant et on se tuait autant par erreur que par héroïsme. Oui, le brailleur se classait dans quel camp ? Si j'ajoutais les handicaps de la langue, la guerre était bien le siège de Babel, sourde – et pis, aveugle…

Sans assurer que je pus consacrer plus de temps à ces détails, la scène s'anima soudain, mettant fin à mes pensées. Un autre soldat se montrait. Son couvre-chef était résolument blanc et il eut l'excellente idée de se rapprocher encore – assez pour que je détaille sa tenue de bonne facture, notant par la même occasion que les manches retroussées de la veste s'ornaient de boutons dorés comme en possédaient les officiers. Un coup d'œil sur le cuir de ses bottes me rassura encore. D'ailleurs, il avait rejoint le colosse qui saisissait les rênes des chevaux et braillait un français à couper au couteau. D'un geste, le gradé lui ordonna de se taire et toujours en silence fit le tour du carrosse, détaillant les portes où s'inscrivaient deux *L* entrecroisés, et rehaussés d'un *XIV*. Depuis le départ, les armoiries du roi ayant produit des miracles, il me vint la certitude que nous étions sauvés. Pourtant, l'homme botté choisit ce moment pour se tourner vers la troupe. Il ajouta un signe. Aussitôt deux soldats se détachèrent pour venir l'encadrer.

— Descendez ! nous ordonna celui qui devait être leur chef.

Ce fut, je crois, le premier moment où depuis le départ, notre entreprise me parut condamnée à l'échec. J'avais été assez fou pour croire que je pouvais mener seul la guerre. Je devais accuser l'insoumission, pis encore, l'orgueil. Voulais-je savoir si le roi avait été empoisonné – et par là le sauver – ou avais-je cherché en montant cette expédition à me venger de l'indifférence que Mazarin avait montrée ? J'étais vieux, sot, égoïste, amolli. Un esprit sain aurait su que cette aventure n'avait aucune chance de réussir. Et j'y avais entraîné un jeune innocent qui, en souvenir de son père, m'avait accordé sa confiance. Jamais, me dis-je, nous ne pourrions rejoindre Calais.

⚜

Le visage du soldat se montra, sali de sang séché, zébré d'une plaie tailladée du menton à l'oreille. Sa main gauche entourée d'un bandage s'accrochait à l'épée pendue à la ceinture. Les hommes qui l'accompagnaient affichaient le même type grégaire. Le premier, d'une taille immense, portait ses *douze apôtres* en travers de l'épaule ; douze cartouches en bois que venaient compléter un sac empli de balles et une corne de poudre fixée à la hanche. Sans effort, il tenait d'un bras un mousqueton dont la bouche s'armait d'une baïonnette.

— *Der Feind ?* grogna-t-il dans sa langue.

— Il demande si vous êtes un ennemi, grimaça l'officier. Et il le voudrait car voilà dix jours qu'il bivouaque ici et s'ennuie…

Je m'apprêtais à calmer son ardeur quand l'autre homme de main se montra à ses côtés. C'était un grenadier dont la giberne pesait lourd. Un seul de ses projectiles suffisait à nous expédier *ad patres* et le bougre serrait sa besace, prêt à en faire jaillir la mort. Bien que gros et fort – il le fallait pour lancer la fonte – il arborait une armure comme celle des piquiers qui brandissaient la hampe de quarante pieds pour enfoncer le fer dans les entrailles des chevaux[1]. J'observais surtout la hache qui battait sur sa cuisse droite. Combien de temps lui faudrait-il pour me fendre le crâne si son maître en donnait l'ordre, car c'était une meute, un clan uni par la mort, la haine, et qui n'obéissait plus aux règles du monde chrétien. Il me revint que le cocher avait évoqué peu avant la présence de loups et ordonné de s'en méfier. En voyant ceux qui autrefois avaient été des hommes, je compris de qui ou de quoi il pouvait parler.

— Où comptez-vous aller ?

L'officier tournait autour de nous, rôdait, humait notre chair.

— Voir le roi, répondis-je en me mesurant à lui.

Il marqua un temps, approcha le flambeau pour me détailler. Sitôt, il abaissa la flamme, préférant sans doute l'ombre à la lumière.

— Dans ce cas, retournez d'où vous venez, fit-il claquer.

Je brandis ma bague et dans le même mouvement lui montrai le carrosse enluminé de ses armoiries.

— Nous devons passer, tentai-je d'un ton que j'espérais solide.

— À quoi bon…, grinça-t-il en sortant son épée.

Il s'approcha de la porte du carrosse, fendit l'air de son arme, frôlant mon visage au passage avant de pointer son fer entre les deux *L* du blason :

— … Puisque le roi est mort.

Et ces mots prononcés d'une voix douloureuse furent les premiers où il montra le reste de son humanité.

---

1. La hampe mesurait 12 à 16 mètres, pesait 10 kg, son fer atteignait 50 cm.

Chapitre 6

L'officier nous avoua, sur un ton moins querelleur, qu'il rapportait ici les bruits de la cité, et ils ne manquaient pas. La Cour s'était installée à Calais pour suivre le roi à la guerre et se frottait aux habitants, contraints de les héberger. Entre ces deux populations, les liens se formaient et les mots circulaient. Comment, plaidait-il, ne pas prêter attention à son tour au bavardage de ceux qui, quittant la ville, passaient par ce barrage ? La rumeur, enluminée de détails funèbres, devenait un récit. Bientôt, la *Vérité*.

— Mort ! s'exclama Isaac.

— Je l'ai entendu dire, faiblit son vis-à-vis.

À présent, il hésitait. Pouvait-on afficher tant d'*incertitude* à propos d'un sujet si grave ? À cette place, dans ce corridor où tout circulait, un soldat du roi, même transformé en chef de bande, ne devait pas céder au colportage. Mais le plus urgent était d'aller vérifier par nous-mêmes. Et cela exigeait de se débarrasser de cette assemblée aux allures de pillards, de passer, et si le roi vivait, de tenter de le sauver. À quoi bon sermonner l'homme perdu et barbare qui nous faisait face ? Hélas, ce projet déraisonnable devint celui de mon compagnon de route.

— L'oreille, débuta-t-il d'un ton professoral, entend parfois ce que l'esprit redoute et finit par inventer. Voici comment un serviteur loyal devient nuisible à son pays, à son roi. Ceux qui racontent l'ont-ils vu sans vie ? Un médecin a-t-il fait un rapport ? Sans le vouloir, la sentinelle devient peu à peu Pythie. Monsieur, méfiez-vous de ne pas avoir enrôlé Cassandre dans votre troupe. Il pourrait vous en cuire.

Tant d'assurance avait pour le moins secoué l'accusé. Ce ton, ces manières, il les avait oubliés et il cherchait à retrouver l'allure qu'il avait sans doute eue, au temps où il était gentilhomme. Mais le plus étonné fut moi. Isaac ne manquait pas d'audace, vertu que je savais l'apanage de Théophraste Renaudot. Son fils s'en sortait bien. Voilà, me dis-je, la répétition qu'il réclamait. Maintenant, partons ! Mais l'officier, piqué par la critique, en réclama davantage.

— Il y aurait un espoir ? hésita-t-il, partagé entre la méfiance et la tentation de croire ce jeune homme gonflé de certitudes.

— S'il n'y en avait pas, pourquoi serions-nous là ? répondit-on du tac au tac.

Une telle détermination faillit réussir. Mais l'esprit humain est ainsi fabriqué que, plus l'un d'eux cherche à triompher, plus un autre fera tout pour lui refuser la victoire. En face, le combattant se mit à réfléchir. De quoi pouvait être certain un discoureur qui n'avait pas encore mis les pieds à Calais ?

— Je prie pour la santé du roi dont vous semblez si convaincu, reprit-il en cherchant l'avantage. Ainsi, vous parlez, vous affirmez, et je m'en félicite. Mais je vois ce carrosse royal, cette personne qui fait route avec vous, et je ne sais toujours pas ce qui vous conduit par là.

Il montra Calais, soupira comme si la conversation le fatiguait et, oubliant les civilités, s'approcha d'Isaac pour le toiser de haut :

— Pourquoi ? jeta-t-il d'une voix à nouveau glaciale.

— Pourquoi quoi ? répondit Isaac sans baisser la garde.

— Pourquoi voyagez-vous sans escorte ? Pourquoi le faites-vous de nuit ? En somme, pourquoi êtes-vous là ? Et pourquoi êtes-vous si bien informés ?

— Nous avons nos raisons, persista le questionné. Mais sa voix fléchissait.

— Je dois les connaître ! rugit-on sur un ton redevenu guerrier.

Isaac hésita. Il perdait pied et j'allais intervenir quand soudain il repartit à l'assaut :

— Je suis médecin de la faculté de Paris, confrère de M. Vallot, Premier médecin du roi, clama-t-il. Je me porte au chevet d'un malade dont je ne dirai rien, étant lié par le serment d'Hippocrate. Cela vous convient-il ?

C'était la copie du plan que j'avais concocté et ce soldat brutal sembla soudain s'en satisfaire. Le découragement allait l'emporter. Je le vis se tourner vers son second pour lui ordonner, j'en étais certain, de nous laisser passer. J'en déduisis que la ruse fonctionnait et que ce jeune imprudent savait braver le danger. Hélas, l'imprévisible garçon, enivré par son succès, décida d'anéantir mes déductions.

❧

— Apprenez, monsieur l'officier, glapit-il, que moi seul ou un de mes pairs avons l'autorité pour affirmer si le roi est mort ou vivant. Ce n'est donc pas un sot qui peut en juger. Aussi, laissez-nous passer !

L'outragé se raidit. Isaac découvrit ainsi que trop de paroles produisaient un effet contraire à celui que recherchait leur inventeur.

— Je vous prie d'accéder à notre demande, s'adoucit-il. Nous venons sauver le roi.

— Seriez-vous également... médecin, comme l'autre phraseur le prétend ? grimaça notre persécuteur en se tournant vers moi.

— Je suis celui qui décide qui est ou non ennemi du roi, glissai-je d'une voix glaciale. Le docteur Renaudot a raison. Vous tenez une place où le battage est nocif. J'ajoute que les questions ne valent que par la qualité de celui qui les pose. Vous fabulez sur la santé de Louis XIV et votre curiosité, comme le devinait le sieur Renaudot, tourne au mauvais esprit. Votre intention est-elle de nous retenir prisonniers et ainsi de mettre en danger la vie de celui que vous devriez protéger, ou d'ordonner à vos hommes qu'ils cessent de nous menacer de leurs armes et de lever enfin cet odieux obstacle à la Couronne ?

— Monsieur..., commença-t-il, abandonnant sa superbe.

— Votre nom, votre grade, votre régiment ! lui répondis-je.

⚜

— Je crois que nous nous en sommes bien sortis..., se vantait Isaac alors que nous filions maintenant vers Calais. Avez-vous vu combien nous sommes complémentaires ? Moi, le médecin, vous le conseiller. Il n'y a pas à dire, nous faisons la paire. Votre stratagème est parfait. Que j'aime cette vie d'aventure qui change tant de celle du médecin !

Je fis mine de sourire :

— La prochaine fois, Isaac, laissez-moi parler le premier.

— Si c'est ainsi que vous voyez les choses, bougonna-t-il.

À quoi bon briser plus son ardeur ? Pourquoi lui révéler que le passage au barrage avait marqué les esprits, qu'on se souviendrait de l'attelage, de nous et de nos visages, que l'espoir reposait sur le fait de ne jamais se faire repérer ? Je n'eus pas le courage de partager avec lui une autre de mes angoisses. Mazarin était aussi en route pour Calais. Si, comme je le pensais, il était parti après, il pouvait surgir de l'arrière, à ce barrage, par exemple. Oui, la plus infime des péripéties compromettait notre réussite. Et en songeant aux dangers qui nous menaçaient encore, je regrettai à nouveau d'avoir entraîné ce garçon aussi courageux que fougueux. Sans qu'on puisse en douter, je faisais route vers Calais en compagnie d'un excellent médecin. Mais sur le sujet de l'espionnage, n'y avait-il pas de quoi s'inquiéter ?

❧

L'entrée dans Calais se déroula sans encombre. Le carrosse faisait l'essentiel. On nous guida même vers les écuries royales aménagées dans la tour du guet, non loin de la place d'Armes et de la citadelle, au cœur même de la ville, là où se situaient le roi et sa suite. Jusque-là, que pouvions-nous craindre ? J'étais un conseiller du roi, voyageant en compagnie d'un médecin, un duo qui se fondait dans la masse. Mais en nous présentant à la tour du guet, le ton changea. La désolation régnait sur les lieux. La bâtisse était partie en fumée, sa charpente effondrée. Dehors, gisaient dix chevaux aux membres raidis par la mort. L'odeur de la chair brûlée épaississait l'air déjà saturé de chaleur. Une poutre achevait de se consumer et je vis un corps carbonisé que personne n'avait eu la charité de recouvrir.

— Palsambleu ! Que s'est-il passé ?

Isaac n'avait pu s'empêcher d'interpeller un passant qui s'était approché à pas lents en détaillant les armes inscrites sur le carrosse.

— C'est un nouveau signe, un jour maudit, répondit ce dernier d'une voix d'outre-tombe.

D'un geste de la main, je l'invitai à poursuivre.

— Sans le vouloir, un garçon d'écurie a mis le feu à la paille. Et j'y vois la main de Dieu. Attendons-nous à un grand bouleversement.

— Vous aussi, vous allez annoncer que le roi est mort ! s'agaça le fils Renaudot.

— La Cour s'y prépare, répondit-il sobrement. Elle accorde ses manières à la dignité du moment.

Au moins, nous n'arrivions pas trop tard.

— Écoutez, reprit-il alors qu'une cloche résonnait au loin, c'est celle de Saint-Nicolas. On dit une messe pour notre roi. Une toutes les heures… Mais personne n'ose plus espérer.

Sur la fin, ce Calaisien nous avait conseillé de nous rendre à l'Arsenal pour y ranger le carrosse.

— C'est plein comme un œuf, mais on ne refusera pas sa place à un attelage royal, s'engageait-il d'un air entendu en lorgnant la portière.

Le maquillage fonctionnait auprès du badaud. En serait-il de même au moment de nous présenter au roi ? À la porte de Neptune, située à l'est de l'Arsenal, je fis arrêter la voiture pour en descendre.

— Soyez prêt à repartir. Ne bougez pas des lieux, ordonnai-je au cocher.

Philippe, éreinté par le périple, s'accrochait à ses rênes. La mission que lui avait confiée Pallonges – jusqu'à donner sa vie – avait laissé des traces.

— Prenez soin de votre personne, m'adoucis-je. Il se peut que nous soyons contraints de… décamper précipitamment.

Il grimaça sa fatigue et acquiesça en silence.

— Je n'ai pas songé à vous remercier, continuai-je. Et…

— Vous n'en avez pas besoin ! grommela-t-il, comme embarrassé par cet élan généreux. Vous êtes ami avec le chevalier Pallonges. Cela me suffit.

— Avez-vous compris que… notre voyage est secret ? Qu'il ne faut parler de rien, à personne. Aussi, quand vous serez installé à l'Arsenal, on ne manquera pas de vous questionner et...

Il me coupa pour la seconde fois :

— N'insultez pas davantage mon honneur, sourit-il cette fois franchement. Allez !

Et Philippe leva le fouet une fois encore.

❧

La place d'Armes près de laquelle s'éteignait le roi se situait au cœur de la ville. La Cour s'entassait vaille que vaille dans les maisons de pierre, serrées les unes aux autres autour d'un lacis d'eau arrivant de la mer et circulant par des canaux. Oui, les lieux étaient bien bâtis, solidement défendus par le fort Risban et le fort Nieulay, encadrant l'Arsenal. Et, à l'épaisseur des murs, s'ajoutait le rempart naturel de la mer. Mais cette eau n'était-elle pas en train de tuer ? Il se disait tant de choses sur ce flux saumâtre, infesté par les miasmes de la guerre que le courant charriait au gré des marées. Cette eau venait des dunes et de Dunkerque. N'avait-elle pas été, racontait-on, ensorcelée par les cadavres de l'armée d'Espagne que nos troupes avaient décimée ?

— N'oublions pas ce traître de Condé, allié de l'Espagnol. Il a pu empoisonner ce bras de mer pour se venger de Sa Majesté...

En entendant cette invention, Isaac expira lourdement.

L'homme qui venait de s'exprimer se retourna vers lui, décidé à l'entendre sur le sens précis de son soupir. Se moquait-il ?

Je fis un signe à l'offensé, le saluai de la tête en prenant l'air le plus innocent et, d'un geste du coude, forçai l'emporté à s'éloigner.

— Par pitié ! Retenez vos sentiments..., chuchotai-je.

— Pardonnez, continua-t-il, mais ce… personnage est ridicule. Il est scientifiquement impossible d'empoisonner une quantité d'eau aussi importante. Et pourquoi pas la Manche ou l'océan tout entier !

— Taisez-vous ! grognai-je en jetant un œil sur l'entourage.

❦

Allait-il tout gâcher alors que nous avions *quasi* réussi ? Car, à l'inverse des doutes qui m'avaient assailli, tout se déroulait à merveille. Ainsi, il avait été simple de trouver où le roi était installé. Pas un des habitants ne l'ignorait. Il s'agissait d'une maison fortifiée reliée à ses voisines par un entrelacs de cours, conforme aux refuges qu'adoptait Louis XIV à la guerre. C'était ainsi pour tous, courtisans et militaires. On casernait sans confort – *à la guerre comme à la guerre* –, sans ordre, mobilisant chaque pièce au gré des besoins. Grâce à ce brouillon d'organisation, j'imaginai que deux inconnus disparaîtraient aisément. Ma foi, la tactique s'annonçait bonne. Dans la rue, on n'avait guère prêté attention à nous, absorbés par le fatras que provoquait la présence de la Cour, du roi et surtout des soldats. Ceux-là formaient le gros de l'animation, se pavanant armes à la main, repoussant les camelots venus de Flandre et d'Angleterre pour les soulager de leur maigre bourse.

Il y avait mieux à faire que de dépenser la solde dans la soie ou de méchants sabots ! Des filles, belles et jeunes, s'offraient de soulager leur peine et c'était à celle qui ferait le plus briller ses yeux sombres et attirants comme l'enfer. Elles posaient au milieu de la rue, parlaient fort, découvraient leurs gorges et leurs jambes, au grand dam des bigotes de Calais, outrées par leur licence, et qui leur réclamaient le passage ! Mais elles, s'en moquaient et entretenaient leur art millénaire auprès des jeunes soldats dont le sang nerveux s'emportait à la première œillade. L'un d'eux plus hardi, moins timide, plus excité, s'approcha d'une brune au teint mat. Cela suffit pour qu'elle se colle et lui roucoule à l'oreille le prix de ses délices. La tractation dura peu et ils disparurent dans un estaminet aux allures de coupe-gorge, portés par les cris et les paillardises d'une bordée de fantassins, ivres de vin et d'amour. Ventre-saint-gris ! Au cours de ma vie d'espion, je n'avais jamais connu de progression aussi facile, mais je n'en restais pas moins sur mes gardes. À quel moment la tromperie cesserait-elle de fonctionner ? Mazarin était-il à Calais ? Sinon, et dès son entrée, il se rendrait où le roi était alité…

❦

Arrivé à destination, j'avais abattu la seule carte dont je disposais : l'autorité qu'offrait l'anneau d'un conseiller. J'exigeai d'un ton indiscutable un entretien avec Vallot qui, prétendis-je, m'obligeait à ce voyage. Voir Vallot, c'était approcher le roi, puisque le médecin ne le quittait jamais. Je caressais la bague et je tendais le dos. Je savais que le premier obstacle était souvent tenu par des hommes habitués à la fermeté. Devant eux, il ne fallait ni baisser les yeux ni hésiter. Et l'expérience m'aidait. Il s'agissait d'une audience urgente, prétendis-je sans faiblir à un soldat en faction, l'instinct me soufflant de solliciter le plus jeune. Nous étions mandatés par la Faculté – et par ordre du cardinal Mazarin (en priant qu'il ne soit pas déjà dans les lieux). Aucun barrage ne pouvait retarder l'exigence de ceux qui venaient aider Vallot, ajoutai-je pour couper court aux questions. Le novice faisant mine d'hésiter, je pressai la manœuvre. Voulait-on que le roi attende ? La ruse reposait sur la dilution de la responsabilité. Si ce maillon, celui qui décidait de l'ouverture, était faible, la chaîne céderait entièrement. Mais il résistait toujours et je devinais la suite.

Dans peu de temps, le garde, débordé par le problème qui surgissait, s'en remettrait à un supérieur. Et tout serait fini.

Il fallait agir, bouger, forcer le destin !

— Faites appeler le cardinal Mazarin, jetai-je avec force.

Isaac sursauta sur place. Étais-je devenu fou ?

Le garde n'en vit rien, trop occupé à écarquiller les yeux et à dévisager ce bonhomme d'âge mûr, petit, et sans danger, sans doute, puisqu'il réclamait la présence du ministre principal.

— C'est qu'il n'est pas encore arrivé, déglutit le pauvre soldat.

— C'est une chance pour vous, rugis-je de plus belle.

Et pour nous...

— Ne doutez pas que je l'avertirai de vos méthodes cavalières dès qu'il sera à Calais.

Ma victime se mit au garde-à-vous et le verrou sauta.

— Dieu, soupira Isaac en se glissant à mes côtés, vous avez pris de gros risques...

— Que cela vous serve de leçon, répondis-je avec arrogance. Le mot juste, et rien que lui !

⚜

La facilité avec laquelle nous avions franchi le seuil ne me surprit pas davantage. Nous avions réussi. La chance et le savoir de l'espion comptaient dans ce résultat. L'orgueil fit le reste. Pas un moment il ne me vint l'idée que nous entrions dans une souricière.

Une fois dans la place, il devint naturel de faire partie du milieu. Au deuxième contrôle, on négligea de nous interroger plus avant. Si nous étions là, c'est que nous devions l'être. Une armée zélée prit la suite et nous progressâmes jusqu'à une pièce dont la porte était gardée et close. La chambre du roi. Dedans, Vallot bataillait contre la mort, m'informa solennellement un valet. Si je le réclamais, c'était ici que je devais attendre. Oui, le plus facile avait été accompli. Mais que se passerait-il quand ce médecin sortirait ? Parviendrais-je à le convaincre que nous venions au nom de la Faculté étudier la situation, car je ne possédais que ce moyen pour approcher le roi ? Et qu'arriverait-il si je croisais Mazarin ?

La prudence obligeait à réfléchir, à observer les présents et les lieux, puis décider. Mais le docteur Renaudot ne songeait qu'à foncer tête baissée, à entrer chez le roi...

— Le temps presse. Il est peut-être trop tard. Cet incapable de Vallot doit saigner Sa Majesté et achever de le tuer !

— Continuez à bouger de la sorte, me fâchai-je, et dites adieu à la vie. Mais nous commencerons par la vôtre car ce n'est pas moi qui viendrai vous aider. Taisez-vous. Tenez, prenez ce siège. Ne forcez pas le destin qui nous a fait la grâce ne nous conduire jusqu'à cette porte. Faites comme moi, lui ordonnai-je à voix basse. Écoutez votre voisinage... Il y a du bon à savoir où nous mettons les pieds.

⚜

La pièce où nous attendions était assez vaste pour contenir un aperçu de la Cour. On y voyait des femmes avec leurs enfants, des hommes accompagnés de chiens d'attaque, des fauves prêts à bondir sur leur proie sur l'ordre du maître qui plastronnait en bottes.

Mais la guerre était finie et tous n'avaient d'autre occupation que de se réunir ici, à deux pas de la chambre du roi, et d'attendre qu'un bruit, qu'un soupir s'en échappe, que la porte s'ouvre puisque leurs propres vies dépendaient de celle d'un seul. Qu'étaient-ils en dehors de la Cour ?

Ce monde, abrégé exemplaire d'un corps bien plus vaste qui se fractionnait par centaines, allait, venait dans cette sorte de grand et sinistre parloir que les valets de la *Maison du Roy* avaient décoré hâtivement, apportant à grand renfort d'attelages et depuis Paris quelques apparats du palais du Louvre, comme c'était l'usage des rois et de leurs cours nomades.

Les murs étaient recouverts de tapisseries colorées, évoquant la chasse, l'art militaire et étrangement la douceur des quatre saisons. L'allégorie de l'*Été* et de ses faunes poursuivant au bord d'une rivière un aréopage de vierges saisies dans leur nudité attirait le regard. Mais, au-dessus d'une cheminée, Louis XIII se montrait aussi enfourchant son cheval dans les forêts de Versailles, entouré de ses écuyers et de ses favoris. Il y avait un cerf, blessé mortellement, et il me sembla que le jeune Henri Coiffier de Ruzé d'Effiat, le marquis de Cinq-Mars, empoignait la miséricorde qui soumettait la bête tandis que face à moi, une nouvelle scène, haute en couleur, se voulait décrire les richesses d'un cantonnement militaire où s'épanouissait le faste du Camp du Drap d'or du grand roi François Ier.

Je m'occupais ainsi, tentant de maîtriser l'appréhension, tassé sur un siège en bois dont le dossier trop droit me blessait le dos. Et je m'efforçais de ne pas engager la conversation avec une femme qui se disait marquise et tentait de savoir le mobile de ma présence et *de celui qui m'accompagnait*. Je ne connaissais pas cette discoureuse dont la fâcheuse exubérance pouvait à chaque instant, en attirant l'attention sur nous, produire le pire, mais il en était autrement de la plupart des courtisans présents sur qui j'avais de temps à autre enquêté, sans qu'ils l'apprennent jamais. J'apercevais ainsi Thierry de Millard, un conseiller du Parlement, redoutable négociateur, à cheval sur la Fronde et l'allégeance au roi[1]. Mais je n'avais rien à craindre de lui et des autres. Ils ne connaissaient pas mon visage. Pour rester anonyme, il suffisait de n'en fixer aucun.

⚜

Tous étaient donc là afin de cueillir du nouveau. Mais pour apprendre, il leur fallait aussi parler. Si j'avais dû faire un rapport à Mazarin, si ce dernier avait accepté de l'écouter, j'aurais débuté par l'incendie de la tour du guet, maudit présage qui sonnait comme l'avertissement de Dieu préparant Ses ouailles au changement. On soufflait, priait, psalmodiait, se signait. On vivait l'extrême-onction de Louis XIV. Du moins on s'y préparait et ce projet macabre exigeait que chacun lui accorde la plus grande attention. Fallait-il se vêtir de noir, prononcer un mot dont l'Histoire se souviendrait, soupirer ou s'évanouir ? Si l'oraison funèbre n'était pas écrite, les courtisans chuchotaient le nom de Philippe d'Orléans, Monsieur, frère du roi, prétendant au trône. Certains affirmaient être des intimes, tandis que les exclus de sa cour vantaient des liens d'amitié avec son favori, le mignon Armand de Gramont, comte de Guiche. Les mêmes, bigots, faux dévots, ne se souvenaient pas que, la veille, ils lui reprochaient de *brûler sa chandelle par les deux bouts*.

Et de qui parlait-on encore ? Mazarin ! À qui on prévoyait des lendemains funestes. D'aucuns pariaient sur le moment où le conseiller serait

---

1. Voir *1630. La Vengeance de Richelieu*, op. cit.

contraint de rendre sa tenue cardinalice. Si le monarque s'éteignait, le sort du ministre était *ipso facto* réglé. On gloussait dans son gant en imaginant le cardinal, forcé de quitter la France et de s'en retourner en Italie.

Il fallait garder grandement son calme pour ne pas sauter sur l'engeance qui se flattait encore de connaître le maréchal du Plessis-Pralin, un proche de Monsieur, et à propos duquel on croyait savoir qu'il conseillerait ce prince cadet, le jour où…

La cloche de l'église de Saint-Nicolas retentit lugubrement.

— Encore une messe, soupira un intrigant. Et déjà midi…

Isaac bondit et je dus le retenir par la manche.

— Je n'y tiens plus !

La porte s'ouvrit au même moment.

Vallot apparut, manches retroussées, bras couverts de sang.

❖

— J'avoue que je suis partagé…

Vallot se frottait les mains pour tenter d'ôter le sang séché qui collait à sa peau. Rien n'avait filtré sur la santé du roi.

— Bien sûr, j'ai demandé le secours de la Faculté, grommela-t-il, mais je suis surpris par votre présence. Pour tout avouer, j'espérais l'arrivée du docteur Daquin[1]. J'attends également le confrère Esprit.

Il secoua la tête :

— Mais vous ici ?

Vallot toisait Isaac Renaudot, partisan de l'émétique, virulent sectateur de l'antimoine. Et c'était le

---

1. Futur Premier médecin du roi (1672-1693), Antoine Daquin était un familier de Vallot. Saint-Simon prétend qu'il était avare et riche et surtout très ambitieux.

pire hiatus qui opposait les deux hommes. Le médecin du roi ne croyait qu'à la purge et à la saignée.

La partie était rude, mais à mon plus grand étonnement, mon équipier se rangeait à la douceur. Il flattait Vallot, caressait son regard, opinait au moindre de ses mots. En vérité, il cherchait par tous les moyens à rompre les défenses qui l'empêchaient de voir le mourant.

Il restait trois pas à franchir. Mais c'était une mer plus vaste que celle dont avait triomphé Moïse. Vallot campait devant la porte et se refusait à l'ouvrir. Aussi je crus bon d'intervenir :

— Le docteur Renaudot ne vous dit pas tout, débutai-je. Il est porteur d'un message dont la nature exige que nous nous mettions au secret...

D'un mouvement du menton, je montrai l'accès. Vallot hésita. Il regardait la salle et comptait le nombre d'yeux et d'oreilles qui ne perdaient pas une miette de notre petit dialogue.

— Que vous seul pouvez entendre, insistai-je en m'approchant.

Soudain, il s'intéressa davantage à moi :

— Mais aussi Mazarin, puisque vous êtes son envoyé.

Je me mordis les lèvres. Le bougre était moins docile que les gardes. Demanderait-il le cardinal si celui-ci, par malheur, venait d'arriver à Calais ?

— En effet, ne sus-je que répondre.

— Eh bien ! Entrons-le dans votre confidence...

Vallot regarda par-dessus mon épaule et son visage s'éclaira :

— ... Je le vois qui arrive.

Chapitre 7

Les courtisans s'étaient levés et Mazarin les ignorait. Il n'avait d'attention que pour moi. Aurait-il écarquillé les yeux, marqué sa surprise, ouvert la bouche pour laisser parler sa colère ? C'était mal connaître ce personnage exercé au contrôle de soi-même. Pour une raison que j'ignorais, il ne hurlait pas à la forfaiture et n'ordonnait pas qu'on nous arrête. Nos regards s'affrontèrent en silence. Le sien s'efforça à son habitude de ne rien exprimer. Et de tous les présents, aucun ne soupçonna cet échange. Déjà, son intérêt se portait sur Isaac. En un éclair, il l'apprécia et pas un, même moi, ne devina son jugement. Vint ensuite le tour de Vallot. L'exception renforçant la règle, il ne fit nul effort pour cacher que le personnage l'ennuyait. Il soupira et se décida à tirer une sorte de grimace dont on n'aurait su dire s'il fallait accuser la douleur de ses jambes qui depuis peu freinait son pas ou l'ennui d'avoir à discourir avec le médecin du roi[1].

— Vous voilà arrivé, fit mine de se réjouir ce dernier. Depuis quand êtes-vous là ? Avez-vous fait bonne route ?

_____

1. Sur la fin de sa vie, Mazarin fut forcé de rester allongé. Lors de l'incendie des appartements du Louvre où il résidait, on le porta sur une chaise pour qu'il puisse être sauvé. De quoi souffrait-il ? Les médecins étaient partagés, les uns accusant les poumons, d'autres la rate, et ainsi de suite…

Mazarin ne bronchait pas. Il se tenait droit, le visage creusé par l'expédition qu'il venait d'accomplir. Sa tenue civile ne disait rien de son rang cardinalice. C'était celle d'un périple mené sans pause, ni répit. Pourtant il s'en dégageait une élégance discrète, indéfinissable, de celle qui séduisait Anne d'Autriche, régente un temps, et mère de Louis XIV. Qu'avait-il de plus pour expliquer l'attirance qu'il exerçait ? Sûrement pas ses témoignages d'affection ! Fallait-il s'intéresser à la voix grave et chantante qui trahissait les origines italiennes, au corps subtilement fragile dont on doutait – quelle tromperie ! – qu'il s'y cache une force brutale ? Il demeure que l'ensemble dégageait une sévérité onctueuse qui parachevait la grâce naturelle de cet homme de cinquante-six ans. Un vieillard, lui aussi ? Les jeunes courtisans présents auraient aimé se montrer aussi gracieux dans une veste légère, agrémentée d'un simple revers noir et blanc[1], et sous laquelle se devinait une chemise au col brodé de soie. Ses bottes, montant jusqu'au haut-de-chausses rehaussé d'un ruban[2], rappelaient cependant que le cardinal descendait d'un carrosse : elles étaient couvertes d'une poussière qui me fit aussitôt penser au sel des terres du relais de Terwann.

Malgré la chaleur, ses mains étaient revêtues de gants en cuir, l'une serrant le carnet dont il ne se séparait jamais et dans les pages duquel tenaient les secrets du royaume. Qui pouvait abattre l'homme d'État ? Je conseillais aux médisants qui, peu avant, juraient sa fin, de se méfier. Le cardinal tenait bon, malgré ses traits terriblement tirés qui dénonçaient l'âge, en effet, et un état de grand épuisement auquel

---

1. Ce sont les couleurs qu'appréciait Mazarin.
2. Le haut-de-chausses est une culotte ou un pantalon s'arrêtant aux genoux. Sous Louis XIV, il se parait de rubans (petites oies), de dentelles, de bouclettes…

s'ajoutait sans doute la crainte d'avoir à entendre le pire à propos de son filleul[1].

Pendant ce temps, Vallot s'enfermait dans ses politesses. Hélas, rien n'y faisait. Le cardinal se taisait. Un mutisme si pesant aggravait la gêne du médecin qui tentait de combler le silence en accélérant son débit :

— Mais…, mais j'y songe, bafouilla-t-il, à court d'urbanités. Je parlais de vous en ce moment avec ce monsieur. Et…

On me désignait. Le regard de Mazarin s'éclaira un instant. Il leva la main afin d'ordonner au bavard de se taire.

— Qu'annoncez-vous à propos du roi ? jeta-t-il brutalement.

Le médecin ouvrit la bouche, mais rien n'en sortit. Ses yeux se fermèrent plusieurs fois, se rouvrirent pour fixer le vide. Il chercha encore une contenance en replaçant ses cheveux qu'il portait longs et fort frisés pour se grandir, hésitant toujours sur le choix des mots afin de répondre *au plus juste* à celui qui lui faisait face et le dominait par l'esprit et malgré tout par la taille. Enfin il se racla la gorge :

— Je crois pouvoir affirmer que le mal progresse *via* les artères, commença-t-il. La mélancolie ou la nonchalance qu'en retire Sa Majesté ajoute aux humeurs bilieuses que j'extrais en usant de saignées qui soulagent les inquiétudes des poumons sans amoindrir la palpitation des membres supérieurs et…

— Membres supérieurs ? l'interrompit sèchement Mazarin. Parlez-vous des mains ou des bras ?

— Des deux, Votre Seigneurie, déglutit le médecin.

— Pour que chacun comprenne, ne serait-il pas plus simple de dire que les mains et les bras de votre patient tremblent ?

---

1. Le cardinal Mazarin était le parrain de Louis-Dieudonné, futur Louis XIV.

— On peut, en effet, l'expliquer de cette manière, bredouilla-t-il. Bien que…

— Poursuivez, je vous prie.

— L'usage de la Faculté veut que l'on emploie des termes plus soutenus. Racontée simplement, la maladie tombe dans l'ordinaire, et il s'agit de celle du roi, se redressa-t-il sur les talons.

— Pourquoi usez-vous toujours de formules impénétrables, Vallot ? cingla le cardinal. Y a-t-il comme l'idée que, rendant plus complexe ce qui l'est déjà trop, vous espérez, à défaut de trouver un remède, une sorte de… miracle ?

Le trait n'avait pas échappé aux courtisans qui se délectaient d'assister à la torture de Vallot. Celui-ci sonda la salle et comprit qu'il devait inventer sur l'instant une réponse qui sauverait sa réputation :

— N'injurions pas Dieu ! cingla-t-il. Le mal est profond, et Lui Seul connaît la réponse…

Les courtisans apprécièrent, certains se signèrent, l'un d'eux se mit même à genoux, dans l'espoir que son geste fût vu et apprécié par le dignitaire de l'Église.

— Aucun homme, selon vous, ne saurait dire de quoi souffre le roi…, rétorqua ce dernier. Est-ce l'avis de ces messieurs, et surtout, celui de Renaudot ? Ne peut-il nous faire part de sa science ?

La sortie me laissa pantois. Mazarin rejoignait notre parti et, plus encore, ratifiait le mobile dont nous avions usé pour parvenir ici, continuant ainsi de ne pas s'étonner de notre présence.

— Oui, poursuivit-il, qu'en dites-vous, monsieur Renaudot ?

Isaac, ni inquiet ni surpris de l'intérêt que lui portait le cardinal, sauta sur l'occasion :

— Il faudrait voir notre malade, professa-t-il avec aplomb.

Vallot fit battre ses paupières :

— Il est donc vrai que Votre Éminence a demandé à… de…

— Pensez-vous, lui répondit-on, que l'on puisse voyager dans un carrosse royal, entrer à Calais, passer tous les barrages, se présenter à la chambre du roi, et faire tout cela sans mon accord ?

Mazarin se tourna vers moi et me regarda enfin.

❧

Bien sûr, je fournirai l'explication à ce mystère qui, à l'instant, restait insondable. Mais comme la réponse à ces questions vint après et que les événements ne cessaient de se multiplier, je crois bon de m'attacher d'abord à ce qui suivit.

Puisque tout obligeait Vallot à ouvrir l'accès à la chambre du roi, il le fit, non sans adresser un regard détestable à Renaudot. Un partisan de l'antimoine entrait dans le cœur du royaume, domaine des adorateurs de la saignée et des formules latines. Le coup était rude et Vallot aurait beaucoup donné pour ne pas revêtir l'habit du traître de Guy Patin, ce doyen de la Faculté qui avait détruit la réputation des Renaudot. Sans conteste, le clan de l'hérésie n'aurait jamais eu gain de cause sans l'ordre du cardinal. Ainsi, il y avait de quoi sombrer dans le pensif, peut-être même de se préoccuper de ce qu'il advenait. Nous allions réussir par la grâce de Mazarin. Et c'était l'exacte inversion de la situation que j'avais conçue au départ de Paris.

Mais l'énigme passa au second plan. Un soulèvement général se produisait dans la salle des courtisans. Un tapage d'exclamations et de soupirs auquel s'invitait une bousculade de sièges et de coudes et de bras puisque tous tentaient de se placer au premier plan afin de saisir le détail dont ils pourraient nourrir leur coterie jusqu'au soir. Il fallut à l'œil le plus rapide et le plus indiscret se contenter du peu que l'épaule de Mazarin voulut montrer : une pièce faiblement éclairée et, dans ce lit, comme entouré d'un halo, était-ce… ? La porte du roi grinça et se referma derrière nous qui étions déjà dedans.

⚜

Quatre candélabres encadraient le lit. De loin, à l'entrée où nous étions encore, c'était le tableau apaisant, doré de lumières chaudes, d'un homme au repos d'à peine vingt ans ; d'un ange à la chevelure bouclée débarquant sur Terre. Le reste de la pièce demeurait dans l'obscurité. Les rideaux étaient tirés, les fenêtres closes, la chaleur étouffante. À l'opposé de moi, je crus apercevoir des ombres humaines, figées dans le fond, mais le regard retenait toujours l'éclat du soleil qui illuminait la scène précédente. Je revins vers le lit que personne n'osait rejoindre. Le visage se montrait un peu, au-dessus d'un drap de lin beige sagement plié sous le menton, et c'était comme si rien de mal ne se produisait. Le roi dormait, voilà tout. Puis l'œil s'habituant à la pénombre, j'aperçus ces détails déroutants qui assombrirent brutalement ce moment. La main, la droite, tremblait tandis que la gauche pendait sur le côté, en dehors de ce lit austère, petit, un simple repos de campagne où un roi qui aimait la guerre avait rêvé de victoires. Désormais, il menait une autre bataille que celle des Dunes ; une lutte sans répit, solitaire, tel Persée affrontant la Méduse.

— Voilà que le mal revient, bredouilla Vallot.

Ces mots suffirent pour que nous nous approchions.

⚜

Le front de notre roi se couvrit soudain d'une sueur épaisse et jaune, sa bouche mi-close chercha l'air vif, salvateur qui manquait plus que de raison. Comme s'il subissait l'assaut d'une force infinie, sa respiration devint vive, hachée, gémissante. Son ventre se tordit et sous l'effet de la douleur, sa tête pivota, cherchant dans ce monde inconnu, inhumain, le moyen de parer le glaive d'un adversaire qui suppliciait ses entrailles. L'impitoyable ne l'épargnait pas, frappait ici et là des coups féroces qui harcelaient sa victime, l'épuisaient. Tantôt, l'épée de ce barbare le touchait au poitrail ; tantôt, il usait de la dague pour meurtrir son dos, ses jambes. La douleur immense torturait le martyr, mais, dans ce pugilat chevaleresque, le prince ne cédait rien. Sa main gauche bougea, se leva d'un rien, expédiant à nous, mortels, le signe infiniment fragile d'une vie en sursis.

Au coin de ses lèvres, le sang apparut. C'était un filet épais, gras, douloureux. La bête inhumaine qui le rongeait avait remporté la lutte du moment. Elle reviendrait plus tard, achever son œuvre. Oui, c'était une manche de plus, mais le tournoi qui avait débuté quatre jours plus tôt n'était pas terminé. Nous étions le jeudi 4 juillet 1658. Le roi vivait encore. La vague était passée. Son visage reprit sa splendeur d'antan – n'eût été ce sang s'écoulant de sa bouche, et dont le drap de lin buvait chaque goutte, inexorablement.

— Il va mourir, souffla Isaac, rompant ce moment miraculeux.

❦

Renaudot, parlant pourtant à voix basse, avait été entendu par une des ombres dressée au fond de la chambre. Il y eut une sorte de cri ou plutôt de plainte, suivie d'un mouvement qui, en frôlant les rideaux, fit

entrer un peu de lumière. Cela suffit pour que j'aperçoive une femme. Et je la connaissais.

Elle n'était pas seule – ils se serraient à trois ou
quatre dans ce coin-ci –, mais j'aurais reconnu entre
mille la silhouette gracieuse de Marie Mancini, la
nièce du cardinal Mazarin. Le visage dévoré par le
chagrin, elle regardait le roi et il fallait être aveugle,
même si l'examen fut court, pour ne pas comprendre
que la jeune fille y était follement attachée. Mais cela
ne me surprit point.

Bien que n'étant plus très en cour, je ne m'interdi-
sais pas de me tenir informé sur la vie du royaume,
et je gardais d'excellents liens au Louvre tels que
l'amitié du chevalier François Pallonges dont j'avais
pu mesurer les effets bénéfiques. Ici ou là, ces bruits
dont je parlais circulaient sans retenue et, depuis
peu, Marie Mancini tenait le haut du pavé. La jeune
fille avait su se construire en quelques mois une réputation, romanesque pour quelques-uns, sulfureuse
pour les autres. Sa beauté éblouissait le roi et, racontait-on, bouleversait son cœur. Je l'avais aperçue au
Palais-Royal avant que son oncle ne me dispense de
m'y rendre. Noyé dans le nombre, il n'y avait aucun
mal à repérer cette *Mazarinette*, ainsi qu'on appelait
les nièces du cardinal. Elle riait, s'exclamait, se
moquait mieux que quiconque. Elle avait l'audace, le
piquant, l'esprit, en somme, et affichait la grâce italienne à laquelle le gentilhomme français ne sait
résister. La jouvencelle – venait-elle d'avoir dix-sept
ans ? – ne souffrait d'aucune des cruautés que réserve
l'âge et l'on remarquait qu'elle embellissait chaque
jour. Ainsi, par la magie qu'offre le type transalpin,
elle s'épanouissait en femme alors que les jeunes
filles du même âge en rêvaient encore. Si bien que
Marie Mancini harmonisait les talents de la jeunesse
et ceux de la sensualité. Qui aurait pu résister au
charme de sa voix cristalline, à la fraîcheur de son
teint, à sa gorge ferme qui se montrait de moins en

moins innocemment, à sa taille qu'aucun fruit de la fécondité n'avait arrondie ? Il fallait comprendre ce roi beau et préoccupé par l'ardeur. Oui, comment résister au fruit de ces lèvres charnues qui appelaient un baiser ?

La jeune Mancini ne manquait pas d'insubordination, un trait qu'elle partageait avec sa sœur Olympe qui, un temps, avait également occupé les sentiments de Louis. Quelle famille ! Italienne par-dessus tout, exilée en France, recueillie par l'oncle, associée depuis l'enfance à la vie des jeunes princes. Il y avait à raconter sur ce clan doué pour le libertinage, et cette époque voluptueuse, où le dévot n'avait pas pris le pouvoir sur l'âme du siècle, leur tendait la main. Mais aujourd'hui, Marie pleurait à dix pas du roi, se mêlait à son *intimité*, et pas même son oncle, qui à l'instant venait d'adresser un regard à sa nièce, ne s'étonnait de sa présence. Je pris l'information à sa mesure. Au moins, me dis-je, tentons d'exploiter la relation que Marie a nouée avec Louis. Si la conclusion d'Isaac mène à l'hypothèse d'un empoisonnement, voici un témoin proche qu'il faudra entendre. Si Mazarin, me repris-je, ne m'a pas d'ici tôt embastillé…

⚜

Qui encore ? Qui se tenait au fond ? Pendant que Mazarin se penchait sur le roi, que Vallot tentait de devancer Renaudot qui désirait faire de même, j'utilisai le demi-jour qui entrait par le rideau pour poursuivre mon observation et, en plissant les yeux, je n'eus aucun mal à mettre un nom sur la femme qui se tenait près de Marie. Elle partageait sa douleur, mais, pour que son émotion reste muette, elle tordait, torturait ses mains. À moins, se dit l'espion, qu'elle se sente coupable. De quoi ? Voilà qui était assez pour le sonder.

Il s'agissait de Pierrette Dufour, personnage *intimement* lié au roi. Sa fonction ? Nourrice de Louis-Dieudonné. On se prenait à douter. Louis XIV n'avait plus l'âge de se faire dorloter par ce genre de femme. C'était oublier qu'il n'était pas un matin sans que Pierrette vienne l'embrasser. Avec le valet de chambre, qui, lui, dormait au pied du lit du roi, elle partageait son réveil, l'instant entre ciel et terre où la réalité n'existe pas vraiment. Elle caressait son front, le baisait, oubliant que ce jeune homme était la Majesté de millions de sujets et lui, délaissant ce qu'il deviendrait dans la minute suivante, lui confessait ses rêves et le vague de son âme. Pierrette était une seconde maman. Bien sûr, il y avait Anne, reine et ancienne régente, deux rôles qui avaient dominé les autres. Pendant l'enfance de Louis, cette mère n'oubliait pas que son fils deviendrait le roi. L'*intimité* s'en ressentait et si l'amour n'avait jamais manqué, Anne séparait l'humain du royal dans l'éducation du garçon, confiant ce que certains appelaient l'affection, et d'autres la sensiblerie, à Pierrette Dufour. Ainsi se comprenait mieux ce qui l'unissait à Marie Mancini. Les deux adoraient le même homme, mais chacune à leur façon. Oui, cette femme aussi chaleureuse que ronde comptait dans la situation que je détaillais et dans laquelle apparaissait une troisième silhouette qui achevait ce portrait familier.

⚜

Je n'eus aucun mal à mettre un nom sur cet homme mûr, racé et élégant. Je le reconnus dès qu'il avança afin de s'intéresser à la querelle naissant entre Vallot et Isaac. Pour un motif grotesque – une question de préséance, je crois –, le Premier médecin du roi voulait interdire à Renaudot de s'approcher à toucher le roi et, plus encore, de lui saisir la main.

— Je dois sonder son pouls ! protesta mon équipier.

— Il n'en est pas question ! Je dois m'en charger…

Pour un peu, ils se seraient battus.

Ce triste spectacle obligea Mazarin à prendre parti :

— Laissez-le faire son travail.

Vallot ravala sa rage. C'était sa deuxième défaite. Je quittai des yeux Renaudot qui s'agenouillait près du roi et, pour une raison que lui seul connaissait, humait l'air, reniflait le drap, avant d'inspecter le sol. Il y avait plus utile à regarder le duc Gabriel de Rochechouart de Mortemart, Premier gentilhomme de la chambre, et le mieux informé sur la vie privée du roi puisqu'il ne le quittait jamais, dormant même dans la pièce voisine. Ce seigneur était lié à la Couronne depuis Louis XIII. Proche d'Anne d'Autriche, et désormais de Louis XIV, aucun secret ne lui échappait. Pas même mon existence. Ses liens d'amitié avec Richelieu nous avaient amenés à nous croiser souvent, sans qu'il se montre curieux ou pose une question. À la Cour, il m'adressait un sourire discret, à défaut, un hochement de tête. Voilà tout. Ce duc, droit et honnête, pouvait me renseigner. Quand le roi s'était-il senti mal ? Dans quelles circonstances ? Quel événement s'était-il produit avant ? S'il y avait un poison, comme le pressentait Isaac depuis notre départ de Paris, ces questions valaient peut-être mieux que celles de ces médecins qui continuaient leur discorde à propos du *Discours de l'humeur radicale* ou du *Traité des plantes laxatives*. Même Mortemart soupira d'agacement.

Je fis un pas dans l'espoir d'attirer son attention. Aussitôt il se tourna vers moi, et son regard ne resta pas indifférent. Il me sembla même qu'il m'adressait un signe, qu'il désirait presque parler, et tant d'imprudences ne lui ressemblaient pas. M'étais-je abusé ? J'avais hâte d'entendre Isaac. Que disait l'examen ? Avions-nous, hélas, raison ? Qu'était-il possible de faire ?

— *Sublata causa, tollitur effectus*[1], proféra soudain Renaudot.

Mazarin s'approcha alors du médecin qui se relevait, le visage sombre et contrarié.

— En avez-vous fini ? lui demanda-t-il.

— Pas encore, lui répondit-on.

Mazarin n'en demanda pas plus. Et, s'éloignant du lit du roi, il vint vers moi.

— Il est temps que nous nous parlions, souffla-t-il sèchement.

Il me montra une porte qui, à l'autre bout de la pièce, menait Dieu sait où.

---

1. « La cause supprimée, l'effet disparaît. »

Chapitre 8

La maison était plus vaste qu'il n'y paraissait. D'une porte, nous allions à l'autre, traversant couloirs et corridors où œuvrait l'armée des valets de la *Maison du Roy*, chacun à sa tâche, commensal silencieux, l'esprit occupé à la fidèle exécution d'une tâche – le ruban, la chemise, les chausses du roi –, détail infime, et indissociable d'un tout. Ils allaient, telle une ruche, réglés par le métronome du Premier gentilhomme de la chambre qui scandait les accords d'une partition calibrée depuis des temps immémoriaux. Rien ne pouvait changer à moins d'effondrer l'édifice. Et rien ne se métamorphosait malgré le drame où, à dix, à vingt pas, dans la chambre dépouillée d'apparats, le roi s'éteignait. Nous avancions, le cardinal en tête. Eux le saluaient, s'effaçaient, puis ils reprenaient un travail immuable. Jusqu'au dernier souffle de leur maître, il en serait ainsi.

— Entrons ici.

Un serviteur, dos tourné, lustrait la cuirasse du roi. Et Dieu, il frottait, y mettait son courage et sa foi. Qui sait ? Sa Majesté voudrait peut-être se lever, réclamant qu'on l'habille pour profiter du jour. Il exigerait son cheval, le gris pommelé ou le blanc ou cet alezan brûlé qu'il aimait tant et, comme la semaine passée, il sauterait d'un bond sur la selle, plus léger qu'un oiseau, tandis que, pendus à ses basques, le duc de Mortemart et le Premier valet de chambre, Pierre de Nyert, lui feraient promettre la prudence…

Le domestique se retourna brusquement. Il pleurait.

— Laissez, ordonna Mazarin d'une voix adoucie. Aujourd'hui, le roi n'en aura pas besoin. Sortez maintenant.

C'était ce qu'il y avait de pire à entendre, comme si sa propre vie s'arrêtait. À quoi donc s'occuperait-il désormais ?

❧

Deux chaises et une table meublaient la pièce. Bien qu'épuisé, Mazarin ne s'en approcha pas. L'entretien, imaginai-je, serait court. Il désirait sans doute revenir au plus vite près du roi. Il ferma la fenêtre qui donnait sur une cour où un garçon de cuisine déplumait de belles volailles. Aussitôt, la chaleur se fit sentir. Le cardinal saisit un broc rempli d'eau et but sans autre façon, mouillant sa chemise et sa veste. Il versa encore un peu du liquide dans un mouchoir qu'il tamponna sur son front et sur ses lèvres. Soudain, il sembla se souvenir de moi :

— Savez-vous pourquoi je ne vous ai pas encore fait arrêter ?

Aïe ! Le face-à-face débutait fort mal…

— Vous y songez sérieusement, répondis-je avec aplomb, et je le comprends. Vous avez en tête une geôle humide pour punir mon indiscipline. Un lieu où vous n'aurez plus à m'entendre, où je ne vous importunerai plus, laissant au temps le soin de pourrir mes vieux os. Je crois même que la décision est prise… Alors, convoquez vos gens d'armes, mais avant, puisque nous sommes seuls, laissez-moi vous dire combien il est urgent d'apprendre pourquoi vous me voyez ici, là où vous ne m'attendiez point.

— Je n'ignore rien de vos gesticulations ! rugit-il en ôtant sa veste qui le gênait. Je vous suis à la trace depuis Paris.

Et tout Mazarin qu'il fut, il prit plaisir à me voir écarquiller les yeux. Mordiou, la belle attaque, dis-je à moi-même. Pour le moment, recule. Observe ton assaillant...

— Au Louvre, continua le bretteur, fier de sa flanconade, vous avez questionné l'un de mes serviteurs sur la santé du roi, lui laissant croire que vous étiez médecin. Bah ! Je vous croyais plus adroit...

Parlez donc, mon cher cardinal. Dites ce que vous savez. Et toi, l'espion, tais-toi. Tandis qu'il ferraille, fais l'étonné.

— Puis vous avez pris un carrosse royal.

Jusque-là vous avez bon.

Il marqua un temps :

— Me direz-vous qui vous a fourni l'attelage ?

Jamais ! Romps pour le moment.

— Sans gravité. Je le saurai, lâcha-t-il en s'essuyant le front.

Eh ! Un coup dans le vide. Continuez, Mazarin. Je sens que vous vous essoufflez...

— De relais en relais, vous me devanciez. Nous faisions donc route vers Calais, vous devant, et moi, enrageant derrière. Pourquoi ? Quelle folie vous poussait à braver mon autorité, et quel lien y avait-il avec la santé du roi ?

Il s'approcha de la table, mais renonça à s'y installer :

— Je reconnais toutefois que vous m'avez... surpris.

Méfie-toi ! Il feinte ! N'entre pas dans son jeu.

— Peu de gens à Paris savaient, dès le 2 juillet, que le roi souffrait d'un mal inconnu. Et j'entends que vous vous expliquiez !

Taquine son épée. Pare ! Mouche-le sans vraiment l'attaquer...

— L'espion dispose d'informateurs, desserrai-je les dents. Bien que vous doutiez de mes qualités, je n'en suis pas encore démuni. Et, sans vouloir plaider ma cause, si vous m'aviez reçu…

Il balaya ma remarque d'un mouvement de main et revint à son idée :

— Il me restait à comprendre les raisons de votre action. Or…

— À Terwann, vous avez tout saisi, le coupai-je. *Maintenant, c'est vous qui écarquillez les yeux !*

— En effet, murmura-t-il. Et comment l'avez-vous deviné ?

— N'oubliez pas que vous questionnez un espion. Dès votre entrée, j'ai vu la poussière sur vos bottes. C'est inévitablement du sel et j'ai aussitôt rapproché ce détail de Terwann. Le reste relève de ma faute. L'officier au barrage vous a informé de notre passage. Trop de battage, j'en conviens. Il faut excuser Renaudot. Ce garçon manque de prudence. Ainsi, vous avez compris que nous venions voir le roi sous couvert de la médecine, prévoyant même de le secourir. Voici pourquoi vous n'avez pas été surpris de nous découvrir dans son antichambre.

Eh ! Piqué entre les yeux.

— À mon tour de vous étonner, monsieur Petit-bois, répliqua-t-il en posant son postérieur cardinalice sur la table. Je ne vous fais pas encore arrêter. Et savez-vous pourquoi ?

Il ruse. Ne te découvre pas. Renforce ta garde…

— Votre obstination mérite que j'y prête attention, s'adoucit-il trop rapidement. Alors que cherchez-vous ici ?

— *Sublata causa, tollitur effectus*, répondis-je, reprenant les mots qu'avait prononcés Isaac tandis qu'il se penchait sur le roi.

Il se releva d'un bond :

— Que me chantez-vous là !

— Je veux découvrir ce qui cause la maladie du roi et, ajoutai-je, savoir si ce que nous pensons, le docteur Renaudot et moi, est la *Vérité*.

— Cessez vos énigmes ! Que croyez-vous ?

— Le roi a été empoisonné.

Je n'étais certain de rien. J'inventais, peut-être. Mais je mis fin à mes doutes, car Mazarin blêmit et serra le mouchoir dans sa main. Cela dura moins de temps qu'un éclair. Sitôt, il se ressaisit. De sorte que son trouble me convainquit que j'entrais dans ses craintes.

— L'accusation est très grave, tenta-t-il de se révolter, et…

— Pourtant vous l'imaginez, m'empressai-je d'ajouter. Soyons francs. L'hypothèse vous ronge ; vous y songiez déjà.

Il saisit le broc, constata qu'il était vide et le reposa. Ses yeux se creusaient de cernes profonds et noirs. Il souffrait et réfléchissait à la fois, pesant le pour et le contre. Tomberait-il le masque ? Parlerait-il enfin avec sincérité ?

Il tourna une chaise et se résolut à se poser :

— Continuez, glissa-t-il alors d'une voix à peine audible, plissant les yeux à la façon d'un chat appréciant sa proie.

— Vous doutez des compétences de Vallot. Il ne découvre pas la *cause* qui tue le roi. Il ne peut donc mettre fin aux *effets*. Faut-il croire que l'eau, l'air, la nourriture sont infectés par les charniers ? Si vous le pensiez, auriez-vous bu cette eau ? soutins-je en prenant le broc. Et il y a la façon dont vous traitez le médecin du roi. Mépris, agacement, humiliation, vous ne l'épargnez pas… Tandis que vous réservez votre attention à Renaudot, disciple de l'antimoine, un homme qui manie le plomb et le poison… et connaît les secrets de son dosage. Si vous aviez fait jeter Isaac, le traitant de charlatan, j'aurais pu douter. Mais vous l'avez autorisé à approcher le roi, à l'ausculter, à le toucher…

— Et vous en déduisez que je pense qu'une main criminelle a voulu ôter la vie à Sa Majesté ?

— Qu'on tente de le faire, oui. Et, sur la route de Calais, en suivant notre chemin, vous avez réuni les pièces comme autant de petits cailloux blancs. Petit-bois veut vous voir, parle à votre valet de la santé du roi, et ainsi se dévoile. Fallait-il accuser l'âge ? Était-ce une maladresse ? mentis-je par orgueil. Ou ma manière d'alerter celui qui refusait de m'ouvrir sa porte ? Ne doutez pas de votre espion, Votre Éminence. Il vous surprend encore. Il sait ce que Paris ignore : le roi est gravement touché. Puis, vous découvrez que je fais route dans un carrosse royal. L'emprunt ne s'explique que par l'urgence. Laquelle ? La maladresse que met Isaac à se montrer à Terwann vous renseigne. Un médecin m'accompagne. Pourquoi cet attelage ? Vous n'ignorez pas les talents du fils Renaudot pour la chimie ; combien ses travaux sont combattus, déconsidérés par la Faculté. S'il est là, s'il prend le risque d'affronter Vallot, de pénétrer chez le roi, si donc il se sacrifie, c'est que la cause est sérieuse et… vitale. Alors, vous nous voyez et, sagement, vous décidez qu'il vaut mieux me tirer les vers du nez que de m'embastiller. Dieu ! Je tuerais pour boire un peu d'eau…

— Je vais en demander, annonça simplement Mazarin.

— Faites plutôt venir Renaudot. Qu'on l'entende, s'il a fini son examen. Lui seul tranchera notre débat.

⚜

Quelques fruits, de l'eau, le cardinal ne voulait pas davantage. Un valet qui mettait tout son art à déplisser la nappe de coton blanc recouvrant la table se fit rabrouer.

— Laissez-nous à présent ! tonna Mazarin.

Nous étions quatre. Antoine Vallot avait exigé de se joindre à Renaudot. Quatre, serrés dans cette simple pièce de service, et l'ordre du jour méritait que l'Histoire s'en souvienne.

— Vallot, commencez, décida le ministre du roi.

L'intéressé toussa doctement pour s'éclaircir la voix :

— Il est incontestable que les vapeurs de la rate se glissent par l'artère jusqu'au poumon, provoquant un chagrin qui, malgré moult saignées, continue d'encrasser le cerveau. Celui-ci ne commande plus les membres, expliquant la paralysie étrangement et paradoxalement tremblante des bras et jambes.

Il se tut, très satisfait. Ses paroles, je ne peux jurer qu'il les prononça toutes et dans cet ordre. Mais si l'on ne me croit pas, prière de relire les comédies de Molière. L'esprit du médecin est là !

— La cause du mal…, expira Mazarin. Quelle est-elle ?

— Quelle cause ? s'étonna Vallot.

Le cardinal renonça.

— À vous, Renaudot.

— Une cause, une seule : le poison.

Plus d'économie, surtout chez Isaac, semblait utopique. Vallot sauta sur l'occasion.

— Vous affirmez la même chose que moi, pinça-t-il les lèvres. Cadavres, charniers, chaleur… Soit ! Voici votre poison, et il n'est nul besoin d'alchimie pour avancer de telles causes !

— Le poison, répéta Renaudot en croisant les bras.

— Merci, messieurs, conclut Mazarin sans qu'on s'y attende. Ah ! Monsieur Vallot…

— Votre Éminence ? susurra ce dernier.

— Je n'ai plus besoin de vos services.

— Comment donc ? sursauta le médecin.

— Allez veiller le roi. Prévenez-moi au premier événement.

— Et ?

— Eh quoi ! Votre place n'est-elle pas auprès de lui ?

— Certes, mais...

Son regard allait du cardinal à Isaac. Il cherchait le piège, ce qui faisait défaut.

— Mais encore ? s'agaça le ministre.

— Mon... confrère Renaudot ? balbutia-t-il.

— Je le garde. J'ai besoin qu'il m'en dise plus. Poison ! C'est un peu court, n'est-ce pas ?

— Ah ! Vous le reconnaissez ! Son jugement est étroit.

— Et le vôtre est confus. Merci, Vallot.

Le bougre déglutit pour avaler ce nouvel affront. Et sortit.

❦

Nous n'étions plus que trois. Mazarin emplit nos verres d'eau, puis se tourna vers Renaudot :

— Je vous accorde du crédit, monsieur Renaudot, pour avoir connu votre père et apprécié les services qu'il fournit à la Couronne. Désormais, il s'agit de vous juger.

— Je n'ai rien dit, commença Isaac, du fait de ce Vallot qui...

— Eh bien ! À présent, livrez-vous, le coupa Mazarin. Et pesez vos mots... Poison ? Je vous écoute.

Chapitre 9

Autant le reconnaître, les ans comptaient double. Deux jours et deux nuits par monts et par vaux, secoué à hue et à dia dans ce carrosse, n'était-ce pas suffisant pour offrir à ma carcasse un peu de répit ? Mais chaque pas comptait, m'obligeant à repousser *sine die* cette idée. La vie d'espion, voilà ce que je cherchais ! Un état sans repos, sans trêve ni paix où les jambes comptent autant que la tête. Après qui courais-je ? Le temps, évidemment, et je n'étais pas le seul à lutter contre ce maudit sablier qui égrenait les secondes. Renaudot se joignait à l'affaire. Qui d'autre ? Mazarin.

Voilà une alliance surprenante qui demandait à être expliquée. La démonstration de Renaudot sur ce qu'il appelait *le poison du roi* était responsable de ce revirement. La mort approchait irrémédiablement. Pour y faire barrage, seule l'action comptait. À contre-cœur, cédant à nos arguments, Mazarin s'était enfin soumis. Désormais, un plan se dessinait. Moi, je partais à la chasse d'un visage, peut-être d'un tueur perdu parmi les courtisans. Je devais trouver avant qu'il ne soit trop tard et, sans y être préparé, engager sur-le-champ un interrogatoire délicat. L'épreuve s'avérait redoutable, imprudente, son résultat plus encore indécis. Aussi, je mesurais mon souffle, tentais de calmer les battements de mon cœur. Pour me convaincre qu'il n'y avait d'autre choix que de se jeter dans la gueule du loup, je repassais ce moment où Isaac nous avait révélé ce qu'il pensait avoir compris.

❧

— Votre Éminence me demande la cause ?

Vallot venait à peine de fermer – claquer serait plus juste – la porte de la pièce où Mazarin avait accepté d'entendre les conclusions de Renaudot.

— C'est en effet ce que je réclame. Et vite…

— Dans ce cas, nous commencerons par les effets…

Croyez-vous qu'Isaac aurait craint l'ire du cardinal ?

— Renaudot, je vous autorise à prononcer trois mots pour me convaincre que je ne perds pas mon temps à vous écouter !

— Deux suffiront, Votre Éminence : arsenic et cyanure…

Il se tut, apprécia le résultat de sa sortie. Si fait, il reprit :

— Pour vous convaincre que les miasmes de l'air et le trouble de l'eau n'ont aucun rapport avec la situation dans laquelle se débat le roi, je dois d'abord prouver l'existence d'une machination criminelle, et contre nature, orchestrée par une intervention humaine. Pour cela, il me faut décrire les effets d'un empoisonnement puisque c'est la thèse que hélas je défends. Chose faite, maîtrisant donc la cause, nous examinerons les moyens éventuels de l'étouffer.

Il interrompit son exposé pour fixer Mazarin :

— Partageons-nous cette méthode qui a, d'un côté, le défaut de la lenteur, et de l'autre, la qualité de la rigueur dont Vallot vous a tant privé jusqu'à présent ?

D'un mouvement du menton, le cardinal renonça à se battre.

— Le cyanure..., débuta le savant, en fixant son auditoire. Il niche dans les plantes, les algues ou dans les aliments. Appréciez-vous les cerises ?

J'opinai pour les deux afin qu'il se presse.

— Les abricots, les pommes ?

— De grâce, Isaac, chuchotai-je.

— Leurs noyaux, accepta-t-il enfin de s'expliquer, contiennent du cyanure. Certes la dose est insuffisante pour tuer – ce qui prouve que le poison est affaire de quantité. Mais broyez cinquante amandes amères, ajoutez-y une concoction parfumée, faites avaler la poudre à la plus solide des créatures de Dieu : elle mourra dans d'atroces douleurs. Son sang, ce sang qui circule dans le corps comme l'a démontré le génial William Harvey, s'infectera. Le sang, transportant alors le poison, viciera les poumons. C'est la fin assurée.

Isaac s'assombrit :

— J'ai observé le roi comme vous, Votre Éminence. Comment nier que sa respiration faiblit, se contracte ? Non, cela ne vient pas de la rate, ou que sais-je, comme le prétend Vallot. C'est le sang qui est contaminé.

— Pouvez-vous le guérir ? souffla Mazarin, dompté peu à peu par la démonstration de Renaudot.

— Ce n'est pas aussi simple, rétorqua-t-il. J'ai cherché d'autres preuves. Ainsi, le cyanure dégage une odeur persistante qui rappelle celle de l'amande dont je parlais à l'instant. Mais Vallot ! Ah ! Vallot ! Ce médecin de comédie a tant agi sur le roi, lui essuyant le corps après tant d'inutiles saignées, que rien, pas un effluve ne reste ! Aussi, je réserve pour le moment mon jugement...

Mazarin ne cacha pas sa déception.

— ... Pour me tourner vers l'arsenic, ajouta Isaac. Donnez-moi encore un peu de temps pour vous expliquer ce que j'ai... mis au jour.

Il se servit de l'eau, n'en proposa à personne et poursuivit :

— Surprenez un intrigant – et surtout une intrigante...

— Pourquoi relevez-vous le féminin ? l'interrogea Mazarin.

Et pourquoi lui-même avait-il sursauté ?

— L'arsenic est le poison des femmes, se plut Isaac à raconter. Ce mot vient du grec. Il est censé dompter le mâle. C'est le poison de la jalousie. Derrière l'arsenic, il y a souvent une femme trompée...

Et pourquoi le cardinal serra-t-il soudain la mâchoire ?

— Que disais-je ? redescendit Isaac. C'est cela. Saisissez la main qui glisse dans votre coupe une poudre jaune, noire ou grise et coupez-la, je vous en supplie, car il y a tout à parier qu'elle cherche à vous nuire avec ce minéral : l'arsenic. Le roi en est-il la victime ? Selon Vallot, il ne cesse de vomir. Ajoutons les douleurs que nous avons constatées, et qui le torturent au ventre, à l'estomac. Voilà un autre indice. Vallot a reconnu enfin que le sang altérait les selles de Sa Majesté. C'est assez pour être fixé. L'organisme est touché. Le mal progresse en usant du même artifice que le cyanure : la circulation du sang.

— Jureriez-vous que vos conclusions sont justes ?

— Avant de répondre, j'aurais préféré analyser une mèche de cheveux de Sa Majesté. C'est près du crâne que se fixe le plus souvent ce poison. Mais je n'ai rien !, s'emporta-t-il. Pas un de mes instruments...

— Sur votre âme, cette piste est-elle la bonne ? répéta Mazarin d'une voix calme, maîtrisant de nouveau son émotion.

— Oui, n'hésita pas à répondre Renaudot, car je dispose d'une preuve irréfutable...

Il plongea la main dans sa poche, fouilla dedans, en ressortit un mouchoir plié en quatre et l'ouvrit prudemment :

— L'arsenic, haleta-t-il après avoir humé sa prise. Ce formidable indice sommeillait sous le lit du roi. Je n'ai eu qu'à tendre la main…

C'était une minuscule pincée de poudre de couleur jaune.

— Quand vous étiez à quatre pattes ? lui demandai-je à mi-voix.

— Et sous les yeux de Vallot ! triompha-t-il.

— Dans la chambre du roi, dis-je encore plus bas. Si proche de son lit… Qui y a accès ?

— Taisez-vous, Petitbois, ordonna le ministre qui m'avait entendu. Dix, vingt, cent personnes pénètrent dans cette pièce à chaque instant. Valets, courtisans, vous, lui et même moi. L'enquête demanderait trop de temps. Épargnons le roi, et le reste suivra.

Pourtant, me glissai-je à moi-même, la *cause* porte un nom qui pourrait mettre fin aux *effets* en fournissant l'antidote. Diantre ! Mon raisonnement n'était pas sot. Pourquoi le cardinal y coupait-il court si vite ? Nous disposions de la preuve que le roi avait été empoisonné. Un crime de lèse-majesté ? L'affaire était immense ! Je mis sa réaction sur le compte de l'urgence. Oui, la priorité était de sauver le roi.

— Vallot a peut-être posé le pied sur l'arsenic ! continuait Isaac. La solution se trouvait sous ses yeux et…

— Soit, grogna Mazarin que l'exubérance d'Isaac irritait. On en découvre sur le sol. Faut-il en déduire que ce minerai infecte le sang de Sa Majesté ?

— Cardinal ! N'insultez pas la science ! Que je sois maudit si je vous abuse et, pour vous décider à me croire, je jure qu'aujourd'hui le diable ne m'appellera pas !

— Bien, s'employa l'ecclésiastique à voix basse afin de calmer Isaac. Prenons l'hypothèse pour acquise. Ainsi, nous connaissons la cause. Dès lors, savez-vous comment la faire disparaître ?

Le médecin soupira lourdement :

— Il faudrait que vous acceptiez l'impossible...

❧

J'avais repéré ma proie, flânant dans la maison même du roi. Elle allait sans méfiance. D'ailleurs, qu'aurait-elle craint puisqu'elle se croyait à l'abri de tout ? Prudence, me dis-je. Elle ne peut t'échapper.

❧

— L'impossible ? sursauta Mazarin. Il est peu de choses qui me le soient. Pour le roi, j'entendrais l'insensé.

— M'autoriseriez-vous à l'empoisonner une seconde fois ?

— Comment osez-vous, monsieur !

— Je parle d'agir ainsi pour le protéger, Votre Éminence. Mais ne doutez pas que Vallot, Patin et les autres vous accuseront d'avoir commis l'irréalisable, et même joué avec le feu.

— Laissez-moi juger seul de ce que je dois faire ! s'emporta-t-il encore. Expliquez-vous d'abord.

— Alors, venons-en à ce qui a provoqué la déchéance de mon père, souffla-t-il tandis que son œil s'embrasait d'une étrange passion. Ouvrons la porte de l'alchimie, entrons sur les terres de l'antimoine.

Ce qui tue peut-il guérir ? Le débat relève du philosophique. Sans la mort pas de vie ; et inversement. C'est un combat permanent, une scène qui se reproduit à chaque instant, et, peut-être, le secret de la pierre philosophale : se jouer des éléments et des certitudes qu'on y attache, renverser l'attendu, contrarier le destin, bousculer l'ordre des choses, transformer le plomb en or, bien qu'ici la fortune ne s'entende pas comme le *vulgum pecus* le conçoit. La

109

vraie *Fortuna* est de renouer avec l'éternité en défiant la Nature.

— Voici ce que cherchent les adeptes de l'antimoine, monsieur le cardinal, s'enflamma Isaac. Nous voulons repousser la mort et il n'y a d'autres moyens que de l'approcher, de la dompter. L'antimoine est à la fois poison et remède. C'est une question de dosage. Veut-on sauver ou détruire ? Moi, je prétends pouvoir guérir en usant des ingrédients qui peuvent tout autant tuer…

Pour comprendre l'importance du dosage de l'antimoine, ce métal qui pouvait éreinter ou soigner, il existait une légende racontant qu'un moine conçut à sa façon un remède donnant force et vigueur aux cochons dont il avait la charge. Décidant que ce qui était bon pour l'animal devait l'être pour l'homme, il agrémenta le repas du soir en ajoutant à la soupe du monastère une belle ration de la formule. Et les saints hommes moururent. Ainsi, naquit une fable sur l'anti… moine, portée par les caciques de la faculté de Paris opposés à son usage. C'était un des reproches que l'on adressait à Renaudot, partisan d'une médication connue des Babyloniens et des Grecs et dont les alchimistes du siècle usaient pour composer le Mercure de Vie, une appellation qui, sans conteste, renseignait sur les vertus et la vocation du produit.

— L'antimoine peut sauver le roi, martela Isaac.

— Comment vous y prendriez-vous ? intervint un Mazarin plus tendu que la corde d'un arc.

— Si le roi a ingurgité de l'arsenic, comme je le pense, il faut tout tenter pour l'extraire de son corps. Ce n'est pas la saignée ou le lavement qui y parviendra. En revanche, l'absorption d'un émétique composé à base d'antimoine aura un effet vomitif. Il faut arracher le mal, le forcer à se rendre.

Le cardinal voulait se convaincre de ce qu'il entendait. Tendre la ciguë au roi ?

— L'empoisonner alors qu'il meurt ? marmonnat-il à lui-même.

— C'est cela, faiblit Renaudot, mais point trop pour ne pas le tuer définitivement. C'est une question de juste mesure…

— Maîtrisez-vous le bon dosage ?

— La quantité d'arsenic absorbée est inconnue, expira-t-il, et sans la composition exacte du poison qui l'affaiblit, on peut craindre de verser dans les effets regrettables de l'émétique.

— Vous me demandez donc de vous laisser aller au hasard ?

Renaudot plongea le regard dans cette poudre jaune que tout désignait comme inoffensive.

— Si je disposais de temps, grogna-t-il. Je pourrais analyser cet extrait, en mesurer la nocivité… Mais ici ?

Il releva la tête :

— Je… je devrai inventer. Mais si nous n'agissons pas…

Isaac avait épuisé ses arguments.

— Laissez-moi réfléchir, cingla Mazarin.

Il tourna dans la pièce, se décida à ouvrir la fenêtre. Le soir tombait déjà. Un jour encore… Combien de temps un corps de vingt ans supporterait-il l'assaut mortifère ?

— Cela peut réussir, tenta encore Renaudot.

Avait-il eu raison d'interrompre les pensées du ministre ? Il reste que cela suffit pour que ce dernier se décide :

— Je crois qu'il est temps de rejoindre Vallot.

— Comment faut-il l'entendre ? bredouilla Isaac.

— Je renonce à vous suivre et m'en remets au Premier médecin de la Couronne.

— À cet assassin ! jeta Isaac sans aucune retenue.

— Monsieur Renaudot ! Ne m'obligez pas à vous rappeler que vous êtes là contre ma volonté, en dépit des usages, après avoir volé le bien de Sa Majesté.

— Un carrosse ! riposta Isaac. Que pèse cet emprunt face au destin de Louis XIV ?

— Il suffit. Vous raillez Vallot, vous moquez ses connaissances et que me proposez-vous ? D'empoisonner le sang royal ! On m'avait mis en garde contre votre exaspérante suffisance, je regrette d'y avoir cédé un instant. Pour le reste, vous rendrez compte à la Couronne !

Mazarin se leva. Il partait. Et le roi allait mourir.

— Il existe peut-être une autre solution, intervins-je doucement dans l'espoir de le faire changer d'avis.

Le ministre ne m'écoutait plus. Sa main tournait la poignée de la porte.

— Au nom de Richelieu et de ce qu'il représente pour nous, je vous supplie de m'entendre.

Il me montrait le dos. Mais il ne bougeait plus.

— Je vous écoute, fit-il sans retourner la tête.

⚜

— Donnez-moi une heure. Non ! Quatre. Jusqu'à minuit…

— À quoi les emploierez-vous ? répondit Mazarin en tournant enfin la tête dans ma direction.

— L'arsenic était au pied du lit, j'en déduis que seul un intime a pu s'approcher du roi. Qui sont-ils ? Le Premier valet de chambre.

— Pierre de Nyert ? réagit brusquement le cardinal. Sa fidélité n'est pas discutable.

— Mortemart, Premier gentilhomme de la chambre, continuai-je, et avant que vous le disiez je précise qu'il ne peut être accusé.

— Qui d'autre ? finit-il par s'intéresser.

— Pierrette Dufour…

— Cette femme a donné son sein, l'a élevé comme son enfant.

— Je ne pense pas à elle…

— Alors qui ? La reine, peut-être !

Ce ton, ces méthodes étaient exécrables, mais en usait-il dans le seul dessein de se rendre détestable ou pour clore le sujet, m'y faire décidément renoncer ? À bien réfléchir s'ajoutait une sorte de gêne, d'inquiétude, comme si j'abordais ce qu'il cherchait à fuir. *L'intimité* ?

— Je cherche le nom de ceux qu'elle a vus approcher le roi.

— Empoisonné par un proche ? *Stupido... Basta cosi !*

Quand sa colère éclatait, l'italien resurgissait naturellement. Et cela changea tout. Le visage angélique de Marie Mancini apparut à la suite. Sa voix aussi. Pareillement chantante à celle de son oncle. *Basta cosi. Assez ! N'en parlez plus.* Voilà une jeune femme qui entrait dans le tableau familier du roi. En un éclair, j'associai la nièce de Mazarin à la remarque d'Isaac sur l'arsenic, le poison de la femme trompée. La tension, la fatigue, la chaleur, le roi si près de nous... La somme de ces émotions se conjugua pour donner le plus mauvais des résultats.

— Que craignez-vous ? Pourquoi me refusez-vous d'enquêter ? Pourquoi le faites-vous depuis Paris ? m'emportai-je à mon tour.

— Votre attitude est infantile, chercha-t-il à s'échapper.

— Je me croyais trop vieux !

— *Non troppo*, Petitbois, m'avertit-il. N'allez pas trop loin...

— Parce que j'approche de *trop près* l'intimité du roi ?

Pour réponse, il afficha son mépris, comme s'il compatissait à l'indigence de mes pensées. *Non troppo*, Mazarin... Et la digue céda.

— Est-ce Marie Mancini qui explique votre fermeté ?

Ah ! Dieu. Le coup était rude... Et je crois me souvenir que l'ami Isaac en resta lui-même bouche bée.

— Que sous-entendez-vous ? répondit-il simplement.

— Rien, Votre Éminence. Mais pour que nous en restions là, donnez-moi ces heures que je vous réclame.

— De sorte, grimaça-t-il, qu'en vous les *refusant*…

— De sorte, l'interrompis-je, qu'en me les *offrant* j'en déduirai qu'il serait *stupido* d'échafauder de sottes idées, et chercherai ailleurs comment sauver le roi. Aussi, puis-je interroger Pierrette Dufour ?

Et pouvait-il me refuser ce qui seul disculpait sa nièce ?

Chapitre 10

À quoi bon tant de désordre et de colère ? Mazarin avait cédé et, l'instant suivant, il se résignait, semblait même vouloir signer la paix. Ne valait-il pas mieux faire cause commune puisque la sienne comme la mienne ne pouvaient être – quoi qu'il en coûte – que sauver le roi ? Au prix d'un effort qui se devinait au serrement de sa mâchoire, il tentait d'oublier la façon dont j'avais parlé de Marie. Mais il n'était pas dupe et devinait que sa cruelle mise en cause n'était qu'un moyen pour l'obliger à m'accorder le droit de rechercher Pierrette Dufour. Et de l'interroger. En parfait homme politique, il appréciait la méthode – odieuse !, j'en conviens – comme le moyen de *parvenir à mes fins* et jugeait qu'une alliance avec un entêté était pour le moment préférable à la querelle. Du moins, je crus expliquer ainsi le changement qui se produisait dans son attitude.

— À l'évidence nous sommes tous… bouleversés par ce qui se produit, glissa-t-il alors que je m'apprêtais à sortir.

— La nuit vient, répondis-je sans le regarder, mais la chaleur ne cède pas. Les esprits s'échauffent. Le mien, du moins, en ressent les effets…

C'était une manière comme une autre d'exprimer mes regrets et le cardinal le comprit.

— À quelle heure, dites-vous ? reprit-il calmement.

— Minuit, Votre Éminence. Du moins, si vous m'accordez…

Un geste suffit. Il ne reviendrait pas là-dessus.

— Dans ce cas, je cours chercher Pierrette Dufour.

— Avez-vous besoin de moi ? intervint Isaac.

— Retournez dans la chambre et cherchez d'autres indices.

Je prenais l'enquête en main et personne ne s'y opposait.

— Nous nous retrouvons où ? Comment ?

— Minuit, répétai-je en scrutant Mazarin. À minuit, ici.

Toujours aucune réaction.

Isaac serra le mouchoir dans lequel se trouvait l'arsenic :

— Si j'en ai le temps, je me rendrai chez l'apothicaire de Calais pour me procurer un flacon qui protégera ceci. Qui sait ? Peut-être pourra-t-il aussi nous éclairer ?

Il hésitait encore à partir :

— Dans ce cas… Si nous n'avons plus rien à nous dire…

— Je crains que Vallot vous refuse l'entrée, se décida Mazarin. Je vous accompagnerai donc.

Oui, tout s'organisait.

— Avancez, monsieur Renaudot, ajouta-t-il. J'ai besoin de dire un mot à M. Petitbois.

⚜

Isaac s'échappa. Mazarin reprit sa veste et les apparences qui s'y joignaient. À nouveau, c'était le cardinal, le ministre principal que tous avaient vu dans la chambre du roi et qui imposait sa personne. Il chercha les gants, les enfila et s'en servit pour effacer de sa manche un pli invisible, témoin corruptible du désordre précédent. Et même la fatigue s'efforça de fuir son visage quand il me fixa :

— Je sais que nous œuvrons pour le même parti, celui du roi. Cependant votre méthode, parfois, me déroute...

— Et vous vous méfiez de son auteur, continuai-je.

— Voyez, par exemple, vous ne cessez de m'interrompre.

Mais c'était dit loyalement, avec courtoisie.

— Le cardinal de Richelieu ne vous avait-il pas mis en garde ?

— Il l'avait fait ! expira-t-il en grossissant le trait. Hélas, vous et moi n'avons pas pris le temps de faire vraiment connaissance.

Cela sonnait-il comme un regret ?

— Je m'emporte trop aisément, repris-je à sa suite, et l'âge n'y fait rien.

— La passion ! Moi aussi, je ne peux y renoncer... Désormais, il faudra donc que nous composions...

Cherchait-il à me dire qu'il désirait pactiser ?

— Nous reprendrons cette conversation plus tard, glissa-t-il sur un ton à nouveau impénétrable. Pour l'heure, je vous dois un aveu...

Diable ! Où m'entraînait-il ? Sur le coup, il me vint l'idée qu'il allait me reparler de sa nièce, Marie Mancini. Oui, il ne pouvait plus m'empêcher d'agir et j'allais vers des découvertes terrifiantes dont lui n'ignorait rien. Cet homme était perfide, faux, manipulateur !

— Une question, tout d'abord. Savez-vous exactement ce que vous demanderez à Pierrette Dufour ?

— Je verrai. Je n'ai pas de plan précis, refusai-je de m'avancer.

— Sondez la nourrice sur d'autres personnes que l'entourage immédiat de Sa Majesté. Questionnez-la pour qu'elle vous renseigne sur les visages peu connus qui se seraient approchés après la victoire de la bataille des Dunes. Qui était là, voilà cinq ou six jours ? A-t-on vu un nouveau valet ?

Et une femme ? Non, pas un mot… Voilà comment il comptait m'éloigner du sujet principal – de celui qu'il craignait comme la peste !

— Car voici ce que vous devez savoir…

Eh ! Nous y étions.

— J'ai laissé croire que je découvrais, au moment où vous m'en parliez, l'hypothèse d'un empoisonnement. En fait, hésita-t-il, j'avais eu vent de ce drame bien avant. Pour tout dire, on m'informa le matin où j'ai refusé de vous recevoir. Voyez, Petitbois, sans cette faute dont je suis seul responsable, nous aurions gagné du temps…

Cela ressemblait fort à la sincérité. Du moins, on voulait m'en convaincre. Fallait-il pour cela mettre fin à ma méfiance ?

— Je n'y ai pas cru, du moins pas sur le moment. Mais l'exposé de Renaudot a confirmé mes pires craintes.

— M'en ferez-vous part ? glissai-je prudemment.

— Le nom que je dois prononcer est d'une telle importance qu'il faut me promettre de ne jamais en faire état sans que je vous y autorise. C'est lui d'ailleurs qui justifiait mon désir de vous retenir. Mais vous êtes si buté que le diable lui-même ne vous effraierait pas.

— Je le suis à présent, soutins-je pour entrer dans son jeu. Pourtant, je jure de mourir plutôt que d'avouer ce nom que j'attends…

— Il blesserait le roi, la Couronne, sans que l'on puisse mesurer ses effets sur le royaume. Voyez-vous, ce crime – si d'aventure il était prouvé… Eh bien ! il n'épargnerait personne, pas même moi.

Bien sûr ! Mon cher cardinal. *Surtout vous…*

— Ma fidélité vous est acquise, insistai-je de peur qu'il renonce.

Alors, il se pencha vers moi, s'approcha de mon oreille pour y glisser ce que l'espion de la Couronne n'aurait cru jamais entendre.

— Vous comprenez mon embarras…

Et Dieu, j'y souscrivais.

Chapitre 11

Le nom que m'avait livré Mazarin avait modifié mon programme. Non pas sur le choix de ma cible. C'était toujours Pierrette Dufour, mais je l'abordais différemment. J'avais moins de certitudes sur ce que je cherchais. Les pistes se multipliaient, aucune ne prenait le dessus, et l'incertitude qui en découlait pesait sur l'avenir du roi. Trouver vite. Je n'y pensais pas comme à la façon de moucher ceux qui me disaient dépassé. À chaque instant, la prédiction d'Isaac revenait : le sang transportait le poison ; le poison s'infiltrait dans le corps.

⚜

— Madame Dufour ? Pierrette !

La femme sursauta. Qui dans cette foule pouvait s'intéresser à son cas ? Le nombre maintenait un écart entre nous et je dus jouer de ma petite taille pour l'approcher. Son visage se grisait de tristesse, ses yeux rougis mille fois de larmes prouvaient sa désolation et je fus persuadé que la nourrice souffrait honnêtement du mal de son Louis.

— Me reconnaissez-vous ? J'accompagne le docteur Renaudot que vous vîtes ce matin auprès de Sa Majesté.

Elle hésitait encore.

— Il y avait le duc de Mortemart au fond de la chambre, près de la fenêtre. Et la belle Marie...

Ce prénom lui fit revenir un triste sourire.

— Sans compter le docteur Vallot qui se débat comme il peut.

— Oui, je vous remets, souffla-t-elle. Vous étiez à l'entrée.

— Tandis que Monsieur le cardinal était à côté d'Isaac. C'est le prénom du docteur Renaudot, insistai-je.

Je connaissais mon affaire. Ce genre de détail la rassurerait.

— A-t-il découvert de quoi souffre le roi ?

— Il progresse, murmurai-je en faisant mine de m'inquiéter des alentours. Mais chut ! Gardez cela pour vous...

— Ah Dieu ! Je le jure. Alors, vous dites vrai ?

— Oui ! Pierrette, nous avançons, mais il nous manque deux ou trois choses pour comprendre le mal au fond.

— Ah bien, se désespéra-t-elle.

— Il suffirait d'un détail, d'une vétille sur laquelle le médecin Vallot aurait oublié de vous questionner...

— Il ne m'a jamais rien demandé, répondit-elle en haussant les épaules.

— C'est exactement ce que pense le docteur Isaac Renaudot et, pendant qu'il s'occupe à ce à quoi vous devinez, il m'a demandé de recueillir l'avis d'une femme attentive à son roi.

Elle hésitait :

— Je n'y connais rien en médecine...

— Vous l'avez nourri, dorloté. Qui a calmé ses petits ennuis ?

Je fis mine de baisser la voix :

— Vous le connaissez comme une mère, gente Pierrette...

Son regard s'attendrit.

— Voulez-vous aider notre roi ?

Elle opina résolument :

— Si vous croyez que je peux lui être utile…

— J'en suis certain. Suivez-moi.

❧

Qu'il est bien de sauter sur un témoin pour lui faire avouer ce que l'on croit connaître, sans même l'interroger : « Ne mentez pas, je sais ! » Voilà précisément comment j'entendais agir, avant que Mazarin ne murmure ce nom. Maintenant que je faisais face à Pierrette Dufour, je jouais de douceurs, de silences, de sourires complaisants. Je m'efforçais de ne rien conclure hâtivement, de chasser l'évidence qui tarabustait ma cervelle. Mazarin avait-il lâché ce nom – Condé – pour débousoler l'espion ? Condé ! Premier prince de sang, duc de Bourbon, d'Enghien, de Montmorency, de Châteauroux, de Fronsac, de Bellegarde, pair de France… Et meneur de la Fronde des princes[1]. Ce général qui avait rejoint le camp espagnol pour avoir haï Mazarin, plus que le roi, avait-il commis le pire des forfaits ? Cela paraissait impossible, même si l'histoire de nos princes foisonnait de crimes fratricides. Mais il y avait ces bruits qui circulaient depuis la bataille des Dunes et qui étaient parvenus jusqu'à Paris, chez Mazarin. Pour leur donner plus de poids, le ministre avait livré le nom du délateur : Thierry de Millard, un conseiller du Parlement que j'avais croisé lors de précédentes aventures. Un Janus, tantôt partisan de la Fronde, tantôt allié de la Couronne, auquel je n'accordais qu'une qualité : la foi de ses informations[2]. Et pour ajouter à mon trou-

---

1. La Fronde des princes se produit (schématiquement) à la suite du rapprochement entre Mazarin et Gondi au détriment de Condé qui rejoint le camp espagnol.
2. Voir *1630. La Vengeance de Richelieu*, op. cit.

ble, je me souvenais que ce Thierry de Millard hantait peu avant l'antichambre du roi. Je l'avais vu, œuvrant de courtisan en courtisan, cherchant sans doute dans la conversation des autres ce qui nourrirait son âme de traître. Il avait suivi Mazarin à Calais. Peut-être pour se régaler du spectacle de l'agonie du roi... Dans ce cas, Mazarin ne m'avait pas menti.

Face à tant d'ambiguïtés, je devais procéder posément et agir dans l'ordre. D'abord, m'intéresser à Pierrette Dufour qui se livrait naïvement. Fouiller, oui, jusqu'à faire jaillir la *Vérité*. Et vite.

❦

Pour parler avec franchise, je n'avais aucun mal, ce soir du 4 juillet, à appliquer la première consigne de l'interrogateur : ouvrir les yeux et les oreilles, laisser l'autre parler. La nourrice du roi s'était trop longtemps tue car, étrangement, sa vie s'accordait à la solitude. Voici le paradoxe de ceux qui fréquentent la lumière sans jamais y entrer. Pierrette allait dans l'ombre, silhouette perdue dans le décor royal, scène rituelle à laquelle elle n'avait pas manqué une fois. Laborieuse et sacerdotale, cette femme, forte des bras et des hanches, avait veillé sur *son* Louis chaque jour, chaque nuit, ri quand il mordait son sein, veillé sur ses premiers pas telle la louve romaine, pleuré quand il sanglotait, souffert quand il couinait, et tant d'émotions, de menus secrets, inscrits au plus profond de son cœur, et qu'elle appelait parfois pour elle seule en baissant simplement les paupières. Elle le fit. Elle les ferma. Que revoyait-elle de sa vie ? Rien d'autre que le visage du roi heureux et fort puisque sans lui, sans ce tableau, elle n'existait pas.

— Se peut-il qu'il...

S'adressait-elle à moi ? Elle se tut. Des larmes furirent de ses yeux. En ne parlant pas de la mort, on ne l'appelait pas. On n'attirait pas non plus le regard de Dieu. Pierrette s'accrochait à ses croyances.

— Ne vous désespérez pas, ne sus-je que lui dire. Le médecin Renaudot que j'accompagne est le meilleur du monde. Il le guérira.

J'avais décidé de ne jamais prononcer « Louis XIV », « Sire », « Sa Majesté ». Je disais « il ». J'en parlais comme d'un proche. Ainsi, je m'approchais d'elle, de Louis, de Dieudonné et nous allions vers la place d'Armes de Calais, tels des intimes évoquant le même être chéri, au milieu de ceux qui venaient ici chercher un peu de fraîcheur.

Des enfants jouaient à s'arroser d'eau qu'ils allaient chercher dans de grosses barriques et qu'ils transportaient dans de vieux seaux rouillés et percés. L'un d'eux se prit les pieds dans les pavés et roula à terre sans se faire mal. Les autres se jetèrent sur lui et l'aspergèrent en poussant leurs petits cris de sauvages. Malgré la gravité du moment, Pierrette ne pouvait s'arracher du monde des gamins et le conjuguait encore avec celui qu'elle avait connu :

— Je crois ne l'avoir jamais quitté des yeux…

Ce qu'elle avait vu, voilà qui m'intéressait.

— Pas un jour, commençai-je doucement, sans veiller sur lui…

De haut en bas, elle secoua sa chevelure grise avec fierté.

— Même depuis qu'il est devenu un homme ? précisai-je.

Et qu'il m'était étrange de parler ainsi du roi.

— C'est moi qu'il voit en premier. Même le valet qui dort à ses pieds n'a pas droit à ses premiers mots. C'est moi…

Elle citait Pierre de Nyert, un qu'il faudrait aussi questionner.

— Moi, continuait-elle, qui lui donne le premier baiser.

— Vous êtes une femme précieuse, la flattai-je sans la regarder.

— Je veille sur lui, répéta-t-elle simplement.

Une brèche s'ouvrait. Je crus bon de m'y engouffrer.

— C'est pourquoi je vous demande de réfléchir à ce qui s'est produit peu avant qu'il ne tombe malade. Le médecin a besoin de ces détails que quiconque croirait innocents. Et, selon son serment, il peut tout entendre. Pareillement que vous, Pierrette. Alors, que s'est-il passé...

Je l'annonçais comme une certitude et ce papotage entre des personnes habituées aux confidences se voulait sans gravité puisqu'il ne visait que le bien de celui qu'elles aimaient. Mais c'était déjà quelques mots de trop. Elle me regarda différemment.

— Je ne sais pas..., hésita-t-elle. Il ne s'est rien produit.

— Avez-vous vu près de lui un visage inconnu ?

La question tournait à l'enquête. Son visage se ferma, refusant de se confier plus. Morbleu ! L'animal se montrait sauvage...

— La veille, pensez-y, dis-je à voix basse pour ne pas l'effrayer.

— La veille ? se crispa-t-elle. Il a dansé en se levant.

— Dansé ? répétai-je.

— Vous n'imaginez pas combien il s'accorde à cet art...

Nous repartions dans les généralités. Elle ne m'aidait à rien.

— Et ce matin ? Ce matin où...

Ses mains épaisses, fabriquées pour le labeur, ces mains qui la trahissaient se crispèrent, se tordirent comme je l'avais vue faire dans la chambre du roi.

— C'est vous qui l'avez réveillé ?

— Bien sûr, répondit-elle un peu vite.

Je n'en tirais rien.

— Pourquoi posez-vous toutes ces questions ? s'inquiéta-t-elle enfin. Ce ne sont pas celles d'un médecin.

— Détrompez-vous, glissai-je en retour. Il se peut qu'il ait été emp... infecté par un mal que portait l'un des visiteurs. Tout compte, je vous l'assure.

Elle acquiesça en silence, me sonda encore. Il fallait peut-être aider ce petit monsieur maladroit se présentant comme l'assistant du médecin Renaudot qu'elle s'imaginait plus sûr que le verbeux Vallot. Alors, elle se mit à chercher. Du moins, elle me le fit croire... Et le silence s'installa. Pierrette n'était plus bavarde.

Le jour s'effaçait. Un de plus. Il faisait sombre. Les enfants ne jouaient plus. Ils rentraient. Je n'avais rien appris.

— Peut-être au cours de la nuit..., m'interrogeai-je moi-même.

Ce fut imperceptible, ne dura qu'un instant, mais le corps de Pierrette se tendit. Elle fit un pas de moins, oscilla peut-être. La nuit ! Qu'il fallait être stupide pour ne pas y avoir pensé plus tôt.

— Cette nuit, qu'a-t-il bu ? Qu'a-t-il mangé ?

Je forçais ses défenses.

— Qui a-t-il vu ? tentai-je encore.

Elle résistait toujours. Une bourrasque de vent tiède attisa un instant la lueur des flambeaux qui brûlaient sur la place d'Armes et je vis ses yeux qui s'affolaient, dansaient de droite à gauche, cherchaient le moyen de détaler, de déguerpir. La peur lui soufflait de s'enfuir.

— Madame Dufour, jetai-je en la saisissant au bras. Si vous ne répondez pas, j'en déduis que vous me cachez des faits d'une extrême gravité. J'en éprouve un profond regret car je vous croyais sincère et fidèle au roi. Malheureusement, je dois comprendre que vos vibrants emportements ne sont qu'hypocrisie. En vérité, vous ne voulez pas le sauver.

L'accusation, cruelle, peut-être fausse, fit revenir des larmes.

— Votre âme se cache derrière ce double jeu ! redoublai-je. Et doit-on craindre d'y découvrir les pires noirceurs ?

Pour toute révolte, elle rentra la tête dans les épaules, et tant de soumission me convainquit que j'approchais de la *Vérité*. Dieu me pardonne, mais je serrais son bras. Je lui faisais mal, elle ne bronchait pas, subissant son supplice comme les premiers martyrs du Christ. Se sacrifiait-elle pour ou contre le roi ?

— Je vais vous libérer, m'adoucis-je car la violence ne servait à rien. Si vous le désirez, vous partirez sans rien dire, mais entendez ces mots. En n'avouant pas ce qui pèse sur votre conscience, vous faites mourir un peu plus le roi, atteint d'un mal bravant la médecine. Pour le sauver, j'ai besoin que vous me confiiez ce qui s'est produit cette nuit. Qu'a-t-il fait ? Je ne retiendrai que ce qui est utile à sa guérison. Le reste ? Je l'oublierai, et cela restera un secret que vous ajouterez à ceux que vous protégez. Madame ! Aidez-moi...

Rien n'y faisait.

— J'ai besoin d'antidote, enrageai-je. Comprenez-vous ce mot ?

Ses yeux seuls oscillèrent. Elle ne connaissait pas.

— Je le demande une dernière fois et vous supplie de répondre. Cette nuit, qu'a-t-il bu, qu'a-t-il mangé, qui a-t-il vu ? martelai-je. Refusez de vous soumettre et il faudra vous accuser seule de ne pas l'avoir secouru.

Les flèches entraient, la blessaient, peu à peu elle ployait sous la charge et croyant qu'elle allait s'effondrer, je m'approchai pour la soutenir. Sa respiration hachée, brutale me suppliait de cesser de la persécuter.

— Madame, soufflai-je, m'interdisant d'abdiquer, je ne cherche pas à vous faire du mal. Pour vous

126

convaincre, voici ce que personne ne sait. Un poison coule dans son sang et le ronge. Avez-vous vu comme il souffre ? Un mot de vous et nous le sauverons...

— Je lui ai juré de ne jamais parler, gémit-elle en se détachant.

— À qui fut fait ce serment ? À celui venu pour le tuer ?

— Le tuer ? Moi ? Louis..., s'affola-t-elle. Non, non, je ne dirai rien...

Elle me tourna le dos. Elle partait. La rage s'empara de moi. Je bondis sur elle et d'un geste brutal l'obligeai à me regarder :

— Vieille idiote ! hurlai-je. J'ai perdu trop de temps à écouter les commérages d'une nourrice. Pierre de Nyert, le Premier valet de chambre, était de quartier cette nuit-là et dormait dans la chambre du roi. Lui me racontera ce qui s'est passé !

Elle s'arracha et toisa le monstre qui la torturait.

— Il ne dira rien ! jeta-t-elle cruellement.

C'est donc qu'il savait quelque chose ?

— Ensuite, continuai-je toujours aussi brutalement, j'alerterai le Premier gentilhomme de la chambre. Il décidera de votre sort. Et redoutez le pire...

— Il ne dira rien ! répéta-t-elle, grimaçant tant elle souffrait de tourments intérieurs.

— Nyert ? Vous vous trompez. Je connais l'homme, et...

— Il n'était pas là ! cracha-t-elle, ricanant comme une folle.

C'était venu ainsi, sous le coup de l'émotion. Soumise à trop de forces, la digue avait rompu. Pour passer à la vraie confession, il fallait creuser ce premier aveu ; qu'elle soulage sa conscience en la persuadant qu'elle obtiendrait ainsi la clémence. Oui, il était trop tard pour reculer, et je m'efforçais de le lui faire comprendre en la laissant pleurer, attendant patiemment qu'elle recouvre son calme pour entendre sa confession.

— Qui occupait sa place ? demandai-je enfin posément. Et vous savez qu'il me sera facile d'obtenir d'un autre la réponse…

Dieu ! Allait-elle me livrer ce renseignement crucial ? La suite viendrait d'autant. Voulut-elle s'échapper ? Elle ouvrit grand la bouche, chercha de l'air, secoua la tête, il n'y avait plus d'espoir. Comme la bête prise au piège, elle renonçait à reprendre le combat.

— Si vous jurez de ne plus me demander qui était avec le roi, je vous dirai quel valet se trouvait dans sa chambre…

C'était la voix d'une enfant. Le plus dur était fait. Mme Dufour capitulait. Mais « *Qui était avec le roi ?* »

Il me restait jusqu'à minuit pour livrer un nom à Mazarin.

Chapitre 12

Si le premier commandement de l'enquêteur est d'écouter, celui de l'espion est de se faire oublier, car l'ombre sied à la profession, je crois l'avoir répété. Cet adage souffre-t-il d'exception ? Aucune. Et depuis le départ, la discrétion n'était pas à l'honneur.

Nous avions emprunté un carrosse royal, menacé un officier au barrage de Terwann, surgi chez le roi à visage découvert, affronté Vallot à la vue des courtisans, forcé Mazarin à admettre publiquement qu'il nous connaissait, pis, à mentir en prétendant que nous étions ici avec son accord, tandis que les curieux, dont le sinistre Thierry de Millard, ne perdaient rien de la scène.

Pour parfaire ce tableau catastrophique, j'avais sans prudence abandonné l'inexpérimenté Isaac dans l'espoir d'arracher quelques secrets à Pierrette Dufour. Quel résultat avais-je obtenu ? Un nom, celui du valet qui avait dormi au pied du lit du roi en place de Pierre de Nyert. Savais-je au moins ce qui motivait la désertion du Premier valet de chambre ? Nenni. *Qui* d'autre *était avec le roi* ? Itou. Le bilan s'avérait donc fort maigrelet.

Selon la nourrice, le valet qui avait remplacé Nyert s'appelait Baptiste Passetant et pour obtenir ce patronyme, je m'étais découvert dangereusement, usant d'arguments désastreux comme d'*avouer* que le sang du roi était infecté par un poison. À dire la vérité, l'interrogatoire s'apparentait à une défaite. L'âge me faisait-il perdre la main ? Non, non, tentais-je de me rassurer. D'autres moyens existaient pour obtenir ce que je cherchais et le nom de ce valet, que j'allais accabler derechef, m'aiderait grandement. Sur la fin de l'entretien avec la dame Dufour, je me forçais même à adoucir mes façons. Rage rentrée, je poussais le vice jusqu'à remercier cette idiote pour son « précieux concours ». Idiote ? Il fallait rester prudent car elle me regardait en coin, prenant résolument un air de ne pas croire à mes amabilités. Et je perdis encore un temps précieux à tenter de justifier ma brusquerie dont je parlais comme d'une sorte... d'empressement.

— Mesurez-vous ce qui se produirait si l'on apprenait que le roi souffre d'un mal incurable ? insistai-je en baissant la voix.

Et pourquoi pas mortel ? Ah ! qu'il était peu sage d'employer des mots aussi définitifs.

Elle hochait vaguement la tête en observant le ciel étoilé. Elle ne songeait qu'à rompre. Pourquoi me vint-il la sensation désagréable que j'étais le plus stupide des deux ?

— Et je sais mieux qu'un autre que l'on peut compter sur vous, essayai-je de l'amadouer. Aussi, restez muette comme une tombe.

Encore une formule mal choisie ! me maudis-je.

— Rentrons, voulez-vous ? proposai-je en montrant la rue qui conduisait chez le roi.

— Je dois me rendre ailleurs, jeta-t-elle en tournant les talons.

Que faire ? Appeler la garde ? Lui demander où elle comptait aller ? Elle ne me laissa que le temps de lancer de loin qu'elle servait comme moi le roi, que j'avais agi dans le seul dessein de le sauver, et toutes sortes de fausses excuses auxquelles elle ne prêta pas attention.

Passetant, me répétai-je. Voici la piste ! Oublie cette folle... Et je quittai d'un bon pas la place d'Armes, décidé à fouiller la *Maison du Roy* jusqu'à dénicher ce bonhomme.

Je le fis, croyez-moi... Sans mettre la main dessus.

S'étonne-t-on que mon humeur s'en ressentît férocement ?

❧

Bien que personne ne l'ignore, je crois utile de rappeler que la *Maison du Roy* s'organise de façon simple et pyramidale. Au sommet, siège le grand chambellan, grand officier de la Couronne. Puis on trouve les gentilshommes de la chambre. J'écris *les*, puisqu'ils sont quatre : un par quartier de trois mois sur les douze qui forment une année. Dessous, viennent les Premiers valets de chambre. J'écris *les*, puisqu'ils sont également quatre et selon la même division du temps. Passetant ne se comptait pas parmi eux et c'était l'anomalie que j'avais relevée quand Pierrette Dufour m'avait livré son nom. Connaissait-elle la raison de cette étrange entorse à l'étiquette ? Elle secouait les épaules, se taisait. Le contrat était rempli, rien de plus. Passetant avait donc remplacé Pierre de Nyert, titulaire de la charge de Premier valet de chambre, partagée avec Jérôme Blouin, Jean-Baptiste Bontemps et Clair Gilbert d'Ornaison de Chamarande. Passetant ? Il n'apparaissait qu'au rang des valets ordinaires, parmi les trente-deux qui constituaient, sans compter les barbiers, les tapissiers et autres corps de métiers, le commun du service de la chambre. Mais ce n'était que le début des surprises qui m'attendaient au retour. En questionnant les valets qui veillaient cette nuit, j'appris que Pierre de Nyert n'aurait jamais dû être là puisqu'il ne tenait pas, en principe, ce quartier-ci de l'année.

— Il sert le roi en septembre, me glissa un jeune cordonnier du Poitou. Et ça nous a étonnés, nous les valets ordinaires...

Je maudis ma légèreté ! Oui, j'aurais dû m'en souvenir. Nyert ne prenait ses fonctions qu'à l'automne. Pas un habitué de la Cour ne pouvait l'ignorer.

— Et Passetant, vous le connaissez ? demandai-je en mettant de côté ce nouveau mystère.

— Bien sûr, répondit le Poitevin. C'est un homme serviable et fidèle.

— De quoi s'occupe-t-il ?

— La chemise. Mais il joue aussi du piano-forte. Et il lui arrive d'accompagner Pierre de Nyert.

Ce grand serviteur était aussi un mélomane dont on appréciait le talent. Sa nomination en tant que Premier valet de chambre devait d'ailleurs beaucoup à son art, apprécié déjà par Louis XIII et le duc de Mortemart, Premier gentilhomme de la chambre. Voilà qui devait être creusé. Nyert n'avait pu se délaisser de sa mission sans l'accord de Mortemart. Et pourquoi ce dernier avait-il accepté la modification d'un ordre immuable ? Mon malaise grandit quand je me souvins que Mortemart et Nyert étaient amis. Complices fut ce qui me vint après. La curieuse affaire... Passetant prend la place de Nyert qui ne devait pas être là. Et sous le regard bienveillant de Mortemart. En quoi, me dis-je bientôt, il faut peu de chose pour provoquer une révolution de palais...

Mais les doutes furent balayés par la colère quand je retrouvai Isaac dans la pièce où s'était déroulé plus tôt l'entretien orageux avec Mazarin. Minuit, l'ultimatum fixé par le cardinal se rapprochait, et si rien d'ici là n'éclairait la théorie d'Isaac à propos de l'empoisonnement, la médecine de Vallot reprendrait ses droits.

— En dépit de sa formidable résistance, le roi ne supportera pas longtemps les traitements de ce cuistre, prédit sombrement son concurrent.

— L'avez-vous revu ?

— Le roi ? Oui, malgré les efforts de Vallot. Tant que Mazarin fut présent, je pus agir librement et m'approcher assez près de son lit pour constater que la situation se dégradait.

— N'avez-vous rien remarqué de plus à propos du poison ?

— Les effets progressent, le mal s'enracine, il ne s'échappe plus qu'un mince filet d'air d'une bouche craquelée de plaies saignantes et vives. Quand sera-t-il trop tard, c'est votre question ? Pour y répondre, il m'aurait fallu pratiquer un examen détaillé, mais Vallot décidant d'une nouvelle saignée m'a demandé de sortir. Et Mazarin n'était plus là pour s'opposer. Il est parti rapidement car de nouveaux embarras se dessinent. La Cour se préparerait à la succession…

— Maudits courtisans, grognai-je.

— Ajoutons que les ennemis de Mazarin s'unissent contre lui. Le bruit circule qu'une cabale est née à Paris. Il aurait reçu une lettre lui enjoignant de quitter Calais. Aussitôt, certains n'ont pas manqué de jurer qu'il se préparait à fuir le royaume en emportant ce qu'il pouvait de ses richesses…

Il fallait accepter que Renaudot en ait appris plus moi.

— Et d'où vous viennent ces informations ?

— N'est-ce pas vous qui me répétez sans cesse qu'il faut savoir tendre l'oreille ? Eh bien ! Cette Cour a érigé le bavardage en noble cause… J'ai écouté, simplement.

Je n'eus pas l'idée de lui demander si, pour entendre, il avait dû lui-même babiner. Préoccupé par le temps, je fis le résumé de mon enquête – ce qui n'en prit guère :

— Un simple valet, Passetant, a dormi cette nuit chez le roi. Ajoutons à cette anomalie que quelqu'un s'est joint à eux. La nourrice n'a rien livré d'autre. Pourtant, elle en sait davantage…

— Il existe des procédés chimiques, grommela Isaac, qui freinent les résistances de l'esprit. Croyez-moi, la méthode vaut mieux que la torture. Il suffit de faire respirer un mélange d'opium et de…

— Avez-vous ce remède sous la main ?

— Hélas non, soupira-t-il, mais en retournant chez l'apothicaire qui m'a fourni ceci…

Il sortit prudemment de la poche de sa veste une fiole soufflée dans le verre. Au fond, j'aperçus la poudre saisie chez le roi.

— A-t-il pu vous renseigner sur sa nature, sa composition ?

— Arsenic. Il confirme donc ce que j'ai démontré, se félicita-t-il, et convient à son tour que, sans le détail des quantités absorbées, il est impossible de composer l'antidote. Mais il ajoute comme moi que l'antimoine, additionné à un vin émétique faisant office de purgatif, est la seule solution.

Il se frotta les mains :

— Quel progrès pour ma cause !

— Le plus important, c'est le roi, le repris-je, et…

— Sa guérison et l'antimoine vont de pair, insista-t-il.

— Sans plus de détails sur le poison, vous ne parviendrez pas à en convaincre Mazarin. Il nous faut chercher la main coupable !

— Si vous ne la découvrez pas ? Il ne reste que la persuasion pour décider Mazarin d'écarter Vallot et le résoudre à nos méthodes.

— Vous avez tenté de le faire et voyez la conclusion. C'est non.

— Il peut se prononcer en faveur de l'émétique si nos partisans sont en force. Donc, notre cause doit progresser.

— Je vois mal comment faire campagne, bougonnai-je.

— Détrompez-vous. Peu font confiance à Vallot et je le sais. La preuve ? se redressa-t-il. Alors qu'on me forçait à quitter la chambre du roi, un courtisan s'est enquis de mon opinion. Sans prononcer le mot poison – rassurez-vous, Antoine –, j'ai persuadé ce gentilhomme que les mérites de l'antimoine pouvaient sauver la Couronne...

Ces derniers mots me frappèrent au ventre :

— Qu'avez-vous dit et à qui ?

— À cet homme si agréable, continua-t-il d'une voix égale, qui m'a si bien renseigné sur les ennuis de Mazarin.

— Connaissez-vous son identité ? fis-je d'une voix tremblante.

— L'homme est remarquable, déroula-t-il. Cultivé et précieux. Il a tenu à m'accompagner chez l'apothicaire et, sans lui, je crois que je n'aurais pas repéré cette échoppe, perdue dans les ruelles de...

— Qui ? me déchaînai-je. Fichtre ! Répondez !

— Attendez, balbutia-t-il, impressionné par ma réaction. Vous me bousculez et son nom m'échappe...

— Isaac, grommelai-je, je vous conjure de vous souvenir. Le cardinal sera là dans quelques instants et...

— Thierry de Millard, lança-t-il, fier de lui.

— Dites-le encore, je vous prie, expirai-je.

— Thierry de Millard, sourit-il innocemment. Et il m'a répété à de nombreuses reprises qu'il serait heureux de vous connaître mieux.

— Vous me décevez, Isaac. Terriblement !

Je crois me rappeler qu'il me vint l'idée, malgré ma petite taille et mon grand âge, de tenter de lui briser la nuque, et il le comprit sur le moment. Par bonheur, je fus empêché de mettre à exécution cette fâcheuse action, car la porte s'ouvrit pour laisser entrer Mazarin. Sans autres circonlocutions, il s'adressa à moi :

— Que va m'apprendre l'espion dont Richelieu prétendait qu'il était aussi secret que brillant ?

⚜

Même en pleine nuit, la chaleur ne cédait rien. À cela, il fallait ajouter une sorte de lassitude dont les raisons étaient si multiples que j'y songeais, je les remuais dans ma tête, sans classement ni ordre, me laissant bercer par le battage d'Isaac.

— M'en voulez-vous toujours d'avoir trop parlé à Millard ?

Je ne répondis pas.

La première heure du 6 juillet s'était écoulée. Nous allions de concert à l'Arsenal de Calais où cantonnait le gros des troupes dans l'espoir de réquisitionner un lit, à défaut un peu de paille pour enfin dormir.

— La disparition de Baptiste Passetant ressemble à un mystère, continua-t-il sans se décourager.

L'était-elle vraiment ? lui aurais-je répondu si j'avais eu le goût du débat. Dans quelle mesure l'éloignement du valet, ce soudain *envol* que tous juraient de ne pas comprendre, s'inscrivait-il dans un tableau dont le dessein premier consistait à faire sombrer notre enquête ? Car, à n'en pas douter, tout s'acharnait pour que nous achoppions.

⚜

— Qu'avez-vous de nouveau ? insista Mazarin en fermant la porte derrière lui.

— Rien qui puisse changer radicalement votre opinion, décidai-je sur le coup de répondre.

Nous disposions de si peu qu'il semblait préférable de garder pour l'instant nos maigres cartouches. Et d'abord de l'entendre.

— Comme vous y allez ! s'interposa Isaac. Nous…

— Rien, je vous dis !

— Donnez-moi quelques détails sur ce *rien*, se méfia le cardinal.

— Un apothicaire de Calais confirme qu'il s'agit d'arsenic, dis-je plus vite que ce compère maladroit.

— Sinon ?

Il se tourna vers Renaudot, une proie qu'il jugeait facile. Mais la rude explication que nous avions eue au sujet de Thierry de Millard portait ses fruits. Isaac garda bouche close.

— Monsieur le médecin ?

Le pauvre subissait le regard acéré du ministre principal.

— Il se tait, intervins-je, parce qu'il ne possède aucune preuve. Rien, je l'ai dit, qui suffise pour confier la vie du roi à l'antimoine.

Mazarin se détendit imperceptiblement. Pour ne pas avoir à accorder l'emploi d'un émétique aux vertus incertaines ou se sentait-il soulagé par ce *rien* qui brisait mon arrogance et m'obligeait à rentrer dans le rang ?

— Cependant, ajoutai-je lançant mes dernières forces dans la bataille, j'ai l'assurance que le roi n'était pas seul la nuit précédant son premier malaise. Pierrette Dufour me l'a avoué.

La révélation devait faire l'effet d'une bombe. Mais l'animal politique maîtrisa sa surprise :

— Un visiteur ? Nous progressons, marmotta-t-il à lui-même. Ce n'est plus *rien*… Cela n'explique peut-être pas la suite, mais il faut s'en inquiéter.

Il sembla se souvenir de ma présence :

— Savez-vous *qui* ?

Était-ce parce qu'il devinait déjà que je ne pouvais lui donner un nom qu'il se montrait sans émotion ?

— Il faut donc ranger cette piste dans le camp des hypothèses, tant que le Premier valet de chambre n'a pas été interrogé, soupira-t-il. Pour l'heure, vos… investigations se rapprochent en effet de *rien*.

Les dés étaient jetés si je ne citais pas le nom de Passetant.

Et pendant ce temps, la tête d'Isaac allait de Mazarin à moi. Diable ! Pourquoi ne parlais-je pas du valet ? Patience, tentai-je de lui faire comprendre en fermant les paupières. Entendons Mazarin. Il faut encore qu'il se découvre.

— J'ai mandé, reprit-il, les médecins Esprit et Daquin de la faculté de Paris. Ils se joindront à Vallot. Ils seront là demain. À eux trois, ils parviendront, je l'espère, à un résultat.

— Permettez-moi, Votre Éminence, de vous rappeler une règle infaillible, surgit Isaac. Multipliez une erreur, le résultat sera pire. Ils seront trois. C'est assez pour tuer triplement le roi.

D'un geste sec, Mazarin fit taire Isaac :

— Doutez-vous de ma volonté de le sauver !

— Mon Dieu, bredouilla le pauvre Renaudot. Pas un instant…

— Sachez que je fais accourir Guénaut, mon propre médecin.

— Guénaut ? répéta Isaac. Le partisan de l'antimoine ?

— Je ne suis pas insensible à votre thèse. Et que croyez-vous ? ajouta-t-il en me fixant. Rejoignez-vous ceux qui murmurent que je ne songerais qu'à préparer ma fuite ? Je doute que parmi les *riens* que vous avez récoltés, cette rumeur ne soit pas venue à vos oreilles…

Il fouetta l'air de ses gants :

— *Bugia*[1] ! Je serais prêt à tout pour sauver mon filleul. Même à perdre ce qui m'est cher… Même à tuer, s'il le faut.

Et il ne me lâcha pas du regard en prononçant ces mots :

— Êtes-vous prêt à rejoindre cette cause ?

---

1. « Mensonge » en italien.

— Au moins, répondez à mes questions !

Par la porte de Neptune, nous arrivions à l'orée de l'Arsenal.

— Quelle était la dernière, Isaac ? soupirai-je.

— Croyez-vous à la complicité de Mortemart ?

Non, évidemment, même si les doutes restaient permis.

⚜

Rejoindre sa cause… Mazarin changeait-il d'avis ? On devait le croire puisqu'il annonçait la venue du médecin Guénaut, partisan de l'antimoine, et qu'il nous proposait maintenant une sorte d'alliance. Je ne fis rien pour cacher ma surprise, ce qui le décida à poursuivre en soutenant que nous n'avions que trop perdu en querelles inutiles.

— Je mesure, prit-il soin d'ajouter d'un ton modéré, qu'en peu de temps, et malgré tous les freins rencontrés, vous progressez vers la *Vérité*. Certes le mieux est fragile, mais je reconnais que vous n'avez guère commis d'erreurs. L'empoisonnement, l'arsenic, maintenant ce visiteur mystérieux. Tout mène sur la piste d'un crime. Et que faites-vous ? Vous tentez de m'alerter, preuve de votre fidélité. Que fais-je ? Je n'y crois pas, je vous traite en ennemi. Alors, vous vous rendez ici pour sauver un roi – mon filleul ! –, et que vous offris-je en retour ? Des paroles menaçantes…

— Disons que nous sommes partis du mauvais pied, car je n'ai pas non plus ménagé votre camp, me crus-je obligé de répondre.

À quoi bon citer sa nièce, Marie Mancini ? Mazarin m'en fut reconnaissant. Pour la première fois, il m'offrit un sourire qui avait l'air d'être sincère, et combien je comprenais qu'Anne, la reine, puisse succomber au charme de cet homme.

— J'ai réfléchi, monsieur Petitbois. Sans doute vous ai-je mal apprécié, malgré les conseils que n'a cessé de me prodiguer Richelieu, un ami commun. Le roi est notre dessein, rien d'autre ne compte.

Il marqua une pause pour que je mesure le poids des mots qui suivirent :

— Et n'êtes-vous pas l'espion de la Couronne ?

❦

Ce matin, j'étais vieux, fini. Ce soir, tout reprenait-il ?

Je ne doutais pas de sa volonté de tout tenter pour sauver le roi. Qu'en était-il de sa sincérité ? Je n'oubliais pas que, depuis peu, son clan se resserrait, ses alliés lui tournaient le dos. Il y avait cette cabale, partie de Paris pour exiger son départ, mais Renaudot m'avait aussi appris que Monsieur, le frère du roi, s'était montré au cours de la soirée dans l'antichambre, allant d'un courtisan à l'autre, et que Mme de Choisy s'était autorisée à parler à haute voix de *l'après-Louis XIV*. Oui, les heures tournaient aussi pour Mazarin, le mentor de Sa Majesté. Sauver le roi ferait *aussi* taire toutes les incertitudes sur sa personne. Avait-il pour cela sincèrement besoin de moi ? Était-ce la raison qui expliquait son offre de ralliement ? Devais-je y voir, bien au contraire, la flatterie d'un Machiavel cherchant par ce moyen à canaliser un homme ne s'étant pas caché le matin même des doutes qu'il réservait à sa nièce, Marie Mancini ? Mais s'il était convaincu que je représentais un danger pour son camp, il lui suffisait de m'éliminer maintenant de la course. Minuit passé, je n'avais pu lui fournir la preuve formelle d'un empoisonnement et pour résultat, je n'offrais que la promesse d'une ombre, un *Qui* dont les formes et le genre restaient indéfinis.

Il fallait décider en un éclair et le fléau de la balance choisit le parti de la confiance. J'avais peu à perdre à me rapprocher, tentai-je de me rassurer, et peut-être à espérer. On me proposait de revenir en grâce, et je n'y songeais pas avec orgueil. Je restais dans l'enquête, puisqu'elle seule comptait. Je ne pouvais qu'y gagner. Mais pour que j'obtienne un peu de loyauté, il fallait à mon tour montrer à Mazarin que le pacte auquel je décidais de m'associer n'était pas de façade. En somme, lui livrer plus de détails sur les petits *riens* que nous avions accumulés et, s'il me vint l'idée que Mazarin cherchait à savoir ce que ma modeste enquête avait révélé et que je lui cachais encore, j'écartai sitôt cette sombre hypothèse. La ruse était trop grosse pour un géant qui ne craignait pas ma nuisance. *Basta !* soufflai-je pour moi, comme l'aurait fait ce cardinal dont le visage s'efforçait de me montrer qu'il cherchait l'apaisement. Il fallait que je prouve que j'acceptais de me résoudre. Et le premier de mes arguments, le moins engageant, et le seul en ma possession, s'appelait Passetant – dont je lâchai le nom.

Mazarin ne releva pas cet oubli qu'il dut mettre sur le compte du passé. Une page n'était-elle pas tournée ?

— Le nom de ce valet ne me dit rien, grommela-t-il.

— Je connais le duc de Mortemart depuis des années. Je pourrais le questionner sur cet homme, ajoutai-je aussitôt.

— Faites-le, répondit-il sans hésiter.

Il m'autorisait donc à continuer mes investigations. Non, rien dans son attitude ne me montrait qu'il tergiversait. Je décidai donc de m'engager plus avant.

— S'il ne m'apprend rien sur ce valet, continuai-je, il me restera à l'interroger sur cette personne qui demeurait chez le roi cette nuit.

— Sinon, tournez-vous vers Pierre de Nyert.

Les barrières se levaient une à une. J'étais bien redevenu l'espion de la Couronne.

— Nyert ne peut rien nous apprendre, opposai-je comme je le faisais avant, si librement, devant Richelieu. Soit il est innocent, soit il dispose d'un solide alibi. Pas vu, pas pris ! En revanche, Mortemart dort dans une pièce voisine et il possède la clef qui ouvre la porte de la chambre. On ne peut entrer ou sortir sans son accord. Suis-je autorisé à poursuivre dans cette direction ?

— Bien sûr, répondit-il. Et n'oubliez pas ce que je vous ai dit à propos des soupçons dont on m'a parlé à Paris.

Il faisait allusion à Condé sans citer de nom. Renaudot nous entendait.

— Demandez au Premier gentilhomme de la chambre, dit-il encore, d'établir la liste des visiteurs qui se sont rendus chez le roi. Et qui sait ?

Maintenant, il m'encourageait à défricher toutes les pistes. Il n'avait donc rien à craindre, ni à cacher ? Je décidai de m'en assurer une dernière fois :

— Mortemart doit se tenir près de Sa Majesté et sans doute ne dort-il pas plus que nous. Je propose d'agir sans attendre.

Ses yeux se fermèrent. Était-ce un oui ?

— Il me faut l'admettre, expira-t-il. La thèse du poison n'est plus discutable. Pressez-vous. Désormais, chaque minute compte.

D'un geste du menton, il chassa la lassitude qui le gagnait :

— Je ferai en sorte que vous puissiez circuler librement. À la plus petite des alertes, au moindre indice, rejoignez-moi dans cette maison que je ne quitterai plus.

Il nous dévisagea tour à tour :

— De même, il me faut savoir où vous vous rendrez après avoir vu Mortemart. Où comptiez-vous dormir ?

142

— Je n'ai guère étudié cette question depuis notre départ...

— Le roi a besoin de soldats vaillants, sourit-il faiblement. Où avez-vous... caché *votre* carrosse ?

— À l'Arsenal, répondis-je sans hésiter.

— Le fourrier vous y fournira un lit.

— J'y songerai si mon entretien avec Mortemart ne donne rien.

Il secoua la tête :

— Vous ne renoncez jamais !

— Y pensez-vous comme à une qualité qui peut vous servir ?

— Non pas à moi, mais à la Couronne. Voici ce qui nous unit.

Il s'avança vers la porte et l'ouvrit :

— Bientôt, vous n'en douterez plus...

Et sans ajouter quoi que ce soit, il nous quitta.

⚜

Sans délai, je décidai d'interroger le duc de Mortemart en tête à tête, espérant que la méthode favoriserait les confidences... Ce qui m'obligea à laisser seul Isaac, muni de l'ordre formel de patienter en s'interdisant d'engager la moindre conversation avec le plus infime des quidams. Puis je revins sur mes pas, sachant où je pouvais rencontrer le duc.

Le Premier gentilhomme de la chambre dormait, en général, dans la pièce voisine de celle où reposait le roi, gardant à portée de main, souvent sous l'oreiller, la clef qui fermait l'accès au *saint des saints*. Mais l'ordre immuable s'était déréglé. Ainsi, le duc veillait dans l'antichambre, désertée à cette heure par les courtisans.

Gabriel de Rochechouart de Mortemart faisait peine à voir. La fatigue et l'inquiétude rongeaient les traits de cet homme d'une soixantaine d'années.

Habituellement, chacun se félicitait de croiser ce visage rond, débonnaire, orné d'une moustache taillée pour séduire le sexe féminin. Toujours élégant, portant avec grâce et noblesse l'or et la soie, marchant à vive allure, le duc se remarquait à la Cour. Mais ce soir-là, Mortemart était méconnaissable. Sa longue chevelure blanche se présentait sans aucun agencement, ses vêtements paraissaient sales et froissés. Cependant, quand il me vit, lorsqu'il découvrit qu'il n'était plus seul, il se redressa fièrement et salua d'un mouvement de la tête, comme il l'avait fait si souvent quand nous nous croisions à la Cour.

Sans précaution, je m'annonçai d'un sourire. Étrangement, il n'y répondit point et me dit ceci :

— Je sais pourquoi vous venez me voir, brisant ainsi la loi du secret et du silence à laquelle vous vous soumettiez déjà au temps de Richelieu. Mais ces jours-ci, tout se décompose...

— Bonsoir, monsieur le duc, débutai-je à mon tour.

— Bonsoir, monsieur Petitbois, fit-il de même.

— Et que vais-je vous demander, monsieur le duc ?

— Pierrette Dufour est venue se plaindre de vous, soupira-t-il. Par tous les saints ! Cette affaire n'en finit pas de produire des effets regrettables.

— Pour qui ?

— Rien ne va depuis que le roi..., répondit-il aussi vaguement.

— En effet, rétorquai-je. On entre chez lui, on change de valet. Et – le savez-vous ? – on l'empoisonne... Voilà d'assez bons motifs pour que je décide de rompre mes habitudes.

La sortie le laissa impassible. Et puisqu'il ne réagissait pas, je repris avec la même autorité.

— Pierrette Dufour, commère et sournoise, vous a sans doute narré en détail ce que je lui avais confié sous le sceau du secret !

— Et je m'en suis étonné. Me faisant la remarque, persifla-t-il, que, pour un espion, vous manquiez de prudence.

— Vous l'avez dit, monsieur le duc. Tout change, et rien ne va plus. Cette bonne femme vous a-t-elle également appris que je l'avais interrogée rudement afin de savoir *Qui* tenait compagnie au roi la nuit où il tomba malade ? Car il y avait bien quelqu'un dont je doute que les intentions aient été honnêtes.

— Accusez-vous le Premier gentilhomme d'avoir manqué à ses devoirs ? se raidit-il.

— J'ai la certitude, m'adoucis-je, que votre honneur est sauf.

— À la bonne heure !

— Cependant, pouvez-vous m'expliquer pourquoi le Premier valet n'était pas à son poste cette nuit-là ? Ou encore pourquoi Pierre de Nyert a pris son quartier alors qu'il ne le fait qu'à l'automne ?

— Le roi seul pourrait répondre, s'enferma-t-il.

Ce maudit Mortemart s'exprimait comme la nourrice !

— Monsieur, répondis-je d'un ton incroyablement calme, vous comprenez sans doute que la réponse ne peut pas, pour le moment, m'être fournie par Sa Majesté.

— Hélas, je le sais trop.

— Mesurez-vous cependant que ce que je cherche pourrait le sauver, espoir auquel vous et moi sommes très attachés ?

— Je n'en doute pas, mais il me serait difficile de vous apprendre ce que vous attendez, et pour une raison simple. J'ignore qui était chez le roi puisque je ne me trouvais pas dans sa chambre. Concluez honnêtement que je ne peux satisfaire votre demande. De même, faut-il accorder du crédit aux propos de Mme Dufour ? Pas plus que lorsqu'elle vous accuse de l'avoir violentée...

— Vous n'étiez pas dans la chambre de Sa Majesté, réattaquai-je, oubliant la perfidie du trait. Pierre de Nyert, non plus. L'alibi vous épargne et vous empêche de trahir le roi à qui vous avez promis de ne jamais parler de cette personne. Est-ce bien cela ?

Il ne répondit pas, mais je pris son silence pour un aveu.

— L'amitié faisant le reste, vous avez décidé, Nyert et vous, de placer un valet ordinaire, Passetant, dans la chambre. Dès lors, vous ne voyez, vous ne savez *rien*.

— On peut l'imaginer ainsi, concéda-t-il, mais il ne s'agit que des supputations d'un espion aux méthodes discutables...

— Au moins, m'entêtai-je malgré tout, et serrant le poing pour ne pas perdre patience, vous avez un doute sur ce *Qui* était dans cette chambre ?

— Il se peut, lâcha-t-il enfin du bout des lèvres.

— Et ? tentai-je naïvement.

— Peut-on accuser sans preuve ? Or je n'en ai pas. Le reste est une question de fidélité et d'honneur et je suis certain que vous me comprenez...

— Moi, j'en parle comme d'un secret...

— Un de ceux auxquels votre difficile métier vous a habitué... Et vous devinez qu'il devient inélégant d'insister.

— Monsieur le duc, si vous ne pouvez m'aider à résoudre cette énigme, dois-je me tourner vers ce valet... Passetant ?

— Vous pouvez essayer, mais...

— Quoi encore ?

— Je crains qu'il ne puisse également vous répondre...

Il se mordit les lèvres. En avait-il trop dit ?

— Pour le commensal, se reprit-il, c'est une affaire de fidélité.

— Monsieur le duc, tentai-je encore dans l'espoir de renverser ce monument, je vous ai parlé d'un poison. Or je répète que tout me pousse à croire qu'il fut donné au roi cette nuit au sujet de laquelle vous faites autant de mystères. C'est pourquoi, la fidélité...

— Monsieur Antoine Petitbois, me coupa-t-il en élevant le ton, il serait maladroit et imprudent de prolonger l'affront. N'en doutez pas. Mortemart a compris que votre hypothèse, si horrible qu'elle soit, a pu en effet se produire.

— Mordiou ! Cela ne change en rien votre opinion ?

Autant vouloir fendre une montagne...

— Tout me laisse penser que la... personne dont nous parlons sans la nommer – ce *Qui* – n'est pas celle que vous recherchez.

— Vous connaissez donc son nom ? ne renonçai-je pas.

— Je ne peux vous aider plus, cingla-t-il pour la première fois.

— Nyert ?

— Je le connais ! Il ne parlera pas davantage. Je vous souhaite le bonsoir, monsieur Petitbois, car je vous invite à prendre un peu de repos. Vous me donnez l'air d'être épuisé et en proie à la nervosité...

— Bonne nuit, monsieur le duc.

Et que pouvais-je dire d'autre à ce Gabriel de Rochechouart de Mortemart, Premier gentilhomme de la chambre, qui refusait d'avouer cette part de vérité qui pouvait sauver le roi ?

⚜

Le fourrier de l'Arsenal nous avait attribué deux lits non loin des écuries où Philippe, le cocher, pansait ses chevaux et se préparait au retour.

— En avons-nous bientôt fini ? demanda-t-il.

À lui non plus, je ne répondis pas. Trop de pensées m'occupaient la cervelle, mais une seule dominait toutes les autres et m'empêchait de dormir. Dans quelle mesure Mazarin ne m'avait-il pas lancé sur la piste de Mortemart et de Passetant pour savoir à l'avance qu'elle ne donnerait rien ? Ce *rien* qui, depuis trop longtemps, ne me lâchait plus.

Chapitre 13

Le roi se réveillait et regardait ceux qui l'entouraient. Il y avait la belle Marie Mancini, l'oncle Mazarin, le prince de Condé en armure et moi, à qui Sa Majesté s'intéressait. Étrangement lui seul bougeait. Les témoins étaient pétrifiés, comme pieds et mains liés, prisonniers d'un carcan, tels les personnages de second plan d'une peinture dont Louis XIV, l'unique vivant, occupait le centre...

— Antoine !

Une voix que je croyais connaître cherchait à me réveiller, mais je m'accrochais à ce rêve puisque le roi, maintenant, me parlait.

— Je suis heureux de vous revoir, monsieur Petitbois, racontait-il. Il y a trop longtemps qu'on ne vous croise plus à la Cour. À quand remonte notre dernière rencontre ? N'était-ce pas l'an passé ?

Le jeune prince se montrait reposé ; c'était la copie parfaite de la toile de Le Brun.

— En effet, Sire. J'étais de la négociation en Angleterre avec le colonel Lockhart à propos de la Flandre. En secret, Sire. En secret...

— Oui, s'instruisait le roi, vous avez rondement mené l'accord, semble-t-il. Rappelez-moi son dessein... Je reviens de si loin.

— Chasser les Espagnols de la Flandre grâce au soutien de nos alliés, les Anglais, à qui vous avez en échange promis Dunkerque.

— Ai-je triomphé ?

— Oui, Sire ! Voilà quelques jours. Et depuis…

— On m'a empoisonné, souffla-t-il. Tout me revient. Mais je sais qui est l'auteur de ce crime.

Son bras se redressait, et si sa main tremblait encore, elle allait désigner l'un de nous. Ce serait Mazarin, Condé, Marie ou moi.

— Antoine ! Vous bavardez dans votre sommeil et ce n'est pas prudent. Nous ne sommes plus seuls.

Une poigne se joignait maintenant à la voix et me secouait rudement l'épaule. Le tableau se brouilla. Le roi disparut. Les autres aussi.

— Monsieur Isaac Renaudot ! grognai-je, je vous prie de ne pas chercher encore à me questionner sur qui, selon moi, serait coupable. J'ai mis un temps considérable à m'endormir à poings fermés, et vous ne soupçonnez pas combien cela fut difficile tant j'ai l'esprit encombré d'énigmes.

— Antoine ! Je vous supplie d'ouvrir les yeux.

— Le jour s'est-il levé, Isaac ?

— Non, mais…

— J'attendrai qu'il se décide. Alors seulement, je vous dirai si j'accepte de reprendre notre discussion.

— Antoine ! On vous regarde… Et on vous écoute…

— Cessez donc de me secouer, m'exaspérai-je. Que faut-il faire pour que vous acceptiez ce programme ?

— Il y a ici M. Thierry de Millard…

— Saperlipopette ! Tous les moyens sont bons, même les plus malhonnêtes, pour obtenir gain de cause. Je vous souhaite une bonne fin de nuit, monsieur l'assommant !

Et je pris soin de me retourner, visage contre le mur, décidé à rejoindre les brumes.

— Vous devriez écouter votre ami…

À qui appartenait ce timbre glacial, si étranger à celui d'Isaac ? Et pourquoi, en effet, ressemblait-il à s'y méprendre aux intonations dont usait l'infâme conseiller du parlement de Paris ?

— Vos dons d'imitation sont troublants, Isaac, expirai-je sans décoller les paupières, mais il manque la perfidie du sieur Millard. Ce bougre s'exprime avec plus de prudence. D'ailleurs, je vous prie de ne plus côtoyer ses sifflements aussi dangereux que les contorsions du serpent, car je le crois capable de vous ficeler l'esprit. Maintenant, cessez vos fariboles. Ce n'est pas ainsi que vous me ferez lever !

La leçon porta. Isaac ne s'exprimait plus.

— Enfin vous renoncez, soupirai-je.

Hélas, le mal était fait. Morphée s'échappait sur la pointe des pieds. À cela s'ajoutait l'assourdissant silence qui succédait au tapage précédent. Pas un bruit, pas un mot, et cela me troubla bien plus que le son du canon. Si bien qu'en rageant, je sortis de la torpeur, et je les ouvris, ces yeux ; puis les tournai vers où Isaac aurait dû se trouver afin qu'ils voient ce que mon cerveau ne comprenait toujours pas.

— Bonjour, monsieur Petitbois. Je vous dis bonjour, bien que l'aube tarde toujours…

⚜

C'était lui, paré de frais, vêtu d'un manteau ourlé de fils rouge et or dont, hiver comme été, il ne se séparait jamais. Thierry de Millard se divertissait de me voir plongé dans le désarroi. Il s'affichait, perché sur ses bottes lustrées, main posée sur son épée d'apparat à la garde ciselée dans l'argent, tandis que moi, je me montrais allongé dans une mauvaise paille, le cheveu bataillant et le regard encore plus ahuri. Je me redressai sur le coup, mal éveillé, tordu par les questions. Je connaissais l'homme et ses dangers depuis trente ans et je m'étais gardé de l'approcher. Si j'oubliais mon effroyable sottise – parler de lui si imprudemment –, il restait à comprendre sa présence en pleine nuit, au cœur du camp de l'Arsenal. Oui, la surprise venait de là. Que cherchait-il ? Pourquoi se montrait-il ? Pis encore, par quel sortilège était-il remonté jusqu'à moi ? Il me vint le soupçon d'une nouvelle maladresse d'Isaac. Crénom ! me souvins-je, la bévue remontait à la veille, quand ces deux-là avaient fait connaissance pendant que j'interrogeais la nourrice. Les mots de Renaudot me revinrent cruellement : « Il serait heureux de vous connaître mieux... »

— J'ignorais que vous portiez un jugement si sévère sur mon cas, grinça Thierry de Millard. Me voilà renseigné...

Bien que plus âgé que moi, ses traits restaient peu marqués, un attribut horripilant qu'un visage rond et plein – de ce fait épargné par les rides – expliquait. Bien sûr, la qualité avait son revers et pour amoindrir la mollesse des traits – les amincir –, Millard s'employait à cacher son menton sous un bouc. Mais j'étais cruel, de mauvaise foi. La méfiance mise de côté, je reconnaissais que le personnage avait de l'allure, du flegme et de la distinction. À la différence de nombre de courtisans fats, médiocres comploteurs, l'intrigant se montrait adroit, donc dangereux. De sorte qu'on le flattait et cherchait à l'attirer dans un camp, mais, c'était sa force, il ne défendait que sa cause, naviguant au gré d'intérêts variables, penchant hier pour la Fronde, et négociant ensuite son retour dans le giron du roi. Pour apprécier la qualité de ses informations, toujours négociées à son avantage, je n'oubliais pas qu'il avait offert à Mazarin le nom de Condé comme l'auteur supposé de l'empoisonnement du roi. Mais s'il sortait du bois, c'était pour se comporter en loup.

D'un geste sûr, il releva le pan de son manteau sur l'épaule :

— Qu'importe ce que vous pensez de moi. De même, j'ai assez croisé votre silhouette au Louvre pour comprendre que vous étiez un peu plus qu'un serviteur de Mazarin. Oui, votre personne est comme entourée de mystère, s'adoucit-il, cherchant à m'endormir, et encore hier, je disais à M. Renaudot que je serais ravi de...

— Monsieur, intervins-je pour le faire taire, je crains que ce ne soit ni le moment ni l'heure de faire connaissance. Aussi, et à défaut d'autre sujet d'importance, je vous invite à nous revoir plus tard.

— En effet, recula-t-il, au diable les présentations. Chacun tient sa place sur l'échiquier. C'est ainsi que le cardinal aime les choses...

Prudence, Antoine, me conseillai-je en secret. Tu fais face au serpent et cet homme, malgré ce qu'il prétend, devine qui tu es.

— Venons-en à ce qui m'amène en pleine nuit.

C'est l'exact moment d'augmenter ta méfiance, dis-je à moi-même. L'expérience me servait et je connaissais ce signal d'alerte qui bourdonnait dans ma tête.

Il enleva son manteau et chercha un endroit où le poser, mais ici tout était sale, infect, puant. En échange d'une pièce, le fourrier nous avait logés dans le magasin où l'on entassait la paille des chevaux.

— Mazarin m'envoie, lâcha-t-il en renonçant à se défaire de son vêtement.

— Mazarin ? répétai-je.

Millard se taisait. Sans doute espérait-il que je parle, livrant ainsi une part du mystère qui entourait ma relation avec le conseiller du roi. Mais je m'entêtais moi aussi à rester muet. Si bien que nous nous affrontâmes en silence, ne cédant rien à l'autre.

— Vous devriez composer, intervint Isaac. Ce que M. de Millard vient vous dire est de grande importance...

— Vous avez encore trop parlé, grognai-je d'un ton glacial sans le regarder.

— Il dispose d'une nouvelle…, insista-t-il.

Millard s'engouffra dans la brèche :

— Nous avons de quoi faire avancer votre enquête.

Nous… Et encore, *votre* enquête… En tacticien, il m'informait qu'il n'ignorait pas ce qui m'avait amené à Calais. Un de mes pions tombait, m'obligeant à renforcer mes défenses.

— Puis-je savoir qui se cache derrière ce « Nous » ? bataillai-je en retour.

— Bas les masques ! brailla-t-il. Je sais que vous œuvrez pour Mazarin. Cessons la comédie, Petitbois. Le temps presse, la situation du roi s'aggrave d'heure en heure…

— Qu'avez-vous à me dire, Millard ? intervins-je durement.

Il soupira pour que je comprenne qu'il détestait ce combat et, s'il fallait se ranger à ma méthode… Qu'il parle pour que je cède ? Soit ! Et, de nous deux, j'avoue qu'il se montrait le plus intelligent :

— Ce jeu est stupide et n'avance à rien. Dieu ! Quelle chaleur…

Il jeta son manteau sur le sol poussiéreux et ôta son chapeau.

— Je dépose les armes… Je sais que vous savez que j'ai partagé avec Mazarin une opinion sur le malaise dont est victime le roi.

— Le poison, concédai-je puisque le cardinal m'avait informé de l'action menée par Millard auprès de lui.

— Le poison, reprit-il doucement, soulagé de me voir baisser la garde. J'ai réuni assez de preuves pour m'en convaincre et je n'ignore plus que vous partagez cet avis – ce dont je vous félicite.

Il espérait une réaction. Elle ne vint pas.

— Mazarin me l'a dit hier, après votre départ, avoua-t-il. Il m'a aussi appris que l'étau se resserrait autour d'un dénommé Passetant, témoin crucial de cette nuit où le roi a été empoisonné.

Mordiou ! Il ne pouvait inventer autant de détails. Pour le fait que nous ayons le même avis sur le poison, je pouvais accuser Isaac qui, la veille, lui avait parlé de moi et s'était confié à la légère en citant l'antimoine. Combien il avait dû être aisé de piéger l'innocent savant, de simplement hocher la tête pour l'inviter à se découvrir alors qu'ils se rendaient de concert chez l'apothicaire de Calais. Mais je n'oubliais pas que, pendant ce temps, j'interrogeais la dame Dufour. Et Passetant n'apparaissait qu'à ce moment, quand Isaac et moi allions chacun de notre côté. En conséquence, je n'avais évoqué l'étrange présence de ce valet auprès du roi *qu'après* son entretien avec Millard. Il était donc impossible de l'accabler. Dès lors, j'en vins à conclure *qu'à l'évidence* tout s'accordait. En livrant le nom de Condé, Thierry de Millard avait fait allégeance à Mazarin qui, en retour, l'avait gratifié la nuit dernière de belles informations.

Le conseiller du Parlement devina que je cheminais toujours entre doute et vigilance et ce fut lui qui, à nouveau, se montra le plus sage et le plus direct :

— Il faut vous y faire, Antoine Petitbois. Je suis avec lui, donc avec vous, du moins pour le moment. Profitez ! se força-t-il à sourire. Peu mesurent qu'il est intelligent d'apporter aujourd'hui son soutien à Mazarin. C'est un investissement, croyez-moi, car j'ai parié qu'il s'en sortirait. Voilà qui explique raisonnablement mon ralliement.

Il n'y avait dans ses paroles que la promesse provisoire – tant qu'elle servait ses intérêts – d'un pacte avec Mazarin et cette sorte d'honnêteté froide, calculée suffit pour me décider, car cette réaction ressemblait parfaitement au portrait de Thierry de Millard.

— Eh bien ! cédai-je brusquement puisqu'il devenait stérile de lutter plus longtemps. Pour le roi et Mazarin, signons la paix, mais ne m'en voulez pas si j'y consens en restant armé. Toutefois, je dois me faire pardonner les paroles malhabiles que j'ai prononcées à votre endroit. Ce ne sont plus celles d'un allié. Accusez l'homme que je ne suis plus et cette nuit épouvantable, ce bouge infesté de blattes. Oui, pensez-y comme une sorte de...

— Rêverie ? m'aida-t-il alors. C'est en effet ainsi que je vous ai vu en arrivant. Du moins, je me forcerai à effacer tout autre souvenir.

— Dans ce cas, serions-nous prêts à partir tous deux sur le bon pied ? Voyons voir, glissai-je du bout des lèvres. À présent, je suis éveillé, qu'en est-il de mon enquête ?

— Nous avons dépisté Passetant, le valet que vous cherchiez...

Ce coup-ci, inutile de résister. Millard se présentait bien de la part du cardinal. Et si je doutais aussi de l'honnêteté de ce dernier, il fallait oublier. Ainsi, pas un instant (preuve que mon esprit était plus ensommeillé que je l'imaginais) il me vint l'idée que Millard aurait pu apprendre mon intérêt pour ce valet par d'autres que le cardinal tant j'avais montré d'imprudence en interrogeant les commensaux de la *Maison du Roy*. Ce cordonnier poitevin, par exemple, ou encore ce barbier qui fronçait le sourcil quand je le questionnais plus que de mesure. Passetant ! avais-je répété à l'encan, réclamant des détails, éveillant la curiosité, aveuglé, enragé par Pierrette Dufour qui avait refusé de se livrer. Et comment oublier le duc de Mortemart ? Lui aussi connaissait mon intérêt pour cette ombre que tous protégeaient. Mais faisant fi de ces signaux qui auraient alerté le plus novice des espions, je fis confiance à Millard qui, tel le serpent, me fixait et m'endormait. Mazarin avait certainement parlé de Passetant à celui qui, sûr de son cas, prenait plaisir à me voir tergiverser. De sorte que le manque de sommeil et plus encore le génie d'un homme habile à dompter sa proie me décidèrent à le croire sincère. Ajoutons-y l'impatience, la curiosité, l'excitation, le désir de toucher au but et de sauver le roi. Je cédai. J'allais interroger Passetant, lui arracher le nom de ce *Qui ?* était dans la chambre car Mazarin autant que son envoyé œuvraient pour le même camp que le mien, celui de Sa Majesté.

— Où est-il ? capitulai-je brusquement.

— Voilà que l'affaire se complique, soupira Millard sans rien montrer de sa victoire.

Eh bien, me dis-je en secret, je m'y attendais. Et quel est donc le coup fourré ?

— Passetant est mort.

— Je vous demande pardon ? ne sus-je que répondre.

— On ne sait s'il s'est pendu ou si on l'a empoisonné…

— Diantre ! se manifesta Isaac, voilà qui mérite un examen…

Le coup était rude, mais je fis en sorte de rester prudent :

— Où se trouve son corps ?

— À cinq cents pas de l'Arsenal. Découvert non loin du fort Risban, à l'ouest de Calais. Un valet de la *Maison du Roy* a reconnu la victime et couru chez Mazarin pour l'avertir. Depuis, rien n'a bougé. Quatre hommes de confiance ont été dépêchés sur place.

— Vous l'avez vu ?

— On parle d'un visage exsangue et d'une langue boursouflée. Pendaison, étouffement, poison ? Je ne suis pas expert, fit-il en se tournant vers Isaac pour le flatter, et Mazarin m'a ordonné de courir vous chercher. Voilà deux heures que je force la cadence pour vous avertir…

— Il faut l'autopsier, s'emporta Isaac, vérifier s'il a ingurgité de l'arsenic. Et nous découvrirons peut-être d'autres indices…

— Que dois-je faire ? intervint prudemment Millard qui me voyait à nouveau hésitant. La marée monte et bientôt nous ne pourrons plus accéder au fort. Voulez-vous que l'on fasse porter le cadavre ?

— Pas question ! rugit Isaac. Personne ne doit y toucher avant moi.

Millard opina et il paraissait sincère.

— Prenez votre attirail, Isaac, décidai-je bien que redoutant le pire. Nous y allons.

❧

Le jour se levait, mais nous progressions aidés de flambeaux afin de ne pas être pris pour des déserteurs par les soldats veillant sur le camp. La marche se faisait sans paroles, les pensées étant occupées à cheminer au milieu de la masse grouillante qui s'entassait à même le sol. L'Arsenal débordait de soldats de l'armée royale et ce spectacle affligeant nous renseignait sur les noirceurs de la guerre. Il y avait eu la bataille des Dunes, la victoire, et ceux qui l'avaient connue et qui s'en sortaient. Eux se pavanaient dans Calais, buvant, beuglant, épuisant leur solde dans les bras des catins, et eux ne se plaignaient pas. Puis il y avait les blessés rapatriés ici et que l'on entassait au milieu de la fange, de la chaleur éprouvante de l'été 58. Eux gémissaient, perdus, noyés dans un maelström de sang et de chair dont la puanteur macabre se combinait à la chaleur épaisse du 5 juillet. Ceux-là déliraient, hurlaient leurs souffrances sans que pas un des vivants y portât attention. Le cri des moribonds s'entendait de loin, et tant qu'il n'approchait pas, il restait irréel. C'était une plainte, reprise d'un bout à l'autre du camp, et qui le traversait comme le fer d'une lame. Était-ce la lamentation d'un seul, portée par l'écho et qui rebondissait sur le granit funéraire des remparts de l'Arsenal ? Soudain, alors que nous arrivions à mi-chemin, une main surgit d'un drap encrassé de sang et de pus sous lequel se devinait un corps. Ce tout informe gesticula à la façon du vermisseau coupé en deux qui s'accroche encore à la vie, et la main se détendit, si bien qu'elle me frôla la jambe. Ce n'était qu'une ultime excitation nerveuse ; de ces soubresauts qui ensorcellent le corps de l'insecte à peine mort, mais ce qui n'avait plus rien de vivant suffit pour que le linceul bouge découvrant alors le visage d'un homme, du moins ses restes, puisque le crâne était fendu. Malgré la blessure par laquelle s'échappait toujours une matière blanchâtre et visqueuse, je discernai les traits puérils, immatures, espiègles d'un garçon de seize ou dix-sept ans, devenu cadavre à l'instant, défunt frère d'armes de celui que j'avais aperçu hier, aguiché par la fille de joie. Le trépassé n'avait pas eu sa chance. Et nous l'abandonnâmes ainsi, moyennant un signe de croix qui, je l'espérais, serait vu par Dieu avant que les démons ne se chargent de ce pauvre misérable.

Nous dûmes encore franchir le barrage d'un rassemblement de soldats qui entremêlaient leurs vociférations aux gémissements des souffrants. En passant à leur hauteur, je compris leur acharnement. Ils faisaient cercle autour de deux géants qui s'affrontaient poitrail nu, au couteau. Le sang des deux coulait, excitant leur haine, l'appelant, l'exhortant. « À mort ! », beuglaient-ils puisqu'elle les attirait comme une maîtresse et qu'ils copulaient avec elle après l'avoir tant de fois défiée à la guerre, provoquée, et tant de fois exorcisée.

Je serrai l'arme que j'emportais toujours avec moi, une dague effilée dont je limitais l'usage à la défense, n'ayant eu jusqu'à ce jour nul besoin d'en expérimenter l'intérêt. Si bien que ma conscience flottait, libérée du poids qu'engendre le fait d'ôter la vie à autrui, mais il me manquait la pratique indiscutablement associée au secours qu'on attend d'un tel équipement. Par chance, le manteau flamboyant de Thierry de Millard imposait le respect et, si on s'en approchait, les bottes, l'épée, l'allure en somme, suffisaient pour qu'on recule, qu'on s'écarte sans poser de questions. De sorte que nous parvînmes sans encombre près du fort Risban qui, avec le fort Nieulay, protégeait Calais.

Bientôt j'aperçus à l'écart un groupe d'hommes qui n'étaient pas armés comme les autres soldats et n'en avaient pas l'aspect. Mais ils se situaient à l'est et le soleil levant, éblouissant, nous interdisait de les détailler plus. Les lieux étaient déserts, le fort comme abandonné, vigie lugubre de pierres sombres, amas titanesque et glacial de granit qu'aucune tempête, aucun canon, ne semblait pouvoir détruire. Bloc sans âme et sans couleurs, géant qui paraissait aussi haut que large, aussi puissant qu'immuable, dévoué à la solitude, brossé, poli par la mer, surgissant de la lande pour avertir l'envahisseur. N'approche pas du chemin de ronde percé de meurtrières noires. Il n'y a rien à prendre et tout à perdre. L'absence de végétation, pour que l'œil voie jusqu'à l'horizon qui se dessinait en mer, augmentait le sentiment de désolation d'une terre balayée par les vents marins qui soulevaient le sable de la dune sur laquelle il reposait. Le sel piquait les yeux et je marchais dos courbé, levant de temps à autre la tête pour évaluer la distance qui me séparait des silhouettes immobiles, comme étrangères à notre venue. Plus j'approchais, plus je m'interrogeais. Où se cachait le corps de Passetant ? Pourquoi les gardiens tenaient-ils en main les rênes de leurs chevaux ? Je fus saisi par le doute, prêt à faire demi-tour. Millard dut le comprendre car il me saisit par la manche et me montra au loin des toiles ensevelies de moitié sous le sable.

— Le valet Passetant est dessous. J'ai pris soin, expliqua-t-il, de le protéger de la chaleur afin de ne pas infecter l'air de miasmes.

— Sage précaution, renchérit Isaac.

Et faisant aussitôt preuve d'une belle imprudence, il fila vers l'inconnu sans en dire plus, pressé de découvrir le mort avant nous. Oui, ce furent ses derniers mots car, soulevant les toiles, il découvrit qu'il n'y avait pas de corps.

Aussitôt il se tourna vers moi, ouvrit la bouche :

— Par saint Jean ! Que signifie cette énigme ?

Pour toute réponse, deux des quatre gaillards se précipitèrent sur lui, épée en main, et le frappèrent.

Moi, je perdis un temps infini à me retourner pour regarder Millard qui se tenait dans mon dos, à l'écart. Il eut l'impudence de me sourire avant d'ordonner d'un geste bref aux deux misérables encore inoccupés de s'intéresser à mon cas. Au moins, nous connaissions le traître. Aussi, plutôt que de me porter au secours d'Isaac – à quoi bon affronter directement ces loups contre lesquels ma modeste personne et mon art pitoyable de la guerre ne pesaient point ? – je crus malin d'improviser une autre stratégie, cherchant à me rapprocher de Millard, hanté par l'idée incongrue d'échanger sa vie contre celle de mon compagnon puisque à l'évidence il était l'allié, et peut-être le chef de la meute des quatre féroces coupe-jarrets. Ai-je donc songé à m'emparer de mon otage ? J'en fus sûrement capable. Je l'immobiliserais et, lui serrant la gorge, hurlerais qu'on cesse sur-le-champ d'étriper le malheureux Isaac qui pliait sous les coups et gémissait de plus en plus faiblement. Pour me munir d'arguments, je supplie de croire que je fis mon possible pour extirper ma dague de la poche de mon manteau, avançant décidé, agacé tout autant de noter que Millard ne s'inquiétait pas de mon air menaçant et, balayé par ce flot d'émotions, oubliant en échange de surveiller mes arrières. Piètre manœuvre ! Peine perdue... J'agissais comme l'enfant et je ne possédais que l'énergie du vieillard. Deux mercenaires s'approchèrent et, sans la moindre chevalerie, se jetèrent sur moi, me saisissant les bras, les tenaillant dans une

poigne d'acier qui me fit comprendre ce qui sépare-
rait à jamais la force de l'esprit. Ce furent là les dernières pensées d'un homme libre car, m'interdisant
de détailler davantage la scène, le ciel s'éteignit et je
compris alors qu'on m'avait glissé sur la tête un sac
quand, dans mon dos, on s'agitait, on me saisissait
les mains, on les ligotait.

❧

Plus tard, quand je me retrouvai dans l'inconfortab-
le position d'un homme ayant les mains attachées,
allongé de travers sur le flanc d'un cheval, ballotté à
hue et à dia, subissant les caprices d'une bête lancée
au galop, je me demandai pourquoi j'avais écouté le
détestable Millard. C'était un traître, je le savais.
Comment avais-je pu le croire ? Sans doute, conclus-
je, parce que ce qualificatif ne lui convenait pas. Pas
plus que celui de félon, puisque, dans l'obscurité qui
me poussait à noircir ce qui l'était trop, je continuais
à penser qu'il n'avait obéi qu'à Mazarin. Songeai-je,
ne serait-ce que le temps d'un éclair, qu'un autre ait
pu renseigner Millard sur Passetant, ce bel appât qui
m'avait conduit dans ce traquenard ? Pas plus que
précédemment. La colère m'aveuglait, la cagoule que
je portais m'étouffait. Millard était le bras armé de
Mazarin et, de fait, mon enlèvement démontrait qu'il
lui était fidèle. Mortemart l'avait juré. Aucun des
commensaux ne trahirait le roi. Passetant ? Seule
Pierrette Dufour avait cédé à mes pressions pour
mieux cacher le plus important : *Qui* était cette nuit
dans la chambre de Sa Majesté. *Qui ?* Un nom dont
Mazarin craignait le pire !
   Si je m'engageais dans cette voie, il devenait évident que ce triste cardinal avait fourni à Millard assez
de cartes, telles que l'existence du valet, pour que je
le suive et tombe dans la nasse. Il fallait conclure que

Thierry de Millard était plus rusé que moi. Et Mazarin le vrai renégat. Il m'avait manœuvré, endormi, piégé pour mieux m'étouffer. Et, dans le meilleur des cas, pour m'écarter de l'affaire. Le gênais-je à ce point ? Entre deux secousses, le beau visage de Marie Mancini se montrait. La forfaiture du cardinal irait-elle jusqu'à me tuer ?

Chapitre 14

Il serait fastidieux d'établir la liste des questions qui me tenaillaient. Parmi les urgentes, venait Isaac. Qu'était-il devenu ? Cheminait-il en ma compagnie dans le même inconfort ? Son état – mort ou vivant ? –, voilà ce qui me préoccupait. Avant qu'on ne me recouvre la tête d'une sorte d'épaisse capuche en toile de jute qui, soit me grattait le nez, soit remplissait ce dernier d'odeurs nauséeuses, j'avais vu l'assaut des tueurs sur Isaac. À l'épée s'ajoutait un gourdin et je me souvenais des coups reçus. Au moins deux dans les côtes, et un sur le crâne. De quoi occire ce cher compagnon qui, dans un dernier appel à l'aide, s'était effondré, roide sur le sol. S'il m'accompagnait, il fallait prier pour son âme car j'avais entendu un des gredins demander à celui qui devait être son supérieur de décider du sort du plus jeune de nous deux. « *Hasta darle muerte !* », avait-on répondu. *Jusqu'à ce que mort s'ensuive*. Une phrase venant d'un autre avait suivi. « *Es poca cosa.* » Hélas, je ne maîtrisais pas assez la langue de Cervantès pour en comprendre le sens[1], mais qui n'aurait

---

1. On donne ici la traduction : « C'est bien peu de chose. » Que veut dire celui qui parle ? « C'est peu de le tuer ou cet homme est si peu qu'il n'est pas utile de mettre fin à sa vie » ? La réponse vient après.

pas reconnu qu'il s'agissait d'espagnol ! Était-ce tout ? Malgré l'accent qui masquait un peu sa voix, j'avais reconnu celle de Thierry de Millard, m'ôtant les derniers doutes au sujet de sa perfidie. Cet homme était bien plus dangereux qu'une vipère, ce qui, au fond, n'avait rien d'une nouvelle. En revanche, la présence d'Espagnols ajoutait à l'énigme. Que faisaient-ils si près de Calais et de l'armée française ? Ne les avait-on pas défaits quelques jours plus tôt ? Ne songeaient-ils pas à fuir pour ne pas subir le sort du vaincu ? Et pourquoi avait-on fait appel à eux pour s'emparer de nous ? Oui, quelle place tenait la troupe d'écorcheurs étrangers dans ce pataquès ?

Ne pouvant que me désespérer pour Isaac, je m'étais tourné sur mon sort, également peu enviable. Millard était l'organisateur de la chausse-trappe. L'instigateur ? Mazarin surgissait de l'obscurité dans laquelle j'étais plongé. Je passerai sur les noirceurs peu chrétiennes dont je l'affublai. Et quand j'eus épuisé mon recensement, j'en revins à la seule interrogation digne d'intérêt : pourquoi, à l'inverse d'Isaac, m'avait-on encore épargné ?

Mon esprit se débattait tel un beau diable, composant avec l'inconfort de la situation, quand je finis par comprendre. La pièce était parfaitement écrite : acte I, emparons-nous de Petitbois. Acte II, éloignons-nous de l'Arsenal pour pouvoir agir sans témoins. Acte III, un coup d'épée ou de miséricorde, et *fissa ad patres* (†). Seul le lieu de l'exécution restait flou. Ensuite, serais-je enseveli ou noyé dans l'océan ? Mais les minutes s'écoulaient sans fin, et rien n'expliquait pourquoi la racaille s'embarrassait d'un paquet si encombrant. Un ennui, une patrouille, l'inconnu pouvait surgir car ils vadrouillaient en terre ennemie. Passé la côte et les dunes, la nature généreuse offrait assez de bois profonds et de sombres fourrés pour qu'ils terminent discrètement leur besogne. Mais le train ne faiblissait pas. Il accélérait même et les bougres, de leurs cris et de leurs cravaches, excitaient les montures pour qu'elles se jettent en avant. Comment résister à la tempête ? Une sorte de code silencieux s'était instauré avec le cavalier qui allait Dieu sait où. En relâchant ses rênes, en posant une main sur mon dos, j'apprenais qu'un obstacle se présentait. C'était sans doute un tronc d'arbre, un fossé, un ru, une murette de pierre, qu'importe, il fallait le franchir. Le geste annonçait un coup de reins formidable de son Andalou qui, bloquant son souffle, bondissait de plaisir, la fureur au ventre, s'élevait, volait, retombait d'un pied sûr et, grognant, reprenait la cadence infernale, piqué par l'éperon d'une botte qui faisait corps avec le flanc de l'animal et n'en décollait plus jusqu'à l'assaut suivant. Ce cavalier était un tueur redoutable, mais il maîtrisait son art, grisant ou apaisant sa doublure, lui adressant même des paroles douces – *tiempo*, *fraile* –, comme s'il cherchait à calmer un enfant. À moi aussi, il accordait quelques attentions, s'exprimant dans sa langue avec simplicité afin que je me prépare : *Cuidado*. Attention ! Le signal qu'une épreuve m'attendait. Cent fois, je crus choir et cent fois il me rattrapa au collet d'une poigne ferme, maudissant sa charge, mais ne l'abandonnant jamais. Oui, pourquoi prenait-il tant de soin à me garder en vie ?

❧

Sans être certain de mes calculs – qui m'en voudrait ? –, nous parcourûmes tambour battant une distance d'au moins quatre lieues[1] avant que la course ne prenne fin. La bête n'en pouvait plus et mieux

---

1. Entre 12 et 16 kilomètres.

qu'un autre, je pouvais en juger puisque j'étais soudé à son poitrail, à ses entrailles, à son souffle qui grondait comme la forge de Vulcain. « *Alto !* » avait ordonné celui que je soupçonnais d'être le chef. On me descendit avec précaution et, sans m'ôter la cagoule qui m'interdisait de voir où nous étions parvenus, on me fit asseoir sur le sol.

Brisé par ce périple titanesque, je me laissai aller, m'effondrai sur place, roulant, jambes repliées sur le ventre, cherchant de l'air. De l'air, par pitié...

— J'étouffe ! hurlai-je. Retirez-moi cette capuche ! Ou tuez-moi pour de bon...

— Allons, Petitbois... Vous êtes arrivé. Relevez-vous...

Cette voix, par tous les saints du Ciel, ce n'était pas possible ! Non, je me trompais, je divaguais.

— Calmez-vous, ordonna-t-elle.

Et c'était toujours la même. L'impérial, le noble éclat de...

Un éclair aveuglant m'assomma plus encore que la nouvelle précédente. On m'avait dépouillé de mon carcan, libéré les mains et je fus frappé par le soleil allant vers le zénith dans un ciel étincelant d'azur. Midi bientôt, me dis-je. Puis j'oubliai tout, ne songeant qu'à avaler la brise dont mes poumons se gorgeaient comme au premier jour de la vie. Cela dura, mais on me laissa reprendre pied. L'air caressait mes lèvres et je sentis le goût du sel. L'océan ? C'est alors que j'entendis ses rugissements. Il se montrait au bout, à pic d'une falaise sur laquelle se brisaient les turbulences de l'eau. Au loin, égarés dans une brume de chaleur, j'apercevais les contours incertains d'une côte. C'était immense, beau, vierge de présence et je songeai à la création du monde quand je découvris la goélette ancrée au large, armée de canons dont les bouches étaient tournées vers la falaise.

— Où sommes-nous ? balbutiai-je pour moi seul.

— Au Blannest[1], répondit la voix que j'avais déjà entendue. Le promontoire de la France. À un jet de canon de l'Angleterre…

Je me tournai et vis celui dont j'avais deviné le nom : Condé.

❧

Qu'il était difficile de ne pas aimer cet homme, ce seigneur, le Grand Condé ! Par quoi fallait-il commencer pour brosser le portrait de ce prince de sang, premier et meilleur en tout ? Le courage ? C'était un bon début pour parler d'un militaire de génie, vainqueur d'à peu près tous nos ennemis, Allemands ou indomptables Tercios espagnols. Et de Turenne ou de lui, il devenait impossible de dire qui était le plus fin des stratèges. La France pouvait se féliciter et *dormir en paix* tant que ces guerriers-ci veillaient. Mais il n'est d'être supérieur qui ne soit doublé d'un caractère fort, autoritaire, parfois intransigeant. Et Louis II de Bourbon-Condé n'échappait pas à la règle. On attendait de ce libertin un peu de tolérance envers autrui, manière dont généralement il se comportait à l'égard de tous. À l'exception d'un seul : Mazarin.

À quand remontait la dissension ? Fallait-il l'expliquer ? Mais on évoquait le caractère, je crois, et l'explication de fond, au-delà des clans et des opinions, tenait, peut-être, dans la seule mésentente entre les deux hommes et c'était comme vouloir réconcilier l'huile et le feu. Condé aimait son roi, son royaume, mais il détestait le conseiller des deux.

---

1. Blannest est l'orthographe du XVIIᵉ siècle du cap Blanc-Nez. Située à quelques kilomètres de Calais, cette falaise est la plus septentrionale de la France. Son nom vient de promontoire (*naes* en saxon veut dire « promontoire ») et de blanc puisqu'elle est en partie composée de craie.

Existait-il même un mot pour résumer leur mésentente ? Et puisque l'on parlait de courage, comment exiger d'un noble prince de se défaire de son parti, de s'abaisser devant celui qu'il haïssait ? Voilà qui pouvait expliquer, sans recourir aux leçons savantes, la décision d'un duc de devenir frondeur. Ensuite, il y avait les avis, les intérêts, les convictions, les croyances... Assez pour allumer la mèche, mettre le feu aux poudres, décider ce prince-ci, fidèle parmi les fidèles quand la révolte grondait parmi les parlementaires, à rejoindre aujourd'hui le camp de la Fronde, usant des méthodes scélérates de ceux qu'il avait vaillamment combattus. Car s'il ne s'agissait pas des mêmes, c'était le roi, la Couronne, le royaume que l'on humiliait encore.

En somme, l'histoire se résumait, comme trop souvent, à un galimatias de ruses et de concessions, à ces mots, l'ambition et le pouvoir, qui poussent l'homme à mentir, à trahir, à renier ce qu'il jurait d'adorer jusqu'à donner sa vie. Condé avait soutenu le roi, et même Mazarin, mettant fin, avec d'autres, à l'outrage et à la rébellion. En retour, il attendait sans doute de quoi récompenser sa fidélité et satisfaire l'honneur, et plus encore la gloire d'un premier prince de sang. Une sorte de récompense, bien que ce mot commun ne fût pas prononcé, un signe seulement qui consoliderait son allégeance au roi. Mais Mazarin pouvait-il accorder un supplément de puissance, ce *trop de poids et d'importance* qui risquait de faire basculer le fragile équilibre entre les seigneurs et de provoquer l'ire ou la jalousie de certains ?

L'affaire contenait tous les ingrédients d'un drame politique. Division (pour mieux gouverner), déloyauté, promesses non tenues... Le cardinal était à son œuvre et il excellait. S'alliant à ses ennemis d'hier, il s'efforça de rabaisser les prétentions de Condé et de sa famille qui bientôt se retrouva isolée et... rejetée dans le camp de la Fronde quand ceux qui y conspiraient la veille rentraient dans le rang. On reconnaissait ici le génie de Mazarin : la manipulation des esprits, le saupoudrage des mérites, des avantages et des charges. Le mode de fonctionnement, l'horlogerie intime d'un cardinal converti à la foi de Machiavel. Assez, sans doute, pour faire bouillir le sang noble d'un prince. La rupture fut consommée. Condé devint l'ennemi juré de Mazarin plus encore que de son cousin, le roi, car, je l'ai écrit, l'affaire, selon moi, tenait pour l'essentiel à des questions de personnes et de caractères. Alors, voyant que le désaccord tournait à la querelle, au conflit, bientôt à une sorte de déclaration de guerre, Mazarin, renforcé par le lâche ralliement à sa cause des anciens querelleurs, crut possible de faire arrêter Condé, puis son frère, le prince de Conti et le duc de Longueville. Devait-on y voir une erreur du tacticien cardinalice ? Le courage légendaire de Louis II de Bourbon-Condé se mua en rage… Pis, en folie. La réconciliation (le compromis, simplement) devint impossible. Il fallait en finir. Un conseiller, italien de surcroît, pouvait-il décider du sort des grands du royaume ? Ceux-là s'unirent à nouveau, mais cette fois pour soutenir Condé, obtenant même qu'il soit libéré. Sitôt, le prince prit la tête d'une révolte qui se tournait contre le roi, ce roi autrefois défendu et sauvé du péril de la Fronde par le même. Ah Dieu ! Mazarin passait au second plan. De la rébellion, Condé en venait à l'insurrection. Le reste ressemblait à une suite d'accords dévastateurs car, prisonnier de sa cause, Condé, courant bientôt de revers en défaites, s'était décidé à s'allier à l'Espagne qui se délectait de voir les meilleurs de la France se déchirer. Et dans un raccourci saisissant, voilà que tout s'était joué face à Turenne, et près de la ville de Dunkerque que Condé, quand il bataillait pour son roi, avait conquise aux Espagnols[1].

---

1. 1646, Condé prend Dunkerque que la France rend à l'Espagne en 1652… Avant d'y batailler à nouveau en 1658.

Mais, en ces temps-là, il n'y avait pas Mazarin. Surtout, Richelieu vivait. Et moi, j'étais son espion.

❖

C'était donc par l'intermédiaire de feu l'excellent Cardinal que j'avais approché Condé. Il s'était produit une bataille, celle d'Alerheim, où la France, dirigée par ce prince, l'avait emporté sur les forces du Saint Empire et j'y avais été associé de la façon suivante après avoir vainement tenté d'obtenir auprès d'officiers lorrains le plan d'attaque de nos ennemis. Ayant rejoint nos lignes après ce regrettable échec, je fus forcé de constater qu'un horrible carnage se dessinait. Les soldats tombaient par milliers dans les deux camps et le jour s'éternisait sans que le sort décide d'un vainqueur. Aussi avais-je proposé à Condé un plan à ma manière : à la guerre comme à la guerre. L'essentiel était de gagner. Éliminons le baron Franz von Mercy qui dirige la coalition et, ainsi, décapitons l'ennemi. Mais comment reconnaître cette tête parmi des milliers ? s'intéressa aussitôt Condé à qui, tels les soldats aguerris, l'idée d'épargner les hommes plaisait. Voici, répondis-je en déroulant une toile fraîchement peinte, le portrait de celui que nous cherchons et, tenez, observez les plumes qu'il arbore à son chapeau. Colorées, immenses, brillantes, pour que ses hommes se rallient à ce panache. C'est ainsi que nous le repérerons.

Condé, faisant confiance à mes méthodes, ne perdit point de temps à me demander comment j'avais obtenu ces précieux détails. J'aurais pu lui répondre que la perversité existait dans les deux camps, qu'une bourse bien remplie pouvait transformer un péché en miracle et qu'en y ajoutant la promesse d'une grâce j'avais ainsi fait parler un officier supérieur du Saint Empire, prisonnier de la veille. En ajoutant à la conversation un excellent traducteur et un bon repas, on obtenait un portrait fort ressemblant, augmenté de cette parure reconnaissable entre mille. Si Condé l'avait demandé, j'aurais pu ajouter que j'avais usé du talent de son propre peintre, le maître Di Gorzio, talentueux artiste florentin qui, délaissant la commande d'une fresque épique sur la bataille en cours, avait reproduit l'exacte description faite par notre prisonnier. Je n'en dirai pas plus, si ce n'est que cet officier fut tué soudainement d'un coup fort adroit de mousquet tiré par un Français inspiré et parfaitement informé sur le choix de sa cible, mettant fin à l'affrontement et à une abomination qui avait déjà coûté la vie à huit mille hommes[1].

Et je n'avais jamais regretté la mort d'un seul contre la vie de milliers qui, sans que j'en parle davantage, permettait de comprendre pourquoi le prince de Condé et moi, nous nous connaissions.

⚜

— Vous me voyez désolé… Et ravi !

Condé faisait face à dix pas, jambes serrées, mains fièrement croisées sur une cuirasse noire qu'il avait agrémentée d'une écharpe blanche portée à l'épaule, donnant à l'ensemble assez d'élégance pour se montrer ainsi à la Cour… S'il avait pu encore s'y présenter.

Au premier contact, on devinait l'homme intelligent, l'esprit toujours en éveil, le libertin aussi, et ce dernier trait se devinait au regard, pétillant et gourmand. Quelle circonstance ou quel événement l'attei-

---

1. La bataille d'Alerheim ou seconde bataille de Nördlingen (3 août 1645) est l'un des rebondissements de la guerre de Trente Ans. Elle opposa les armées françaises aux forces coalisées du Saint Empire, dirigées par le baron von Mercy et le comte Jean de Werth. Von Mercy y fut en effet tué et enterré non loin du champ de bataille.

gnait-il vraiment ? À trente-sept ans, il avait tout vu, tout connu, disposait d'une immense richesse dont la preuve spectaculaire était le château de Chantilly, jouissait d'une réputation glorieuse qui le plaçait au-dessus du commun des mortels. Mais il venait d'être battu et sa cause s'annonçait perdue. En ressentait-il un quelconque regret ou une peur particulière ? Il demeurait celui que j'avais connu treize ans plus tôt à la bataille d'Alerheim quand il avait vingt-quatre ans. Il était le Grand Condé.

— Oui, je suis désolé, redoubla-t-il. Mais je ne disposais que de ce moyen pour vous amener à moi. Auriez-vous suivi le conseiller Thierry de Millard s'il vous avait proposé *honnêtement* ce rendez-vous ?

Il tourna la tête sur sa gauche. Je suivis son mouvement. Et je vis Millard s'incliner, faisant mine d'être sincèrement décidé à se faire pardonner.

— Et ravi ! continua Condé. Diantre ! Vous ne vieillissez pas… Mais cela fait trop longtemps que je ne vous croise plus.

Tout doux, me dis-je. Les choses ne s'expliquent pas encore, mais elles s'arrangent peut-être. Élimi-nons Mazarin qui n'a rien à faire ici et reconnaissons que sa traîtrise est soudain moins évidente. Restent Millard et Condé. Drôle d'alliance… Millard n'est-il pas celui qui accusait Condé d'avoir empoisonné le roi ? Voyons la suite. Tu n'es pas encore mort et Condé ne te veut peut-être pas de mal. Tu connais la fermeté de ses décisions. S'il voulait se débarrasser de toi, ce serait déjà fait.

— Trop de choses ont changé à la Cour, Monsei-gneur, glissai-je en lui adressant un pâle sourire, pour que nous puissions nous y voir.

— Trop, en effet, acquiesça-t-il d'une voix sombre.

Ce fut la seule manifestation de son désappointe-ment. Déjà, il reprenait le dessus, avança et vint à poser la main sur mon épaule :

— Je vous dois quelques explications et autant d'excuses. Mais d'abord, rassurez-moi sur votre... voyage... N'en avez-vous pas trop souffert ?

Tout Condé qu'il était il y allait trop fort. Nous n'étions pas à disserter sur le temps ou sur les mérites comparés de Molière et de La Fontaine. Il y avait le roi, le poison, les accusations le concernant et le souvenir d'Isaac Renaudot, gisant comme mort au fort Nieulay.

— Commençons par le plus urgent, intervins-je brusquement. Bien sûr, il faudra m'expliquer cette mise en scène, ces méthodes, ce traitement inhumain, ces mensonges et le rôle qu'y tient Millard, mais avant, un mot. Qu'en est-il du docteur Renaudot ?

Condé fit l'étonné. Il se tourna vers le conseiller qui, tantôt, se disait celui du cardinal Mazarin, tantôt, celui de la Fronde, comme il y paraissait à midi, le 5 juillet.

— De quoi parle-t-on ? Que s'est-il produit ?

Le perfide Janus grimaça sa gêne :

— Antoine Petitbois était accompagné d'Isaac Renaudot quand je l'ai amené jusqu'à... l'escorte qui l'a conduit ici.

— Ensuite ! s'impatienta le prince.

— Renaudot s'est défendu... Un Espagnol l'a frappé et...

— Deux, glissai-je. Deux se sont jetés sur lui à bras raccourcis, et l'ont rossé sans honte, sans remords !

— J'ai ordonné de n'user en aucun cas de la violence ! s'emporta Louis II de Bourbon-Condé. Et qu'en est-il ?

— Je me suis opposé, balbutia Millard, mais les premiers coups étaient donnés. Puis nous sommes partis précipitamment. Il y avait trop de danger à s'occuper de Renaudot. Je ne peux rien dire d'autre sur son cas. Je ne sais s'il est mort ou vivant...

— Vous répondrez de ça, m'emportai-je en fixant le conseiller. Ainsi que du reste !

Et je l'abandonnai pour me tourner vers Condé. La brume qui montait de l'océan venait lécher nos bottes posées sur un tapis de plantes vives où s'entrelaçait un camaïeu de vert, gorgé d'embruns. Des genêts que l'audace et la force avaient préservés des tempêtes d'hiver courbaient en cadence leurs rameaux bercés par une brise légère qui rafraîchissait l'air chargé d'orage. Le prince tournait le dos à l'immensité marine et sa silhouette se fondait dans un bleu infini hésitant à fixer la frontière entre le ciel et la mer. Cela aurait pu être un beau moment ; un tableau que le maître Di Gorzio aurait aimé composer, tel au temps passé… Les souvenirs remontaient et je crois bien que nous aurions eu plaisir à les revivre ensemble. Mais il y avait le roi, la Fronde, le poison.

— Faites-moi grâce de ce que je devine, me décidai-je. Vous voulez que nous parlions de Sa Majesté ?

— En effet, glissa-t-il, sans cacher la contrariété qu'il éprouvait à voir que la situation ne tournait pas comme il le désirait.

— Son état vous préoccupe-t-il ou vous ronge-t-il ? poursuivis-je avec fougue.

— Je le regrette, répliqua-t-il simplement.

— Vous regrettez quoi ? pestai-je, car il se raconte que…

— Assez ! s'emporta-t-il à son tour. La rumeur est indigne. N'y voyez-vous pas le mensonge d'un ennemi qui voudrait m'abattre plus sûrement que ne le fit Turenne, voilà trois semaines, dans les dunes de Leffrinckoucke[1] ? Comment y cédez-vous !

— Je tiens la version de M. de Millard, lâchai-je en me retournant vers l'accusé. Celui que vous semblez

_____

1. Lieu où se déroula le 14 juin la bataille des Dunes qui vit le triomphe de Turenne sur les troupes espagnoles commandées par Don Juan d'Autriche et le prince de Condé.

accueillir tel un allié a soutenu à Mazarin que vous étiez l'auteur de ce crime monstrueux !

Ma sortie méritait la fureur. Le prince aurait dû bondir sur le conseiller et le tuer pour sa trahison. Et Millard faire de même sur ma personne, s'il en avait eu le temps… Mais rien de cela ne se produisit.

— Croyez-vous que je sois capable de cette infamie ? rétorqua simplement Condé, le duc d'Enghien et de Bourbon, sans me lâcher des yeux. Petitbois ! insista-t-il, me soupçonnez-vous ?

— L'idée me semble… insupportable et…

— Et quoi encore ? cingla-t-il.

— Non, je ne m'y rends pas, avouai-je sincèrement.

— Puis-je ajouter un mot ? intervint Millard qui, en dépit de la flèche que je lui avais adressée, ne renonçait pas au calme.

D'un geste, Condé l'y invita et, chez eux, la colère envers l'un ou l'autre ne se montrait toujours pas.

— J'ai en effet rencontré Mazarin, ce que personne n'ignore, à commencer par le prince de Condé puisque c'est lui-même qui me l'avait demandé…

— C'est exact, insista l'intéressé.

— Et pour quelle raison ? intervins-je sans cacher ma surprise.

— Dans l'heure qui suivit le malaise du roi, répondit Condé, je sus la vérité. J'ai de bons espions, grimaça-t-il à mon intention. Et j'ai deviné le parti que pouvaient en tirer des esprits malintentionnés : le frondeur a perdu et se venge odieusement. Aussi, ai-je voulu prévenir Mazarin que je n'étais en rien responsable et que toute manœuvre visant à faire croire le contraire serait appréciée comme une attaque directe contre mon nom et mon sang. Et qu'on n'oublie jamais que la couleur qui coule en moi est pareille à celle du roi. Oui ! Devant Dieu, et j'y mets mon salut, je n'ai ni commis ni demandé que l'on exécute un acte aussi odieux !

— Le jureriez-vous ? osai-je le provoquer.

Et tout prince qu'il était, il inclina la tête et se signa :

— Le Tout-Puissant sait que je n'ai rien fait qui ait pu nuire à la personne de mon cousin, Louis le Quatorzième, le roi de France.

Fallait-il accuser mon périple ou l'air de l'océan ? De fait, tout se brouillait. Pour le connaître assez, j'aurais déclaré que Condé était sincère. Mais cela n'expliquait pas pourquoi Millard plastronnait au côté de celui qu'il avait accusé...

— Il me manque une clef, marmottai-je en me demandant si je n'allais pas à nouveau m'asseoir tant les idées dansaient.

— Je vous crois volontiers, glissa Millard en venant vers moi.

Il jeta un regard vers Condé qui, d'un geste, sembla l'autoriser à poursuivre. Cela suffit pour qu'il se fasse entendre :

— Avez-vous remarqué que personne n'a cherché à me nuire, à m'étrangler, par exemple, alors que vous avez annoncé que j'avais été voir Mazarin, désignant le duc de Condé comme l'empoisonneur du roi ? C'est étrange, n'est-ce pas ? L'intéressé lui-même n'a pas sourcillé...

Il soupira :

— Pourtant ce mystère s'explique simplement...

Il prit soin de s'interrompre pour ménager son effet :

— Entendez bien ce qui suit : je n'ai pas dit à Mazarin que le prince était coupable, mais l'inverse.

Cela entrait lentement dans mon cerveau.

— Comprenez-vous, monsieur Petitbois ? Je suis allé défendre le nom de Condé. Oui, je sais, fit-il comme s'il parlait à un vieillard, Mazarin vous a raconté le contraire, prétendu que Condé, sur la foi de la dénonciation de Thierry de Millard, était coupable. Mais rien de tout cela n'est exact...

Millard jouissait de son effet :

— En somme, le cardinal vous a menti... Ou trompé, si vous préférez. Tenez ! Disons qu'il vous a volontairement caché la vérité, bien qu'il la connaisse mieux qu'un autre...

Condé y ajouta le sien :

— ... Et devinez-vous pourquoi, monsieur Petit-bois ?

Chapitre 15

Y avait-il deux façons de voir les choses, la bonne et la mauvaise ? Pour céder au découragement, il me suffisait de penser à Isaac, laissé comme mort au fort Risban, ou de compter les heures qui se suivaient et nous rapprochaient inéluctablement de celle où le roi s'éteindrait. Au cours de la nuit précédente, avant que ce traître de Thierry de Millard ne me mène au prince de Condé, le pauvre Isaac, trop agité pour s'assoupir, avait tenté de m'expliquer qu'à chaque battement du cœur le sang empoisonné d'arsenic progressait inlassablement dans le corps et contaminait sans retour les poumons, les jambes, le foie, les reins, le cœur, et tous les organes vitaux dont l'interminable énumération démontrait que le mal agissait comme les flèches envenimées de l'archer frappant ici ou là, mais fatalement sa proie. À l'instar du siège d'une forteresse, il n'y avait pas d'assaut brutal ou de charge soudaine. Les défenses cédaient peu à peu, une à une, et le sang coulant dans les veines, ce fluide autrefois nourricier qu'aucun barrage ne pouvait contenir, détruisait ce qu'il s'était entêté jusque-là à faire vivre.

Combien de temps fallait-il pour que le sang infecté gâte sans retour l'ordonnancement parfait voulu par Dieu ? Le cerveau, ligoté dans une gangue, viendrait soudain à se désorganiser, au point de ne plus rien commander, avait annoncé Renaudot. Quand il serait aliéné, l'horlogerie s'arrêterait de fonctionner. Pour finir, l'air n'entrerait plus dans les poumons puisque rien ne lui ordonnerait de le faire, et le roi mourrait asphyxié. À cette description dramatique, Isaac avait ajouté que, malgré la présence de Vallot qui gênait son examen, les premiers symptômes d'une errance aux effets irrémédiables étaient déjà visibles lors de sa visite au roi. Depuis, un jour s'était écoulé.

Quand ! avais-je réclamé, quand atteindrait-on l'irréversible ? La réponse, répétait-il inlassablement, dépendait de la dose absorbée, des mélanges auxquels on avait procédé. L'arsenic de Malte, donnait-il comme exemple, était connu pour la lenteur de son effet, conçu pour que la victime souffre affreusement car le dessein du meurtrier pouvait être alambiqué, joignant à son crime le désir de torturer.

Quand ! cinglai-je encore. Six, sept, peut-être huit jours, avait fini par bougonner Isaac, mais contre son gré, n'aimant pas ces méthodes de devineresse. Huit jours, pas plus. Or cinq étaient épuisés. Mais le roi, s'était-il repris d'une voix sombre, pouvait autant mourir ce soir.

⚜

— Est-il concevable d'augmenter l'allure de cet attelage ?

Millard se pencha à la portière et donna l'ordre. C'étaient les premiers mots que je prononçais depuis notre départ de la falaise de Blannest.

— Avant d'entrer à Calais, je veux vous expliquer pourquoi j'ai agi de la sorte, en profita-t-il pour tenter de nouer le dialogue.

— À un autre moment, fis-je entendre à regret en m'enfonçant dans mon coin. J'ai besoin de réfléchir…

Il y avait peut-être une manière moins dramatique d'aborder les derniers événements. D'abord, une piste s'effaçait, celle de Condé, car j'étais à peu près certain que le prince ne m'avait pas menti. Pour me convaincre, je n'avais que sa parole, mais je connaissais sa solidité. Condé était princier, y compris dans son honneur, et je savais que sa fronde tenait plus à sa détestation pour Mazarin qu'au rejet du roi. Dès lors, une autre voie se précisait, celle de Marie Mancini, direction dans laquelle me poussaient Millard et Condé. Et si je m'y engageais, en restant méfiant, tout en effet devenait plus clair. *Qui* était dans la chambre ? Elle, bien évidemment ! Le roi l'avait reçue en secret la nuit de son empoisonnement et, selon sa volonté, on avait, pour une heure ou pour une nuit, exécuté ses ordres : pas de valet. Nyert s'était soumis à cette exigence en prenant un quartier qui ne lui revenait pas afin d'organiser à sa façon une nuit de liberté. Lui-même s'était retiré, et, n'étant point là, on ne pouvait l'accuser de ne pas avoir respecté l'obligation de dormir au pied du lit, un cordon relié au poignet afin de *sentir* les moindres mouvements du roi. Et pour une telle occasion, on le comprenait. J'expliquais de la sorte que Mortemart ait fermé les yeux sur un tel imbroglio. D'abord, par fidélité au roi, ensuite, par amitié pour Nyert puisque les deux étaient proches. S'ajoutait l'esprit du duc de Mortemart, libertin voluptueux à qui une telle aventure ne pouvait déplaire puisqu'il élevait sa fille, Athénaïs[1], dans cet esprit épicurien. Oui, c'était une comédie – du moins elle commençait ainsi. Une nuit volage et étourdissante, subtilisée à la société de cour, et

---

1. Future Athénaïs de Montespan, favorite en titre de Louis XIV.

offerte à un jeune monarque, insouciant et ardent. Mortemart avait juré au roi de ne jamais rien révéler sur cette parenthèse. Et en le questionnant, il me l'avait fait comprendre : c'était *une question de fidélité*. À aucun prix il ne trahirait le serment auquel il était lié. S'ajoutait à ce tableau la connivence de Pierrette Dufour, complice de *son* Louis et de Marie, et servante émue de leurs émois. Elle aussi avait dit qu'elle ne pouvait répondre à mes questions. *Le roi le lui avait interdit.* Passetant, le valet de chambre, entrait enfin dans la danse. Soumis à Nyert et à Mortemart, il y avait peu d'espoir que j'obtienne quoi que ce soit de ce commensal tenu au secret. Oui, c'était une cabale, non pour nuire à Louis XIV, du moins au départ, mais afin d'assouvir son désir d'un tête-à-tête amoureux. Et voilà, en concluais-je, comment on en arrivait au rôle épouvantable de Marie Mancini qui avait profité de ces moments sans témoins pour empoisonner le souverain.

Mais pourquoi hésitais-je encore à trancher définitivement ? Que manquait-il pour me convaincre que cette piste était bonne ? En premier, une raison de croire que Mortemart était prêt à voir mourir le roi pour ne pas rompre un serment. Jusqu'où sa fidélité allait-elle ? Soudain, j'étais moins assuré. Si j'imaginais que la nourrice se taisait par stupide entêtement ou pour ne pas saisir la gravité du moment, le doute me gagnait quant au duc de Mortemart, Premier gentilhomme de la chambre. Laissant de côté cette interrogation, je me tournais alors vers Marie Mancini, cherchant une raison éclairant son geste. La jalousie, la peur de se faire déposséder d'un amant dont le cœur ne pouvait être pris – ce que Marie savait pour occuper depuis peu la place qu'y avait tenue plus tôt Olympe, sa sœur aînée ? Une histoire dont Corneille aurait tiré une pièce ? Dans la voiture qui nous ramenait à Calais, le drame s'organisait et j'eus peu à faire pour imaginer ce qui s'était peut-être produit…

Porte à peine close, Louis couvrait Marie de baisers fougueux et la pressait vivement d'éteindre le supplice d'un jeune homme de vingt ans, s'employant à parler d'amour, jusqu'à la décider à s'offrir. Et que les caresses du roi étaient douces, son désir puissant, sa verve affolante ! Quelles belles heures avait connues Marie ! Maintenant, le roi redevenait lui-même et le temps pressait. Comme il était convenu, le valet Passetant se présenterait bientôt et viendrait se coucher au pied du lit. Alors le roi avait exigé que Marie s'en aille comme une simple fille et je devinais la réaction de l'Italienne, passionnée, rebelle, vexée, qui avait refusé l'humiliation et s'était accrochée (au cou de Louis ?), réclamant une promesse d'amour et de fidélité à une Majesté soudain pressée d'en finir. Bientôt, la vérité, aussi nue que la donzelle, s'était montrée. Marie ne valait pas plus dans le cœur de Louis que sa sœur Olympe ou qu'une autre car les paroles de l'amant devenaient moins tendres que les précédentes. Le prince était fatigué, las déjà, de ses airs amourachés.

Pouvait-elle ignorer cette fin sûrement cruelle, mais qui devait fatalement se produire ? Non, Marie y avait songé avant, mettant un prix exorbitant, impossible, extravagant au fait de s'être donnée. La fidélité ! Et pourquoi pas le mariage[1] ? C'était elle pour toujours, ou plus aucune autre ! Il me revenait les images de cette belle au palais du Louvre, débordante, excessive, dont la folle exubérance était sujet d'inquiétude pour son oncle. Il se disait qu'elle prenait plaisir à lire toutes sortes de romans d'amour vantant le vice de l'insubordination et ce trait s'était ajouté depuis peu à son caractère entier et passionné. Avait-elle découvert Tristan et Iseut, envoûtée par la fin tragique, et si romantique, des amants ? S'était-elle laissé gagner par l'ingéniosité diabolique de certaines

1. Certains ont imaginé que le roi lui-même y avait songé.

Italiennes, florentines en diable, et adeptes de la poudre de succession[1] ? Ayant alors tout préparé en prévision d'une nuit où l'amour puis l'abandon pouvaient se côtoyer, elle avait, les larmes aux yeux, tendu à son amant une coupe de vin aromatisé, lui réclamant d'unir une dernière fois leurs pensées, avant d'y renoncer à jamais. La suite, je la connaissais. Elle n'avait rien bu, accordant cet honneur à Sa Majesté seule.

⚜

— Puis-je vous parler ? recommença Thierry de Millard.

— Pas encore, m'énervai-je car je n'avais toujours pas démêlé les progrès que j'espérais obtenir de ces réflexions solitaires.

⚜

Oui, j'enrageais ! Pas seulement du fait de la présence de Millard, responsable de la mort probable d'Isaac, mais à cause des idées qui trottaient dans ma tête car, en y réfléchissant encore, le bel abrégé que je venais d'établir ne fonctionnait pas. Dufour avait été formelle : le roi aimait Marie. Et si la nourrice s'était montrée sincère au moins sur ce point (il fallait y songer), la thèse de la vengeance ne tenait plus. Et comment comprendre que la jeune Italienne se soit montrée dans la chambre du roi, le cœur déchiré ? Avait-elle des remords ? Mordiou ! Rien ne tenait, rien n'allait. Aussi, décidai-je que, dès mon retour à Calais, libéré de Millard qui s'était engagé à

---

1. Expression de l'époque pour nommer le poison dont on assaisonnait le potage ou les pâtés pour éliminer un(e) amant(e) ou un(e) parent(e) qui tardait à transmettre son héritage...

m'y conduire sans délai, j'arracherais la vérité à cette *donzela*, que son oncle cardinalice le veuille ou pas !

Ce sursaut de colère me donnait l'occasion de compléter la liste des suspects car Mazarin surgissait. Savait-il pour sa nièce ? Tout me forçait à y croire. Le mensonge à propos de Condé, la peur qui se lisait dans ses yeux quand j'avais évoqué le nom de Mancini étaient autant d'indices. Mais je ne pouvais me résoudre au fait que, par fidélité à son clan, il ait pu renoncer aux liens sans faille qu'il réservait à son roi, par ailleurs son filleul. Ah ! Décidément, rien ne fonctionnait bien et droit. Pas même la carriole dont la lenteur augmentait ma fureur...

— Calmez-vous. Nous allons bientôt arriver, susurra Millard de sa voix de serpent.

❧

Le retour vers Calais s'organisait heureusement sur un mode moins brutal. Avant d'en finir, Condé s'était encore excusé pour les méthodes dont il avait usé, évoquant ce temps de guerre pour tenter d'amoindrir ma peine car il n'oubliait pas Isaac et le triste sort que ses hommes, menés par Thierry de Millard, lui avaient fait subir. Pour un prince, ce n'était que l'effet accessoire d'un combat plus rude, plus formidable, puisque la vie du roi était en jeu et je sentais dans ses mots combien il désirait qu'il soit sauvé. Non, me dis-je, cet homme de sang royal n'était pas coupable et, puisqu'il l'avait citée, surgissait à nouveau Marie. Oui, tout l'accusait, y compris, et peut-être surtout, sa passion pour le roi.

— Je vous conseille de creuser cette voie, et vite, avait-il conclu en partant. Ma défaite m'oblige à fuir, Petitbois. Mais je regrette de ne pas être à vos côtés pour que la vérité éclate.

Sa main s'était portée à son épée. Je connaissais ses méthodes et je n'aurais pas voulu compter parmi ses ennemis. Il n'avait pas cité Mazarin, mais était-ce utile ? D'un salut, il s'était échappé, poussé par les hommes qui l'accompagnaient et qui le pressaient de rejoindre la goélette amarrée au large de la falaise de Blannest.

Depuis, nous allions à pas beaucoup trop lents...

❦

— Vous vous agitez seul quand je pourrais sans doute venir à votre secours, tenta une nouvelle fois Thierry de Millard.

Puisque je n'avais plus aucun sujet à torturer, je me décidai à prolonger l'exercice sur celui qui m'y invitait.

— En tuant un autre de mes amis ! m'époumonai-je.

— De grâce, écoutez-moi. J'ai de bonnes raisons de croire que le docteur Renaudot vit encore.

— N'ajoutez pas un nouveau mensonge ! Votre conscience en déborde...

— Tout doux, Petitbois, s'emporta-t-il à son tour. J'ai arrêté la main de celui qui voulait en terminer avec lui.

— *Es poca cosa*, articulai-je pour me souvenir des paroles qu'il avait adressées au tueur espagnol. Et vous pensez que cela suffit pour me convaincre !

— Oui, prétendit-il. Et si vous comprenez l'espagnol...

— C'est le cas, mentis-je, priant pour qu'il n'ose faire de même.

— Alors pourquoi me questionnez-vous ?

— Je veux l'entendre en français, répliquai-je d'un ton moins solide.

— J'ai dit qu'il n'était pas nécessaire de le tuer.

— Peine perdue ! Vos sbires achevaient leur besogne…

— Non, Petitbois. Je me suis penché sur Renaudot, mais vous ne pouviez le voir car votre visage était cagoulé. Je jure qu'il respirait.

— Et vous l'avez abandonné alors qu'il se vidait de son sang !

— Rassurez-vous, je vous en supplie. Des soldats marchant au loin ont vu que vous luttiez tous deux. Ils se sont dirigés vers notre groupe, m'obligeant à précipiter notre départ. En me retournant, dès que nous fûmes à cheval, j'ai vu qu'ils étaient à ses côtés et l'aidaient à se relever…

— Je devrais vous remercier de toutes ces attentions ! lâchai-je plus posément.

— Me croire. Faites cela seulement… Je vous en conjure.

— Allons ! Millard. Hier, vous juriez d'être allié à Mazarin et…

— Mais je le suis, me coupa-t-il. Et voulez-vous enfin entendre ce que j'ai à vous dire ?

⚜

Le canevas de Thierry de Millard prouvait que ce bougre ne manquait pas d'intelligence. Pour résumer son argumentation, car le temps pressait et Calais se montrait, il me fallait comprendre que, Condé étant innocent, rien d'autre n'était plus fort que de l'entendre de la bouche de l'accusé. Voilà qui expliquait mon enlèvement.

— Parce que vos chemins se sont autrefois croisés et qu'il dit vous comprendre et, plus encore, tout savoir de votre méfiance, Condé m'a assuré que lui seul, lors d'un tête-à-tête, pouvait vous convaincre qu'il était étranger à l'empoisonnement du roi, prétendit Millard.

Il reprit sa respiration :

— Ainsi vous connaissez ce grand du royaume, lâcha-t-il d'une voix amusée. Vous êtes un homme fort mystérieux...

— N'espérez pas que je vous livre la clef de cette énigme !

— Je n'ai nul besoin de vous pour savoir que je parle à l'espion de la Couronne, railla-t-il derechef.

— Vous vous flattez d'ignorer peu de choses, m'énervai-je, car vous avez le don de piocher ici et là, tendant la main au plus offrant. Vous négociez vos services en ouvrant grandes les oreilles et séduisez un clan avant de rejoindre un autre, muni d'une récolte qu'il suffit de vendre, comme votre âme, au plus offrant. Non, je ne retire rien à ce que j'annonçais la nuit dernière. Votre langue est celle du serpent !

Un autre m'aurait giflé et convoqué sur-le-champ à un duel.

— Mesurez vos paroles, répondit-il simplement.

— N'avez-vous pas trahi Mazarin ? recommençai-je, usant de la même provocation.

— Qui, de lui ou de moi, a le plus menti ? s'exclama-t-il. Je lui porte le message de Condé qui jure de ne pas avoir commis d'acte inacceptable et il vous raconte que ce dernier serait coupable...

— Par quel miracle pouvez-vous soutenir que Mazarin a cherché à m'en persuader ? ne cédai-je toujours pas.

— Je sais, grimaça-t-il, et vous vous en plaigniez à l'instant...

— Vous recommencez vos finasseries ! Brisons là...

— Soit, se décida-t-il, sans doute pour ne pas rompre le fil ténu qu'il s'entêtait à dérouler. Condé dispose d'espions dans l'entourage de Mazarin, ce qui lui a permis d'apprendre qu'il servait cette fable à d'autres que vous.

— Peut-être, insistai-je. Mais cela n'explique pas que vous ayez su qu'il m'en avait fait part.

Millard haussa les épaules et adoucit le ton :

— Il m'a été facile d'interroger Renaudot quand je l'ai conduit chez l'apothicaire de Calais. Il cherchait un flacon afin de protéger l'arsenic qu'il avait récupéré au pied du lit du roi. Et le pauvre, arrivé depuis peu, ne savait où aller...

— Il vous avait aussi avoué cela, soupirai-je.

— Il est inutile d'accabler cet excellent médecin, car c'est vous qui l'avez jeté dans cette affaire...

La flèche faisait mal. Mais Thierry de Millard avait raison.

— J'ai donc deviné que l'espion de la Couronne s'intéressait au roi et au poison, et qu'il cherchait le coupable, continua-t-il. Peut-il me reprocher de lui avoir évité de s'engager sur une mauvaise piste en le menant à Condé ?

— Mais en trahissant Mazarin ! répétai-je.

— N'y songez pas aussi abruptement, répliqua-t-il, usant de cette voix que je comparais à l'endormissement du serpent. Je l'aide, croyez-moi, puisqu'il se débat dans un dilemme dont il ne peut se dépêtrer. N'en doutez plus. Il craint le nom de l'assassin... Marie ? Sa nièce ? L'avouer, c'est se condamner. Mais le taire revient à tuer le roi car il faudrait soumettre l'accusée, lui arracher la *Vérité*. Sans elle, pas d'antidote... Et le temps presse. Alors que peut-il faire ?

— Il vous l'a sûrement dit, le bravai-je, car vous êtes son allié.

— Peut-être, répondit-il calmement. De même, vous êtes-vous demandé pourquoi il vous avait confié cette mission *puisque je sais* que vous vous méfiez l'un de l'autre ? Allons ! Vous n'étiez pas bienvenu à Calais. Et je parie que vous lui avez forcé la main...

Diantre, ce maudit Millard était bien informé. Par Mazarin ?

— Poursuivez, chuchotai-je, soudain intéressé.

— Quel étrange comportement que celui du cardinal ! User des services d'un espion qui n'a pas sa confiance. Y avez-vous pensé ?

— Faites-moi part de votre opinion, biaisai-je.

— Depuis le début vous songez à Marie Mancini.

— Et si je prouve que c'est elle, il sera emporté, balayé par le scandale. Dès lors, il ne peut...

— À moins, m'interrompit-il, qu'il cherche à sauver le roi, sans qu'on dénonce l'assassin. Dans ce cas, il aurait besoin d'un espion qui, agissant en secret, mettrait la main sur l'antidote sans que personne soit accusé. Faire d'une pierre deux coups, comprenez-vous ? S'épargner le douloureux émoi d'un scandale qui le condamnerait, et délivrer le roi de son mal. Mazarin accepterait-il de sacrifier sa nièce, mais à la seule condition qu'on ne découvre jamais la *Vérité* ? Mais comment vous persuader d'agir selon ses lois alors qu'il vous a malmené et menti ? Se serait-il convaincu la nuit dernière, alors que vous étiez à l'Arsenal, que sa nièce était coupable, que le roi allait mourir, choisissant, pour vous décider, d'user de mes services, reflets du monde tortueux que fréquente l'espion et dont il connaît les secrets sans jamais en parler ? Oui, si Petitbois aboutissait, s'est peut-être décidé Mazarin, et même s'il accuse Marie, le roi serait sauvé, sans que la *Vérité* soit connue puisque l'espion s'effacerait sans jamais la révéler ?

Il marqua un temps pour que ces mots entrent parfaitement :

— Voyez-vous combien le contrat devient équitable ? Mazarin vous laisse agir, et peut-être approcher de sa nièce, Marie Mancini. Si, de la sorte, vous démasquez l'assassin, l'antidote ne sera pas loin. Vous sauvez le roi, et quel plus beau résultat ! Mais en échange, vous jurez le silence et Mazarin croit en votre parole, car le passé plaide en votre faveur : vous êtes fidèle à la Couronne. Allons ! Ne croyez-vous pas qu'en vous parlant ainsi j'aide le roi, son cardinal et même vous ?

Les dernières paroles de Mazarin me revinrent : *Bientôt, vous ne douterez plus de moi...* C'était à minuit, bien après avoir accusé Condé. Quelque chose entre-temps l'avait-il fait changer d'avis ?

— Est-ce Mazarin, qui vous a chargé de me livrer ce message ?

— Je pourrais vous promettre que j'agis pour son bien. Peut-être même sans qu'il le sache. N'y voyez pas de la philanthropie. Mazarin est utile au roi et aussi à moi. J'ai besoin qu'il reste en place. Je pourrais tout autant prétendre qu'il m'a chargé de sonder votre *état d'esprit*. Peut-il vous laisser approcher sa nièce sans risque pour lui ? En vous menant à Condé, j'aurais donc outrepassé ses ordres... tout en faisant progresser votre enquête puisqu'une piste s'efface. Mais vous doutez encore de celui que vous traitez de serpent. Dit-il vrai ? Et quand ? Ainsi, quelle que soit ma réponse, vous ne me croiriez pas, siffla-t-il.

Chapitre 16

L'extrême-onction est le sujet dont chacun devrait se préoccuper, songeais-je en regardant le roi s'éteindre.

Souffrir, faiblir, mourir sont vérités humaines, et quand vient le moment où l'être refuse d'en accepter davantage, que son corps le conjure d'arrêter le supplice, que reste-t-il pour que l'âme s'accroche à la vie ? Un prêtre entre et s'avance en silence. La tenue est noire, les yeux éteints, la mine de circonstance. Il prie Dieu, les mains croisées devant. Il s'emploie à l'extrême-onction avec gravité et recueillement, tandis que les présents, en y mettant cœur et miséricorde, s'apitoient, s'attendrissent, croyant l'heure venue d'en terminer. Pourtant, c'est mal connaître l'extrême-onction, ce sacrement qui contient une part d'espoir. Oui, ce moment ne vient pas délivrer l'esprit de l'enveloppe charnelle, mais soulager le malade, et tenter, une dernière fois, de le sauver en suppliant le Seigneur de guérir ses souffrances et de chasser le démon. L'extrême-onction n'est donc pas un point d'orgue, mais l'ultime clef qui parviendra peut-être à dégripper le corps et à obtenir, grâce à Dieu, qu'il reparte. Un cœur peut-il battre après l'extrême-onction ? Il est difficile de l'imaginer parce que la fin est trop souvent prévisible. Mais en livrant son sort à la compassion du Christ *médecin*[1], un miracle ne peut-il pas se produire ?

❧

De fait, au soir du 6 juillet, il ne restait que la foi pour espérer que le roi vive. La misérable science du médecin avait montré ses limites. Quant à moi, je n'avais rien, aucune preuve, aucun indice et, comme ceux qui entouraient Sa Majesté, il ne me restait que la prière pour aider le prêtre qui commençait son onction.

❧

— Quelqu'un est-il malade ? demanda l'officiant en élevant la voix puisque c'était ainsi que débutait le sacrement.

Le roi, qui l'était, ne répondit point.

— Qu'il appelle les Pères de l'Église, et que l'on prie pour lui, poursuivit l'ecclésiastique.

Le roi ne put toujours pas faire entendre sa voix. Il s'éteignait, immobile, figé, dans un lit de campagne, à Calais.

La scène m'apparaissait formidablement révoltante et comme irréelle car il était inconcevable que notre si jeune monarque s'éteigne quand, à trois pas de moi, se montrait peut-être la criminelle, celle qui détenait l'antidote, le remède au poison. Marie Mancini occupait en effet la même place que celle de la veille quand, à cette époque qui semblait lointaine, j'étais entré pour la première fois dans la chambre. Elle n'était pas seule. La pièce, bien que grande, man-

---

1. Christ médecin – celui qui guérit – est appelé ainsi lors de l'extrême-onction.

quait d'espace pour accueillir tant de courtisans et d'autres personnages dont je vais sitôt parler.

De tous, le père François Annat, confesseur attitré de Louis XIV, dominait la scène. Pourtant il se tenait à l'écart, ayant confié à un jeune jésuite le soin de prononcer les paroles cultuelles.

— La prière de la foi sauvera le malade, reprit ce dernier, et, s'il a commis des péchés, il lui sera pardonné.

Il s'interrompit, regarda Annat. D'un geste sec, ce dernier lui ordonna de ne rien ajouter.

À m'en souvenir, la suite liturgique contenait des paroles où il était question de se tourner vers Dieu quand la fin s'annonçait. Or, ce moment sans retour n'osait encore se présenter. La mort délibérait et Dieu l'écoutait. Devait-elle s'emparer de notre roi ?

— Contentons-nous d'une simple onction, intervint Annat. Sa Majesté cherche encore à respirer. Le temps n'est pas venu de faire appel à l'action du Seigneur...

La foi du charbonnier était nécessaire pour suivre le bon père Annat car le visage de Louis était cireux, ses lèvres pincées, serrées au point que pas le moindre souffle d'air ne pouvait entrer ou sortir. Et il fallait d'excellents yeux pour saisir le mouvement imperceptible des ailes du nez qui frémissaient irrégulièrement, hésitant à poursuivre un combat perdu d'avance. Oui, le roi mourait et la *simple* onction, dont tous les présents attendaient un miracle, ressemblait à s'y méprendre à une répétition générale. Ce soir, cette nuit, demain au plus tard, le front, les mains de Sa Majesté seraient oints pour la dernière fois de l'huile bénite qui l'emporterait vers la vie éternelle ou, par prodige, le ramènerait vers le monde des mortels. Mais ce jésuite, si ému qu'il se montrât, si dévoué à sa foi qu'il le fût, réussirait-il, comme le Christ l'avait miraculeusement obtenu en sauvant

Lazare de Béthanie, à reconduire le malade vers son royaume terrestre ?

Pas un des présents n'y croyait.

❧

Tenant compagnie au jésuite, Antoine Vallot se désespérait et priait, la tête penchée sur une vaste bassine remplie de sang, vestiges d'une énième application des vains préceptes de ce solide défenseur des théories de Patin. À ses côtés, s'affichaient deux autres médecins et je reconnaissais MM. Esprit et Guénaut. Le premier, racontait-on, n'en manquait pas, malgré une diction hésitante qui retardait la délivrance de ses opinions. Guénaut ne bredouillait pas, mais, par prudence, ne s'exprimait pas moins lentement, s'appliquant sur chaque mot de peur d'en prononcer un de travers ou un de trop. Pour l'heure, toutefois, ces deux-là se taisaient. Ils étaient venus en renfort, à la demande de Vallot et du cardinal Mazarin, et, à l'évidence, ils n'avaient guère progressé sur la voie de la rémission puisqu'ils joignaient leur peine à celle de leur confrère.

Le plus étrange, le plus incroyable, était la découverte de mon cher ami Isaac Renaudot. Tête bandée, visage pâle, il s'affichait près du lit, posté à cette noble place, plus soucieux de sonder le visage du roi que de se laisser aller aux larmoiements. De fait, il s'en était sorti et, n'eût été cette étrange coiffe témoignant que les coups reçus avaient été rudes, il se tenait solidement, concentré sur sa tâche, si bien qu'il ne me vit pas sur l'instant. Comment, et à quel prix, avait-il réchappé du pire ? J'estimais le moment mal choisi pour l'interroger, mais, en dépit du tableau tragique que je découvrais, un immense soulagement me gagna et la chape de plomb qui alourdissait mes épaules disparut sur-le-champ. Sur ce point, Thierry de Millard n'avait pas menti.

Isaac Renaudot vivait.

❦

Je me trouvais ici pour avoir décidé de quitter sans au revoir le sieur Millard et de retourner aussitôt près du roi. Fort du soutien affiché la veille par Mazarin, je n'avais rencontré aucune difficulté pour rejoindre la chambre dont les portes restaient ouvertes afin d'accueillir la Cour, conviée à cet ultime rendez-vous de prière. Le simple barrage qui se présentait à l'entrée n'avait pas résisté à mon aimable pression, d'autant que le cardinal avait autorisé quiconque à pénétrer afin d'unir les intentions et la foi de tous dans l'espoir de venir au secours du roi. Aussi, se joignaient à la cohue les notables de Calais et le bon peuple, recueillis et silencieux. Le plus dur avait été de fendre cette foule en jouant du coude et de mille pardons afin de gagner le premier rang. Ma petite taille m'aidait et, si nécessaire, j'y ajoutais la voix, chuchotant fermement qu'une urgence nécessitait ma présence devant, complétant la plaidoirie par la présentation de mon anneau de conseiller dont la plupart ignoraient le sens, mais reconnaissaient l'autorité et le bon poids en or. Faisant fi de quelques remarques acerbes portant sur ma tenue – eh ! je rentrais d'une belle escapade –, je finis par obtenir gain de cause ; assez, du moins, pour voir Mazarin. Malgré la gravité des événements qui démontraient que le roi était perdu, s'était-il inquiété de mon absence ? En devinait-il la raison ? Millard m'avait quitté sur cette interrogation, prétextant qu'il serait maladroit que l'on nous vît ensemble. « Chacun reprend sa place, m'avait-il dit. Moi, celle de conseiller, alors que vous rejoignez l'ombre puisque dans ses plis s'affaire votre coupable… »

Je n'étais pas parvenu à savoir où s'arrêtait la franchise, et où commençait le mensonge. *Votre coupable* ? Millard ne cherchait-il pas à me pousser sur une mauvaise piste ? À la fin, son insistance était devenue suspecte. Mancini ceci, Mancini cela... Marie Mancini est la criminelle ! Et Mazarin ? Soupçonnait-il vraiment sa nièce ? Au fond de moi, j'en doutais, mais cela avait peu d'importance. Seule l'accusée pouvait répondre, et l'urgent consistait à mettre la main sur elle afin d'obtenir ses aveux. Voici pourquoi je m'étais présenté à la chambre du roi, là où tout avait sans doute commencé, là où tout risquait de s'achever... Marie Mancini devait s'y montrer, avais-je imaginé. Pour pleurer son amour ? Pour se réjouir de son œuvre ? Et je l'apercevais d'assez près pour espérer saisir dans son regard la *Vérité*.

⚜

Dans cette pièce, autour d'elle, il ne manquait à l'appel pas un des protagonistes unis de près ou de loin par l'empoisonnement. Au prix de légers mouvements d'épaule, je parvins à me glisser parmi eux, négociant à coups d'excuses et d'apitoiements l'exaspération du chevalier de Saint-Val, militaire connu pour être vif et emporté et qui, en d'autres circonstances, aurait sans doute demandé réparation. Mais l'heure était à la piété, et il concéda un pas de retraite qui suffit pour me faire profiter d'un point de vue remarquable, noyé au milieu des autres, mais suffisamment rapproché pour observer ce petit monde.

Le duc de Mortemart se tenait près de la fenêtre. Comme souvent, les uns et les autres occupaient le lieu qui leur était familier. Ainsi, Marie allait en compagnie de Pierrette Dufour. Mazarin ? Il était là, au pied du lit, indifférent au jésuite, le regard fixé sur son filleul et malgré la mi-pénombre, il me sembla que ses yeux brillaient.

« *Per istam sanctam unctionem et suam piissimam misericordiam adiuvet te Dominus gratia Spiritus Sancti...*
Ut a peccatis liberatum te salvet atque propitius allevet[1]. »

Tous, y compris Mancini, imploraient le Seigneur et s'efforçaient de montrer qu'ils désiraient que le roi soit sauvé et se relève. Pouvait-elle afficher autant d'hypocrisie ? Oui, l'avait-elle vraiment empoisonné ?

⚜

Le jésuite poursuivait la cérémonie et il me fallut abandonner ce rapide panorama pour m'associer à la prière commune débutant par un *Pater Noster*. Le père Annat serrait ses mains si fortement que les jointures de ses doigts devinrent blanches. Pourtant, il ne lâchait pas des yeux son jeune second, le guidant en silence et accompagnant le rituel de lents mouvements de tête. Le pauvre apprenti manquait de patience et d'assurance, ses mains tremblaient de peur, sa bouche hésitait, butant sur chaque mot. La gravité lui faisait défaut, mais on pouvait le comprendre. L'onction du roi pesait sur le cérémonial qu'il avait dû vivre mille fois, mais qu'il s'évertuait, saisi par l'émotion, à ne plus dominer. Sans doute craignait-il d'avoir à toucher Sa Majesté car l'onction même simple exigeait qu'il s'y employât. Les larges manches de sa soutane gênaient ses mouvements et quand il prit la petite boîte nacrée, posée sur un coffre disposé à la tête du lit, afin d'oindre les mains et

---

1. « Par cette onction sainte, que le Seigneur en sa grande bonté vous réconforte par la grâce de l'Esprit-Saint. Ainsi, vous ayant libéré de tous péchés, qu'il vous sauve et vous relève. »

le front du mourant, il procéda si niaisement que l'objet sacré faillit lui échapper.

Le père Annat dont j'admirais jusque-là le calme et la retenue décida enfin de mettre un peu d'ordre. Il s'avança lentement, saisit un candélabre qui éclaira le lit et guida à voix basse le malheureux. De cette façon, je gagnai en netteté car je me situais du côté où officiait Annat et j'entendis même distinctement ses paroles :

— Il vous manque un linge pour vous essuyer les mains avant d'oindre le souffrant...

L'affolement se lisait dans les yeux du jeune jésuite qui chercha désespérément ce mouchoir en soie qu'il avait pris soin de se procurer et qu'un démon s'amusait sans doute à faire disparaître.

— Ouvrez le coffre. Cherchez dedans, glissa d'une voix égale le père Annat. Il y a peut-être un linge qui fera office...

L'apprenti s'exécuta. Et un miracle se produisit.

Le Christ *médecin* montra sa compassion.

❧

Cela avait duré le temps d'un éclair, et j'y voyais le signe que Dieu désirait sauver Louis. Cela tenait dans un flacon élégant, ciselé, qui sommeillait dans le coffre, près du lit. J'avais reconnu le travail d'un souffleur de verre italien – de Murano, peut-être. L'objet était oblong, presque sensuel, son bec recourbé vers le bas pour faciliter l'écoulement. Le contenu ? Est-il nécessaire d'écrire qu'il s'apparentait comme... deux gouttes d'eau à l'extrait que l'incroyable Renaudot avait découvert la veille dans la chambre du roi ?

Et le tout, on l'imagine, ressemblait fort à l'arsenic.

Chapitre 17

À quoi reconnaît-on un bon espion ? Il sait écouter, ai-je dit. Est-ce là tout ? À ce seul prix, il y aurait plus d'agents que de personnes à épier ! Le coup d'œil juste, acéré, le don de l'attention sont les autres vertus d'un métier dont les finesses se comparent à l'exigence du peintre qui scrute le détail autant que le cadre général. Au premier plan, le coffre était ouvert, le flacon dedans, à moitié empli de poudre jaune, identique à celle qu'Isaac avait dénichée la veille, au pied du lit. Pourquoi rester ébahi, fixé sur le coffre ? Si la main qui y avait déposé le flacon d'arsenic se trouvait dans cette pièce, il fallait s'arracher à ma découverte, même si elle était formidable, relever la tête, survoler la masse formant le plan général et décider, parmi cent visages, sur lequel s'arrêter. Qui avait vu comme moi, qui réagissait ? Qui donc se sentait coupable ? En un éclair, Mazarin, Mortemart, Marie Mancini défilèrent. Mais je finis par me fixer sur Pierrette Dufour.

❦

Comment expliquer ce choix ? Le hasard – ou la Fortune ? – y occupait sa place, mais surtout, la nourrice avait sursauté, rompant la chaîne des spectateurs immobiles et statufiés. Il avait suffi d'une infime oscillation, d'un simple soupir, pour que l'espion capte son étourderie, échappée de ce tableau d'ensemble. Dufour... La chance me souriait, or l'espion ne peut agir sans son secours et, ce soir du 6 juillet, elle me tendait enfin les bras. La nourrice avait pâli deux fois. *Primo*, en voyant le coffre ouvert et le flacon d'arsenic. *Secundo*, en découvrant que je l'observais, elle et ses manières. Elle craignait donc, en déduisis-je, ce que nous avions vu tous deux.

Comme un miracle se produit rarement seul, un mouchoir surgit de la soutane du jeune officiant. L'affaire étant réglée, le jésuite referma le coffre, trop à sa tâche pour s'intéresser à ce qu'il contenait. L'onction reprit alors sous la conduite du père Annat. Voyez-vous, lui disais-je en secret, ne punissez pas votre jeune second. Sa modeste personne a aidé au prodige que nous attendions. Maintenant, je vous supplie de vous presser. Il en va de la vie du roi... Et pendant que je me parlais à moi-même, je ne lâchais pas Dufour dont le regard s'affolait et cherchait à fuir le mien qui l'emprisonnait en se tournant vers Mancini, ce qui aggravait son cas et confortait mon opinion. Mais sa complice – je ne pouvais plus douter de leur duplicité – ne détournait pas la tête, fixée sur le roi. S'ajoutait que Dufour, voyant le flacon, avait perdu pied, reculé, livrant sa place à un voisin, décidé à l'occuper. Ainsi l'émoi avait suffi pour que les deux femmes, désormais séparées par un inconnu dont je bénissais la taille et l'épaisseur, ne puissent plus échanger.

⚜

Quant à moi, je n'avais rien cédé. De mon poste, j'observais l'une et l'autre à tour de rôle. Et comment se comportait l'Italienne ? D'évidence, elle affichait une maîtrise qui aurait fait pâlir d'envie son oncle Mazarin. Quoi de plus normal ? me convainquis-je. Le coffre refermé, l'incident était clos. Personne d'autre que Pierrette Dufour n'avait sourcillé, imaginait-elle. Et puisqu'elle ne me connaissait pas, pourquoi se serait-elle intéressée au petit bonhomme qui oubliait de joindre sa prière aux âmes pieuses et ne cessait de tourner la tête vers sa fidèle Pierrette ? En effet, conclus-je, Mancini ne pouvait deviner ce qui se jouait entre la nourrice et moi. Comme les autres, elle attendait que l'onction s'achève. Dieu ! Que j'aurais aimé regarder Mancini quand le coffre s'était ouvert. S'y était-elle intéressée ? Avait-elle tiqué, sourcillé, tremblé ? Et si elle ne l'avait pas fait, était-ce pour avoir un cœur de pierre ou pour ne rien redouter des passions qui le faisaient battre ?

❧

Minuit sonna au clocher de l'église Saint-Michel. Il est étrange de mesurer combien le temps qui passe varie selon ce qui le remplit. Les trois heures qui venaient de s'écouler avaient duré plus d'un siècle et je suppliais en silence le bon père Annat de mettre fin à son action. Que le Seigneur me pardonne, mais l'intention se voulait généreuse. À la fin de l'onction, la guérison miraculeuse existait-elle ?

— Amen, conclut enfin le confesseur de Louis XIV.

Il se tourna vers Mazarin :

— Et que chacun s'approche, maintenant...

On fit briller deux flambeaux qui bientôt encadrèrent le pied du lit et, donnant l'exemple, le cardinal vint s'agenouiller face au roi et se recueillit avec ferveur, montrant qu'il ne manquait pas de religion.

— Que les autres avancent, ordonna Annat alors que Mazarin se relevait difficilement.

On se regarda, hésitant, mais le temps n'était plus à l'étiquette ou à la bienséance. La dévotion seule servait de berger à ceux qui se décidaient, se courbaient, priaient, pleuraient, se signaient ou choisissaient parfois la génuflexion. Bientôt, le courage vint à tous et, dans le désordre, le flux, la vague se présenta au roi.

Je bondis, soudé au premier rang, n'organisant qu'un rapide signe de croix entre les deux flambeaux avant de contourner le lit :

— Isaac !

J'étais si proche du roi. J'aurais pu le toucher...

— Isaac ! murmurai-je une seconde fois.

Ce très cher compagnon releva sa tête bandée, me vit, ouvrit la bouche...

— Taisez-vous ! intervins-je le premier en lui saisissant le bras. Plus tard, vous me raconterez tout. Mordiou, je suis heureux de vous voir, mais à l'instant, je vous supplie d'écouter. Là, dans le coffre... De l'autre côté... Ouvrez-le. Non ! Pas un mot. Agissez sans faiblir. Emparez-vous du flacon et vous comprendrez tout.

— Mais vous ? gémit-il. Où étiez-vous ?

— Après ! Prenez le flacon et, s'il le faut, tuez pour cela...

— Le flacon... Oui. Et qu'en fais-je ? glissa-t-il, plus fidèle et plus confiant que jamais.

— Chez l'apothicaire de Calais... Retrouvons-nous là-bas...

Déjà, je l'abandonnais, je me retournais, j'observais la pièce. Mancini avançait vers le lit, s'inclinait, les yeux emplis de larmes, et se relevait aussi vite pour rejoindre Pierrette Dufour qui agitait la main et cherchait à attirer son attention.

— Madame, glissai-je en me présentant face à elle.

Elle sortit de sa rêverie, me regarda d'un bel air étonné. Qui étais-je ?

— Sortons, je vous prie. J'ai à vous parler...

— Qui fait cette demande ? se raidit-elle, toisant l'inconnu qui venait perturber l'émotion du moment.

— Il s'agit du roi, madame, annonçai-je sans répondre à sa question.

Son visage se ferma davantage et ses yeux s'affolèrent. Fallait-il accuser la peur ? Elle se tourna vers Dufour, sa conscience, cette âme damnée qui, du menton, de la tête et même des bras, multipliait les gestes désespérés lui ordonnant de s'éloigner de moi et de la rejoindre.

Mancini allait s'échapper.

— Je sais ce qui est en train de tuer Sa Majesté...

Elle porta la main à sa bouche et pivota les épaules pour fuir. C'était fait. J'avais perdu. Mais alors que je décidais de faire barrage, au risque d'accroître le désordre, une ombre se porta à nos côtés. C'était Mazarin, immuable, le regard éteint.

— Faites tout ce qu'il vous dit, souffla le cardinal.

Et il se détourna aussitôt.

Chapitre 18

La chambre était simple, pauvrement décorée, mais il y virevoltait comme un parfum de délicates onctuosités. L'impression de douceur et de fraîcheur tenait à peu de chose : une robe de soie jaune abandonnée sur le lit, une mélodie de lilas qui s'en s'échappait, une bougie posée sur la table de chevet et dont la flamme faisait danser la chaux blanche des poutres. Je pénétrais par surprise dans l'intimité de celle qui avait, *sans doute* ou *à ce que l'on prétendait*, été la maîtresse du roi, et j'en éprouvais plus de gêne qu'elle. C'était impudique, comme faire violence à sa beauté, et il fallait qu'en retour je me répète sans cesse que la jeune femme silencieuse, habillée de noir, se tenant au milieu de la pièce comme la Madone des chapelles d'Italie, dissimulait peut-être sous ses traits saisissants de beauté la pire des dissolutions.

Qu'y avait-il de plus émouvant chez elle ? Si je parcourais son visage, je n'en finissais pas de redécouvrir ses yeux noirs, profonds, qui interrogeaient ce visiteur incongru, fort mal à l'aise, et se faisant violence pour ne pas oublier qu'il cherchait la *Vérité*. Mais comment ignorer ses lèvres roses et charnues qui s'entrouvraient, puisant l'air chaud de la chambre, invitant mon esprit à succomber à l'indolence ? Si je baissais les yeux de peur d'être pris en faute, c'était pour tomber sur la courbe de sa gorge pleine, semblable à l'opale, qui se gonflait d'aise et tendait le fin tissu de la robe à chaque respiration.

Mon regard renonça, choisit de s'évader sur le côté, et ce fut pire. Une malle, posée sur le plancher, dénonçait sa personne mieux encore que si elle s'était montrée nue. Un jupon dentelé de rubans rouges y sommeillait et je ne pus m'empêcher d'imaginer qu'il s'agissait de celui que le roi lui avait *sans doute* ôté. J'étais entré chez Marie Mancini, dans la pièce qui lui avait été attribuée comme à chacun de ceux, venus à Calais pour assister au triomphe du roi à la guerre et qui, depuis, comptaient les heures le séparant de la mort.

❧

La sortie et le trajet ne nous avaient demandé guère de temps car cette maison-ci jouxtait sa sœur jumelle occupée par Mazarin et le roi. Fallait-il y voir le hasard ou la savante orchestration du duc de Mortemart, fin maître de l'intendance ? Jusqu'à quel point le cardinal y avait-il souscrit, simplement en fermant les yeux ? Tous ces sujets et bien d'autres restaient encore sans réponse car j'avais choisi de me taire, d'avancer, de suivre Mancini, gardant ce que j'avais à dire pour le moment où « nous serions seuls, au secret, sans témoins ». Si bien que ma captive était restée sur sa faim, la conscience tarabustée par ces quelques mots : « Je sais ce qui est en train de tuer Sa Majesté. »

❧

Cela m'était venu sur le coup, sans vraiment réfléchir, afin de provoquer un choc, un émoi qui me donnerait le dessus. À vrai dire, j'avais surtout été aidé par Mazarin qui avait ordonné à sa nièce de me suivre. Comment expliquer ce soudain renfort ? L'opinion de Thierry de Millard me revenait. Le cardinal, soutenait-il, avait changé d'avis. Il désirait plus que tout que j'aboutisse, et quel qu'ait pu être le coupable, puisqu'un espion était tenu au secret.

Sauver le roi, sans dénoncer le (la) coupable ? L'argutie était aussi tordue que Millard, mais le soutien de Mazarin, se risquant à m'approcher à la vue de tous, pouvait être une belle preuve de cette nouvelle position. Et ces paroles – *Bientôt, vous ne douterez plus de moi* – prenaient sens. Était-ce pour avoir accepté que sa nièce puisse être accusée ?

En marchant en silence, à côté de Marie, une autre hypothèse se formait. Mazarin avait-il lui aussi vu le flacon dans le coffre et, découvrant que j'avais fait de même, s'était-il senti obligé de m'aider ? Pour le savoir, il m'aurait fallu disposer de quatre yeux, la seconde paire me servant à espionner Son Éminence alors que la première ne quittait pas Dufour. À défaut, j'usais mes deux seuls à détailler Marie Mancini qui se tenait debout dans la chambre, toujours muette, tandis que j'essayais de combattre sa beauté qui agissait sur moi et influençait mon jugement. Un être gratifié d'autant de faveurs pouvait-il abriter un succube[1] ?

— Notre conversation risque d'être longue, soufflai-je à voix basse en employant la douceur sans vraiment le vouloir. Ne pourrions-nous pas nous asseoir ?

D'un geste de la main qui découvrit sa manche, m'offrant à voir la finesse de ses attaches, elle désigna l'unique chaise qui trônait dans un coin. Bon sang ! Je n'avais pas prêté attention à ce détail. Si bien qu'elle se posa sur le lit, augmentant mon malaise.

---

1. Démon au corps de femme qui envoûtait les hommes pendant leur sommeil.

Reprends-toi, Antoine, me glissai-je à moi-même, décidant de rester debout.

⚜

Il y eut encore un silence, mais celui-là, je le désirais. C'était la continuation d'une méthode que j'employais depuis notre rencontre. Je voulais que les idées tournent dans sa tête, qu'elle s'affole, qu'ainsi, elle perde pied. Mais, n'eût été la tristesse, rien ne se montrait chez elle. Je fis un pas, regardai çà et là, cherchant sottement un indice, un fait coupable. Elle ne broncha pas, même quand j'approchai d'elle, l'observant d'un œil qui tentait la sévérité, et détaillant de l'autre une table sur laquelle reposait un livre relié de cuir et ciselé d'or. Le titre ne laissait aucun doute sur les passions de sa lectrice. Dans *Roland amoureux*, de Matteo Maria Boiardo, fameux poète de la Renaissance, jaillissait Angélique, une femme dont la beauté rendait fous d'amour tous les chevaliers, dont Roland, ensorcelé par la belle, et prêt à tout pour obtenir ses grâces. Mais Angélique, ayant bu à la *fontaine d'amour*, tombait sous le charme de Renaud en arrivant en compagnie de son frère Argail à la cour de Charlemagne. Hélas, il n'en était pas de même pour Renaud, si bien que la *fontaine d'amour* était devenue un piège dont Angélique était désormais prisonnière. Le philtre agissait à la façon d'un poison. Et je trouvais que ce récit éclairait étrangement notre débat.

— L'amour..., expirai-je en lui tendant le livre.

Mais elle ne le prit pas. Si bien que je revins vers la chaise où je finis par me poser.

⚜

Les lieux ayant été réquisitionnés, les propriétaires logeaient en bas, dans la cuisine, aménagée afin d'y faire dormir la maisonnée. Malgré l'heure tardive, personne ne s'était assoupi n'ignorant rien des événements très graves qui se déroulaient dans la demeure voisine où s'éteignait le roi, et j'entendais les bambins courir dans les jupons de leur mère, une matrone qui m'avait regardé monter d'un air sévère.

— Êtes-vous seule à loger dans cette maison ?

Marie Mancini fit d'abord non de la tête. Puis se décida à parler :

— Toutes les chambres sont occupées par mes sœurs et mon frère Philippe. De ce côté-ci du couloir (elle découvrait encore son bras), il y a Olympe. Mais elle n'est pas encore rentrée... Voyez-vous, j'aurais préféré moi aussi rester près de... du roi.

Sa voix douce, chantante, ne tremblait pas. C'était encore celle de l'âge d'or. Elle se livrait tel l'oiseau tombé du nid, détaillant le petit monde qui l'entourait et dont chaque élément était la preuve de ce qui unissait le clan Mancini à la Couronne. Philippe était l'ami intime de Monsieur, frère du roi. Olympe avait occupé le cœur de Louis. Et, pour que la ronde soit complète, était-ce au tour de Marie de virevolter avec le plus illustre des Bourbons ? En l'entendant parler des siens, j'y associais forcément le roi et je me souvenais qu'ils avaient tous vécu ensemble, dans une sorte de jardin d'Éden, à l'écart du réel, soudés, unis intimement par ces années d'enfance passées au Louvre ou ailleurs, quand la Fronde les avait obligés à quitter Paris. Les enfants Mancini étaient venus très tôt à la Cour avec leur mère, traversant les Alpes dès que Mazarin s'était cru assez fort pour présenter sa famille. Il fallait se souvenir de leur arrivée, balbutiant le français, mais s'y mettant vite, armés du mystère de l'étranger auquel se joignait la séduction naturelle de l'Italie. Ils étaient beaux, bruns, la peau mate. Ils étaient différents, appétissants, troublants.

S'ajoutaient le nombre et le sexe car, à l'exception du séduisant Philippe qui allait se rapprocher du fils cadet de la reine, la famille Mancini ne comptait que des filles.

Pour Louis et son frère, cloîtrés dans ce Louvre si sombre, ce Paris si inquiétant où la Fronde grondait, la venue des jeunes Mancini ressembla à une fête, à un jeu. Désormais, ils auraient des amis, des proches, des compagnons de leur âge.

Et tout alla pour le mieux, chaque jour voyant les liens se renforcer, les esprits se plaire, les affections se nouer, allant jusqu'à la découverte des premiers émois, des caresses encore innocentes, des rires nerveux quand les corps se découvraient, des œillades sans que l'on en devine vraiment le sens, du rouge qui montait aux joues pour un rien, de la main qui se frottait plus souvent à l'autre, des soupirs qui surgissaient dans la nuit quand il fallait se dire au revoir – mais à demain ?

Philippe, Olympe, Marie, Philippe, Louis ! Les Mancini et les princes de sang royal avaient tout partagé, sous le regard bienveillant d'Anne d'Autriche – et intéressé de Mazarin. C'était une fratrie faite d'affection et de tendresse, de souvenirs sincères, échappés du commun, de l'ordinaire et des bassesses de la vie. L'âge d'or, en effet, celui d'enfants semblables aux autres qui avaient rêvé pareillement, aspiré au même bonheur, partagé les plaisirs, ri, dormi ensemble, pleuré parfois, et qui devaient regretter ce temps des petites fâcheries, des disputes, des moqueries sans conséquence et qui tentaient peut-être de prolonger ou de renouer avec ce qu'ils avaient tant aimé.

L'âge d'or... Qui n'y songeait avec regret ?

Marie n'avait prononcé que quelques mots, mais à la façon dont elle parlait, tout se comprenait. Je retrouvais les accents de sincérité de la nourrice Pierrette Dufour qui avait couvé cet univers-là, ce conte empli de jeux, de désirs inavoués, de tendres princesses

et de chevaliers dont Louis, tel le Renaud d'Angélique, était devenu le roi. Et je m'interrogeais encore :
pouvait-on cacher un horrible secret sous tant
d'amour ? Était-ce même possible ? Bien sûr ! me
dis-je en me ressaisissant. La diablesse n'a-t-elle pas
réussi à envoûter le plus séduisant des hommes ? Et
voici que tu cèdes au chant de la sirène, continuai-je
pour moi-même. Mais tu n'es pas Ulysse. Moins
encore le roi... Aussi, prends garde à toi, l'espion !

⚜

— Saurai-je un jour ce que vous me voulez ?

Le ton soudain distant, hautain, sonnait comme
l'écho de mes dernières craintes. Marie Mancini usait
moins des minauderies de son accent italien. La
superbe remplaçait l'air de jeune fille fragile, de frêle
colombe. Les trais se durcirent, n'y gagnant que froideur et sévérité. C'était, dans la même scène, tout l'art
théâtral de l'Italie et j'y voyais la preuve qu'il fallait
redoubler de prudence, rester méfiant et lucide. Oui,
cet agacement cachait peut-être une âme cruelle et
dévorée par les passions les plus noires.

— Votre oncle l'a dit : faire tout ce que je vous
dirai, annonçai-je d'un ton neutre.

— Qu'exigez-vous de moi ? se décida-t-elle, tendant ce menton dont je cherchais vainement les
défauts.

Je pris le temps de soupirer :

— M'aider, madame.

Cette sobre attitude, cette modestie à laquelle je
m'essayais, agit plus encore que si je m'étais servi de
l'autorité que me conférait l'ordre de Mazarin.

— Mais j'ignore tout de vous, balbutia-t-elle, changeant son caractère et me montrant avec autant
d'aisance celui plus séduisant de la douce jouvencelle. Je ne connais pas vos affaires. Je ne suis que...

— Avez-vous compris que le roi allait mourir ? la coupai-je en employant un ton toujours bienveillant.

Qu'il devenait difficile de savoir si cette grâce naturelle n'était qu'une odieuse façade. Et n'arrivant à rien, je brandis brusquement le livre du *Roland amoureux*, m'en servant comme d'une arme. Ah ! Le bel effet... Et, sous le coup de la surprise, je crus l'avoir désarçonnée. Sa bouche se mit à trembler... Mais bougre ! Ce fut tout. Mancini ne bronchait toujours pas.

— Que la médecine est impuissante, forçai-je alors la voix.

Enfin, elle inclina la tête et la couvrit de ses mains.

— Qu'il s'agit d'un poison, et voilà ce qui le tue...

Elle se leva d'un bond :

— Taisez-vous, monsieur ! hurla-t-elle. Je ne le sais que trop...

Bien, me félicitai-je, serait-elle en train d'avouer sa faute ?

— Tiens donc, fis-je mine de m'étonner. Par quelle magie êtes-vous arrivée à partager ce qui devait rester un secret ?

Elle haussa les épaules et je fus une fois de plus étonné par le charme qu'elle y mettait :

— Pierrette Dufour m'en a fait part. Un triste personnage l'a menacée de multiples châtiments, l'accusant même d'être coupable de ce malheur épouvantable...

— Et elle s'est confiée à vous, conclus-je, omettant toutefois de préciser que le sieur dont elle parlait si désagréablement était moi.

— Il n'y a pas qu'elle ! reprit-elle. Mon oncle, le cardinal, est venu me questionner et j'ai deviné qu'il pensait à moi comme...

Elle se leva d'un bond :

— Je me tuerais sur-le-champ si cela pouvait aider le roi...

Allons, tempérai-je en moi-même, souviens-toi de l'art de la *commedia* italienne. Pour le moment, notons que Mazarin a pris soin de la torturer avant moi et, s'il m'a autorisé à le faire à mon tour, c'est sans doute qu'il est convaincu de son innocence...

Ou qu'il n'a pas cherché assez.

La nouvelle me refroidit. Étais-je en train de perdre du temps, ensorcelé par les *combinazioni* du cardinal ? La rage me saisit. Toute Mancini qu'elle était, la belle avouerait même ce qu'elle ne savait pas !

— Calmez-vous, rétorquai-je en durcissant mes manières. Vos lamentations ne pourront aider le roi.

— Je n'ai qu'elles et mes prières à lui offrir, gémit-elle encore.

— C'est donc que vous désirez qu'il vive ?

— Comment osez-vous ? bouillonna le sang de l'Italienne.

— Madame, soupirai-je, je suis forcé de tout imaginer, car on s'entête depuis trois jours à me mener ici et là, à me raconter fadaises et fariboles, à me dire qu'une telle est coupable, que tel autre ne l'est pas, sans parler de votre oncle qui manque de franchise à mon endroit...

Je m'étais trop livré : d'un coup je compris que je cédais à la fatigue, à l'âge et, malgré toutes les mises en garde que je ne cessais de me prescrire, à la fausse innocence de celle dont j'avais trop espéré la *Vérité*. Sa jeunesse, sa beauté m'avaient irrémédiablement poussé à l'erreur. En somme, je manquais au devoir de retenue de l'espion. Du moins le crus-je, quand, à l'instant suivant, ma rude sortie sembla produire un effet tout contraire.

— Vous n'êtes donc pas un proche de Mazarin ? chanta-t-elle en fronçant son joli front.

Et dans cette bouche qui restait irrésistiblement adorable, cela se rapprochait d'un compliment.

— Savez-vous qui je suis, mademoiselle Mancini ?

Ses yeux noirs m'interrogeaient.

— Un homme, poursuivis-je, qui, comme vous, si je vous crois, veut sauver le roi. Aussi, convenez que nous ne pouvons qu'être amis puisque nous désirons la même chose...

Une pâle grimace se dessina sur ses lèvres :

— Si c'est le cas, n'employez pas les moyens de mon oncle qui m'a menacée, injuriée, maudite, si je n'avouais pas un crime que je n'ai pourtant pas commis. Monsieur, n'en doutez plus, je suis prête à tout pour le roi. Oui, parlez-moi de lui, assurez-moi que vous pouvez le secourir, et nous pourrons nous entendre...

Alors donc, elle jure son innocence. Rien de nouveau, me dis-je. Les coupables le font tous. Mazarin, comme moi, se méfie-t-il de sa nièce ? Voilà qui expliquerait pourquoi je suis ici : obtenir ce qu'il n'est pas parvenu à savoir. Mais en usant d'un autre art que la force qui, d'évidence, a échoué...

— Soit, l'apaisai-je. Vous n'avez pas trompé Mazarin.

— Enfin, soupira-t-elle, vous l'acceptez...

— Mais lui avez-vous tout... *confessé* ? la surpris-je. Pour avoir promis au roi, auriez-vous pu cacher une part de la vérité ?

Avant qu'elle ne se scandalise, je me levai et vins à elle en lui montrant le *Roland amoureux*, de Matteo Maria Boiardo :

— Quel beau livre... Quelle belle histoire d'amour...

— Que racontez-vous ? se tendit-elle.

— Non, ne prononcez rien qui oblige à feindre. Acceptez ma conduite. Je parle et vous m'arrêtez si je me trompe. Voulez-vous ?

Elle ne se révolta pas et je sentis que son intérêt grandissait.

— Il y a peu, débutai-je, une jeune femme très belle, appelons-la Angélique, a rendu visite à son amant. Quel nom lui choisirait-on ? Que dites-vous de Renaud ? proposai-je en montrant le livre.

Elle baissa les paupières. Le premier barrage cédait.

— C'était la nuit et personne n'était là pour déranger leur rencontre. Le garde qui devait veiller sur ce chevalier était absent, et ce fut le moment qu'Angélique choisit pour offrir à Renaud ce qu'il lui réclamait, une preuve d'amour, priant pour qu'il en soit de même chaque nuit. Mais l'aube venant, Angélique comprit que son amant n'avait pas bu à la même source qu'elle. Il ne l'aimait pas. Alors elle lui tendit la coupe qui lui permettrait de garder son amant à jamais.

Je pris soin de marquer un silence avant de murmurer :

— Voilà ce que l'on pense aujourd'hui. Voilà qui vous accuse. Mais est-ce la vérité ? Simplement cela : répondez oui ou non ?

— Louis m'aime autant que je le fais, parce que nous avons bu à la même *fontaine d'amour*...

Est-ce ainsi qu'elle nommait son poison ?

— Avez-vous laissé un flacon chez le roi ? tentai-je autrement pour qu'elle avoue au moins qu'elle s'était approchée de lui.

— Nous avons bu à la *fontaine d'amour*, répéta-t-elle, tandis que son regard s'échappait.

— Oui, acceptai-je en serrant les dents, vous avez goûté à la même fontaine, mais ensuite, Louis a trempé ses lèvres dans celle du *désamour* parce que vous aviez compris que tout était fini, que l'amour était impossible. Alors... Vous seriez-vous vengée ?

— Nous nous adorons, glissa-t-elle, les yeux dans le vague.

— J'ai ce flacon, madame ! ne pus-je m'empêcher de hurler. Je sais qu'il contient du poison et devine que vous l'avez oublié après cette nuit. J'en ai la preuve pour avoir vu votre complice, la nourrice Dufour, pâlir quand le père Annat a ouvert ce coffre. Oui, c'était à l'instant ! Le flacon, la poudre jaune, l'arsenic ! Tout vous accable et vous subirez la torture si vous ne me confiez pas la *Vérité*.

— La *fontaine d'amour*, répéta-t-elle, les yeux fermés, sans que je sache si elle m'entendait encore.

— Madame, il va mourir ! braillai-je, jetant la chaise en travers de la chambre et craignant aussi de perdre la raison.

Le fracas la fit sortir de la torpeur dans laquelle l'entraînait le démon. Elle sembla me découvrir :

— Dans ce cas, moi aussi ! dit-elle d'une voix éteinte.

— Quoi ? Comment cela « vous aussi » ? Vous…, balbutiai-je. Vous auriez pris le même poison ?

— Ce n'en était pas…, continua-t-elle sur le même ton.

— Une poudre jaune, mélangée au vin ou à l'eau ?

Elle inclina la tête, s'enferma dans son chagrin. À nouveau, je crus la perdre.

— Une poudre que vous avez offerte au roi pour qu'il ne cède pas à la *fontaine du désamour* comme Renaud, insistai-je.

Brusquement, elle se redressa :

— C'était un philtre d'amour, afin que le nôtre ne s'éteigne jamais. Nous bûmes ensemble, en joignant nos cœurs pour que votre monde entende notre passion et j'en pris autant que Louis. Dès lors, si ce que nous avons fait devait tuer, je serais en train de mourir aussi.

— Lui avez-vous donné autre chose ? tentai-je sans y croire.

— Rien, je le jure et, devant Dieu, j'y mets mon salut…

Et par un fait étrange, en dépit de tout, des objurgations et des sermons de prudence que me répétait une voix intérieure, je ne parvenais pas à l'imaginer en criminelle. Et je fus presque décidé à la croire.

— Madame, un mot, je vous en conjure. Avez-vous parlé avec tant de détails à votre oncle ? Avez-vous parlé du philtre d'amour ?

— Il ne m'en a pas laissé le temps, soupira-t-elle. D'ailleurs, s'il savait ce que je viens de vous avouer, il me tuerait.

Non, elle ne me mentait pas, décidai-je, chassant la méfiance qui taraudait ma cervelle :

— Dans ce cas, reprenons chaque détail de cette nuit, étudions, creusons. Il le faut pour sauver le roi. Le voulez-vous ?

Et peut-être que sa beauté me donnait envie d'espérer encore.

Chapitre 19

Aux premiers abords, la maison ressemblait à celles qui l'entouraient, de discrètes bâtisses construites à pan de bois, comme il en existe dans le Nord, chacune se distinguant par le choix des couleurs. Celle-ci était peinte en bleu, mais la nuit, la nuance était fine, et rien n'indiquait son usage, ni la profession de son occupant, si bien que j'avais peiné à dénicher la demeure de l'apothicaire de Calais située dans une ruelle portant le nom d'Eustache de Saint-Pierre, un homme pourtant connu dans cette ville pour avoir été l'un des six bourgeois à s'être rendu *en chemise et la corde au cou* auprès de l'Anglais Édouard III dans l'espoir d'obtenir le salut des habitants[1].

Pour me renseigner, il eût fallu questionner des passants. Or, vers quatre heures du matin, samedi 6 juillet 1658, les promeneurs étaient rares. Comment expliquer que le temps ait filé si vite ? Mon entretien avec Marie Mancini s'était révélé long, mais fructueux. Que s'était-il dit d'autre ? Patience, car moi, je n'en avais pas manqué, usant des préceptes de l'antique Maïa[2] pour faire parler la belle Marie Mancini.

---

1. Le fameux épisode des bourgeois de Calais (août 1347) à qui le roi d'Angleterre aurait accordé grâce sous la menée de son épouse Philippa de Hainaut.
2. Personnage de la mythologie grecque qui assistait et veillait sur les femmes lors de l'accouchement. La maïeutique : technique qui consiste à faire « accoucher » une personne de ce qu'elle sait sans parfois même qu'elle s'en doute.

Et je m'en félicitais.

Un homme tombé dans l'ivresse, bredouillant que sa mégère de femme allait se plaindre parce qu'il rentrait trop tard ou trop tôt (c'était d'ailleurs pour cela qu'il ne se décidait pas), réunit assez d'équilibre et de sollicitude pour me conduire à cette adresse qui se révéla au final très proche de la place d'Armes que j'avais quittée longtemps avant, errant tel un malheureux. Mon aimable cerbère me salua civilement, m'invitant à nous revoir plus tard, à la taverne des Trois-Chiens-Fous, où il siégeait, du matin au soir, et moi lui conseillant de veiller à sa personne, au demeurant fort agréable.

❧

La lumière brillait chez l'apothicaire et il me suffit de pousser la porte pour pénétrer. Dès l'entrée, tout paraissait étrange, augmenté d'effets spectaculaires, surnaturels que n'expliquait pas seulement la faible lueur d'un petit bougeoir posé sur un comptoir encombré de jarres en terre cuite se distinguant par l'inscription sur chacune de toutes sortes de préparations médicamenteuses dédiées à la thériaque, un remède que l'on prétendait panacée. Au sol, s'alignait une armée de pots contenant sans doute l'électuaire, autre traitement *miraculeux*, puisqu'il s'en échappait des effluves doucereux de miel et de poudres mystérieuses aux accents envoûtants de l'Asie. Mais je n'eus guère le loisir d'étudier en détail le royaume de Mithridate[1] car je vis soudain les serpents et ces bêtes semblables au dragon qui fourmillent au sud de la Loire, en pays d'Oc, et que l'on nomme lézards. Ils dansaient sur les murs, bou-

---

1. Roi de l'Antiquité qui, en prenant de petites doses de poison, parvint à vaincre ses effets. Vaincu à la guerre, il voulut s'empoisonner pour ne pas subir la défaite... Et, mithridatisé, il ne le put...

geaient, remuaient sans cesse, se tenant prêts à fondre sur moi. J'imaginai faire jaillir ma miséricorde, dont on sait que je maîtrisais peu les effets, quand je compris que la flamme de la bougie, ballottée par le courant d'air que j'avais provoqué en entrant, organisait seule ces diaboliques gesticulations.

Maudits effets de l'esprit faible accouplé à la nuit ! Il n'existait pas de sorcellerie. Ces monstres croupissaient, morts, sur les poutres et contemplaient l'éternité comme ce coq et ce pélican empaillés[1] qui accueillaient le visiteur. Mais se souvient-on – je me servais de cet argument pour excuser ma sottise – que je n'avais guère dormi ces dernières nuits ? Et je m'efforçais déjà de sourire pour me redonner du courage quand le tonnerre me fit à nouveau sursauter sur place.

— Par saint Luc ! retentit une voix, appelant ainsi le protecteur des médecins. Antoine, vous êtes enfin là…

Sortant de l'arrière de cette boutique, Isaac se montrait, la tête toujours enrubannée, mais l'allure vive et l'œil enjoué.

— Venez donc par ici, rugit-il pareillement comme s'il venait de passer une excellente nuit et que le jour s'annonçait merveilleux. Je vais vous présenter à notre hôte, Hippolyte Le Bastard. Avancez et méfiez-vous des œufs d'autruche que vous frôlez en ce moment de la manche. Ce trésor inestimable arrive droit d'Afrique.

— Qu'en ferais-je ? bougonnai-je.

— Vous ne devinez pas combien les coquilles que fabrique cet oiseau à longues pattes, une fois broyées finement, permettent de guérir les mollesses génitales qui viennent à l'homme de votre âge.

Déjà, il me poussait en avant, m'obligeant à soulever, comme si je me présentais chez lui, un lourd

---

1. Emblèmes de la vigilance et du sacrifice, maîtres mots de celui qui vouait sa vie à la (bonne) santé des autres.

rideau de velours rouge qui me fit penser aux portes de l'enfer. La mollesse ! Ce garçon exagérait…

❦

Je dus m'acclimater encore car la nuit régnait presque sur les lieux. Pour éclairage, il n'y avait qu'un chemin de bougies dont la cire refroidie formait des stalactites sur des étagères débordant de bocaux au contenu incertain, même inquiétant dans la quasi-pénombre. Mais je ne désirais nullement que l'on me renseigne sur leur origine, ayant cru apercevoir dans le récipient situé au plus près de ma tête des cloportes blanchâtres tenant compagnie aux restes d'un squelette de rat.

Soudain, une ombre bougea et ce n'était pas un nouvel effet de l'esprit. Quelque chose avançait, surgissant d'un passage moitié caché par une armoire. Une main tenait un chandelier et, d'après ce que j'en vis, il s'agissait de celle d'un homme, petit et rond, au crâne chauve, écarquillant les yeux au-dessus d'épaisses lunettes afin de voir autant que moi qui s'annonçait là.

— Isaac ? grinça-t-il. Est-ce vous ?

— Oui, Hippolyte. Accompagné d'Antoine Petitbois… Je vous en ai parlé.

— Bien, bien, vous n'êtes donc pas seul. Bien, bien, répéta-t-il en posant le chandelier sur une table qui, sous l'effet de la clarté, se révéla encombrée de bouteilles dont les étiquettes ficelées au goulot prétendaient qu'il s'agissait de sirops.

— Allez donc nous chercher l'un des candélabres de la boutique, ordonna Hippolyte d'une voix fluette. Eh ! Que j'aperçoive enfin ce visiteur que nous attendions avec tant d'impatience.

Isaac s'exécuta et revint sur-le-champ. La pièce éclairée, je pus enfin détailler celui qui m'accueillait. Petit était au-dessus de la vérité. Et moi qui l'étais déjà, je dus baisser le bras pour le saluer.

— Hippolyte Le Bastard, apothicaire à Calais, et de père en fils depuis janvier 1350. Nous avons connu les Anglais, les Espagnols, les Français, les Espagnols et à nouveau les Français. Je vous souhaite la bienvenue, monsieur Petitbois. Non, non, ne vous assoyez pas sur la chaise. Du moins, attendez que je la débarrasse de ceci...

Il s'empara d'une jarre et, en pestant à cause de son poids, la mit à terre. Et qu'avait-il autour de la taille ? Un attirail étrange qui lui encerclait le ventre et le tablier noir. N'était-ce pas une canule, le tuyau dont on se servait pour les lavements ? Et là, sur le côté ? Je voyais la seringue et le piston, les appendices indispensables à l'attirail dont on usait pour pareille occasion.

— Un sirop d'œil d'écrevisse vous ferait-il plaisir ? souffla-t-il tout à son affaire de déménagement. C'est un médicament auquel j'ajoute un peu d'écaille d'huître pour égayer la fadeur du crustacé d'eau douce. Je tiens la recette d'un médecin maure qui lui-même prétend avoir exhumé de Constantinople un papyrus copte signé de la main d'Aristote décrivant *ad litteram* la composition de ce remède parfait contre le rhumatisme. Regardez-moi, triompha-t-il en redressant prestement le dos. À votre âge, vous devriez suivre le traitement. Installez-vous maintenant...

Il s'exécuta pareillement :

— Alors, que voulez-vous boire ?

Il montrait une bouteille étiquetée « *syrops de tortue* ».

— J'en ai pris, soutint Isaac. C'est un remède revigorant.

Il tapota sur le bandeau qui entourait sa tête :

— Croyez-moi, j'en ai eu besoin pour me remettre des mauvais coups que ces brigands m'ont fait subir...

— Merci, bredouillai-je, mais je vais parfaitement...

— La journée risque d'être longue, insista Isaac. Et je devine qu'hier ne fut pas de tout repos. Allons ! Il faut me raconter. Mais avant, je dois vous montrer ceci...

Il sauta sur place, me laissant penser que ce fameux sirop à la tortue procédait à l'inverse de la réputation de l'animal, et bondit jusqu'à l'étagère où il farfouilla avant de brandir le flacon que je lui avais demandé d'extirper à tout prix de la chambre du roi.

— Je l'ai ! triompha-t-il. Ce ne fut pas sans batailler. Dieu ! Je me suis agenouillé tandis que Vallot serrait la mâchoire et, voyez-vous, j'ai couvert de ma cape le coffre renfermant le flacon et j'ai tâtonné d'une main, gardant l'autre sur la poitrine, puis...

— Vous l'avez, c'est l'essentiel. Nous allons en avoir besoin.

— Et vous, Antoine, faiblit-il, me donnant à penser qu'il s'apaisait enfin. Je vous perds de vue après le traquenard de l'affreux Millard et vous me postillonnez vos ordres alors que le roi se meurt à deux pas... Alors, racontez-moi. Revenez-vous des entrailles de la terre ?

— Moi, j'y cours, intervint l'apothicaire en se frottant le ventre.

Malgré son âge que je devinais plus avancé que le mien, il se leva avec souplesse, prouvant que ses remèdes avaient du bon.

— Une consultation, soupira-t-il en brandissant ses ustensiles. Un lavement quotidien pour un homme qui n'est guère plus jeune que vous, monsieur Petitbois, et toujours quand l'aube arrive pour le bon soulagement des viscères...

— Croyez-vous que l'action soit utile ? sourcilla Isaac que les méthodes de la faculté de Paris et de Patin révoltaient.

— Ni bonne ni mauvaise, répondit-il. Mais il faut vivre. Et avec ce que j'en retire, j'ai assez pour travailler sur mes recherches...

Il montra ses pots, ses jarres, ses bocaux qui doraient sous le feu des candélabres qu'avait apportés Isaac de la pièce voisine, et c'était son monde, fait d'écrevisses, de cloportes, de coquilles d'œufs, de vipères, de crotales, de squelettes de rat, d'araignées, de sauterelles, de longicornes, d'aphrodites, d'amanites mortelles, de licornes, peut-être, et de quoi d'autre encore ?

— Je vous abandonne, grimaça-t-il. Si vous devez partir, laissez ouvert. Les gens n'entrent pas quand je n'y suis pas.

Il ricana, s'élançant dans les aigus :

— Mon musée des horreurs leur fait peur...

Il s'avança vers la sortie et alors qu'il soulevait le rideau, je vis que le jour se levait déjà.

— De plus, souffla-t-il, je devine que vous avez des choses à dire que je n'ai pas à entendre...

Il fit un pas, l'attirail à la ceinture, et se retourna vivement :

— Prenez du sirop d'ambre. Ici, sur l'étagère, derrière vous. Je ne vous connais pas encore bien, monsieur Petitbois, mais je vous prie de croire que vous faites plus que vous ne devez l'annoncer. Votre vie est trop trépidante. Il faut songer à soigner ces vieux os...

❧

Nous parlâmes peu du passé, Isaac et moi. En le découvrant chez le roi et en y ajoutant ce que m'avait appris Thierry de Millard, j'avais compris qu'il s'en était sorti. Il manquait à son histoire le rôle de l'apothicaire Hippolyte Le Bastard qui, au prix de solides cordiaux et autres sirops, avait, selon toute apparence, tonifié notre médecin. Les doses étaient-elles justes ? Je m'interrogeais. Isaac se tortillait sur place, se levait, s'asseyait ; en somme, il ne s'épuisait jamais. Mais n'était-ce pas l'âge, en effet, qu'il fallait accuser pour expliquer mon manque d'allant ? À une ou deux reprises, je me surpris à scruter d'un œil le contenu de ces sirops. Une gorgée ?

— Mais vous donc ? brailla Isaac, me faisant sursauter.

Je fis court pour conter ma rencontre avec Condé. Dès que nous abordâmes le cas de Marie Mancini, je devins plus disert.

— Cette jeune fille est la maîtresse du roi. C'est acquis.

— Parfait, exulta Isaac. C'est donc elle la coupable...

— Diantre ! m'emportai-je. Vous ne pouvez rester calme ?

— C'est le quinquina, soupira-t-il.

— Pardon ?

— Je crois avoir pris un peu trop du vin que l'on fabrique avec ce remède des Indiens d'Amérique. L'effet est... foudroyant.

— N'en reste-t-il pas un peu ? Je me sens épuisé...

Isaac se leva aussitôt.

— Point trop, protestai-je mollement.

La coupe était déjà pleine.

— Donc elle ne serait pas coupable ? reprit Isaac.

— Donc elle était dans la chambre du roi. Commençons ainsi.

— Qu'y faisait-elle ?

— Mordiou, Isaac, c'est l'amour ! Un amour si grand que le roi et Marie Mancini ont fait le vœu de boire un philtre d'amour afin que rien ne les sépare jamais. Le roi est si... jeune. Et elle, Isaac ! Je crois que nous avons affaire à une passion dévorante, excessive...

— Méfiez-vous, Antoine, s'amusa-t-il. L'émotion vous aveugle.

— Ce n'est pas en usant de la violence que j'ai percé ce cœur, grognassai-je, mais en évoquant

225

l'émouvante histoire d'Angélique et Renaud racontée par Matteo Maria Boiardo. Le livre traînait là et...

— Le *Roland amoureux*, rugit-il. Ah ! je me souviens. Attendez. Les amants... Non ! Elle seule buvait à la *fontaine d'amour*...

— Ici, ils le firent tous les deux pour accueillir la même adoration et y succomber pareillement à la même adoration. Mais devinez-vous à quelle source ils ont confié leur amour ?

Isaac hocha de la tête et me montra le flacon d'arsenic :

— Voulaient-ils mourir ? déglutit Isaac en pensant au roi.

— Non.

Isaac se versa un peu de quinquina, reposa le flacon, le sonda et soudain s'emporta :

— Le roi s'est servi en premier...

— Oui.

Son visage, changeant du tout au tout, devint grave.

— Mais elle ne l'a pas suivi, fit-il d'une voix sombre.

Il avala son remède d'un trait :

— Elle a empoisonné le roi.

— Dans ce cas, soufflai-je en avançant le visage vers la bougie, expliquez-moi comment elle a pu survivre à son crime, car elle a pris également l'arsenic.

— C'est impossible...

— Et pourtant, elle l'a fait.

— Répétez ?

— Marie Mancini affirme qu'elle a avalé la même quantité d'arsenic que le roi. Ils ont versé le poison dans une coupe, y ont ajouté du vin et ont bu la moitié chacun. Mais, à l'en croire, ils n'ont jamais imaginé que le breuvage pouvait les tuer. Ils étaient innocents, Isaac, et convaincus qu'il s'agissait d'un philtre d'amour. Elle et lui...

— Tout cela ne va pas, grommela-t-il. C'est de l'arsenic et vous dites qu'ils l'ignoraient. Acceptons l'hypothèse, mais je doute de la bonne foi de Marie Mancini, quand elle promet qu'ils l'ont ingurgité équitablement. Elle aurait échappé à l'effet du poison, ne ressentant aucune douleur, aucun malaise, tandis que Sa Majesté... Non, non ! La même cause produit les mêmes effets, Antoine.

— Eh ! triomphai-je, rien ne s'emboîte logiquement... Sauf si vous demandez à la jeune fille – ce que j'ai fait – de reconstituer son affaire, de n'omettre aucun détail sur cette nuit et, pour débuter, de vous dire où et comment ils s'étaient procuré le philtre d'amour.

— Vous le savez ?

— Oui, glissai-je en mesurant mon effet.

— Parfait ! s'empressa Isaac. Voilà une piste sérieuse, et si son inventeur est resté à Calais pour observer les conséquences de son œuvre diabolique...

— C'est le cas, poursuivis-je lentement.

— Alors, nous n'avons qu'à le questionner rudement pour qu'il nous livre la composition... Notre bon apothicaire dispose d'assez de matériaux pour fabriquer l'antidote.

Il saisit un bocal :

— Tenez ! Voici de la poudre d'or, de grenat, d'émeraude et ici, de l'antimonium. Mais le temps presse. Vite ! Arrêtons le coupable...

— Ce ne sera pas nécessaire, Isaac, le coupai-je dans son élan.

— C'est déjà fait ? Et pourquoi ne le disiez-vous pas ?

— La main criminelle ignore ce que nous savons. Mais j'ai mieux.

J'ouvris mon manteau et plongeai la main dans la poche :

— Regardez, et dites-moi ce que vous pensez de cet antidote...

⚜

Marie Mancini avait pris son temps pour tout raconter. Elle procédait lentement, hésitant, sondant mon regard pour juger dans quel camp je me situais. Celui de l'amour ou celui de la haine ? Mais je prenais un soin extrême à acquiescer en silence, à l'interrompre si seulement l'émotion hachait son débit ou le rendait confus. Ainsi il y eut peu de paroles de ma part pour avoir compris la tragédie très vite.

— Marie a offert au roi de boire le philtre d'amour, expliquai-je à Isaac. Elle y pensait sans trahison, me confia-t-elle. Et je la crois. La personne qui lui avait dit de procéder ainsi pour s'attacher le cœur de Louis était proche et attentive à cet amour pour l'avoir connu... et perdu.

— Une ancienne maîtresse du roi ? suggéra Isaac.

— Oui, mon ami. Olympe Mancini, la propre sœur de Marie...

— Quoi ! Mais, mais pourquoi ? balbutia-t-il.

— Peut-être, la jalousie, car elle fut aimée et bannie par le roi... Pour l'heure, peu importe le mobile. Il reste que le flacon fut offert par Olympe à Marie pour sa première nuit d'amour... Et elle lui conseilla d'en faire boire également à son futur amant.

Je respirai lourdement pour ménager ma dernière surprise :

— Olympe prit aussi soin d'ajouter que sa jeune sœur devait prendre en outre un remède afin de jouir idéalement de l'offrande de sa virginité, un philtre réservé à la femme seule. Voici que surgit le second flacon qui, selon moi, est l'antidote, soutins-je en tendant ma prise à Isaac qui s'empressa de l'ouvrir et de l'observer.

— Et Marie Mancini savait qu'il s'agissait d'un moyen d'éviter les effets de l'arsenic, conclut-il en humant la poudre.

— Non ! J'en mettrais ma main au feu. Que cela vous déplaise ou vous agace, je plaide l'innocence de la jeune Marie. Si elle savait qu'il s'agissait d'une substance mortelle, eût-elle parlé de l'autre composition ? La jeune fille était à mille lieues d'imaginer qu'elle avait pu empoisonner le roi. J'ai moi seul échafaudé l'hypothèse. Je l'ai quittée accablée, désespérée et maudissant sa sœur autant qu'elle, pleurant sur son malheur, et j'eus toutes les peines à lui faire promettre de garder ce secret tant que la preuve n'était pas établie, y compris en ne parlant de rien à son oncle.

La mine d'Isaac montrait qu'il ne me croyait toujours pas.

— Un dernier mot pour vous convaincre. Elle m'a confié le flacon qui l'accuse inéluctablement *parce que* j'ai prétendu que son contenu pouvait sauver le roi. N'est-ce pas la preuve qu'elle veut qu'il vive ?

— Peut-être…, céda-t-il un peu. Mais vos suppositions restent vaines tant que nous ne sommes pas certains que vous détenez l'antidote.

— Comment expliquer qu'elle ne soit pas malade ?

— Soit elle vous ment, grommela Isaac, soit voici que surgit un miracle. Mais comment le deviner ?

— Est-il possible – non, certain ! – qu'un antidote annihile l'effet d'un poison ? insistai-je tant cet espoir me bouleversait.

— Bien sûr ! répondit-il sur le coup. C'est tout le génie de cette chimie que condamnent Patin et ses associés de la faculté de Paris… Mais à chaque poison son antidote, fléchit-il. Et combien l'avis d'Hippolyte me serait utile. Où court-il ? Dieu ! Le roi meurt et nous sommes là, hésitant à le sauver, alors que peut-être, c'est ici, sous ma main…

Il se leva brusquement et saisit un vase qui contenait de l'eau.

— Rien ne remplace l'expérimentation, jeta-t-il en s'emparant de l'arsenic. Voilà comment nous saurons si Mancini vous a menti…

Chapitre 20

L'aquamanile, une aiguière[1] prenant la forme du cygne, qu'un artiste persan avait façonné dans le bronze, dormait depuis des temps immémoriaux chez l'apothicaire Hippolyte Le Bastard et rien ne le destinait à sortir de son long et paisible sommeil pour s'en prendre à la vie du cher docteur Renaudot. Mais ce dernier s'empara soudainement du vase délicat et précieux et, après avoir bu la gorgée de quinquina que contenait la coupe placée devant lui, il inclina lentement la tête du palmipède et fit couler dans le récipient un fin filet d'eau dont le bruit harmonieux rappelait celui de la fontaine. Le bronze brillait au feu de la chandelle et le bec du cygne, effleurant la coupe, vint à tintinnabuler comme s'y emploie la cloche de l'enfant de chœur à l'église pour annoncer le sacrifice du Christ sur la sainte Croix. La plainte aiguë des métaux se frottant l'un à l'autre retentit dans l'antre de l'apothicaire, évoquant le chant des derniers instants du bel oiseau.

— Vous dites que Marie Mancini se fit remettre ce flacon par sa sœur Olympe qui lui fit promettre d'absorber son contenu mélangé à de l'eau, avant de partager avec le roi ce qu'elle croyait être un *philtre*

---

1. Vase muni d'une anse et d'un bec contenant de l'eau.

d'amour. Olympe aurait donc voulu tuer Sa Majesté sans pour cela sacrifier sa cadette. Un geste d'affection, grinça-t-il, pour épargner un membre de sa *familia* ? Cette poudre blanchâtre, dont j'ai pris soin de vérifier qu'elle n'avait pas le parfum de l'arsenic, serait alors une sorte d'emplâtre, destiné à protéger les organes vitaux des effets destructeurs du second breuvage. Cela paraît logique, souffla-t-il à lui-même. L'antidote concentre le poison, bloque sa progression dans le sang, arrêtant la contamination. Dès lors, le roi meurt et sa maîtresse s'en sort sans même s'en rendre compte. Aucun effet, aucun malaise, aucune raison de douter. Eh bien, suivons à la lettre la prescription et voyons si la recette est digne de l'esprit aussi noir que diabolique d'un *Medici* de Florence[1]...

Sans qu'il me laisse le temps de bloquer son bras pour mettre fin à sa folie destructrice, il saisit le flacon contenant ce que je m'étais entêté à présenter comme un antidote – mais n'était-ce pas plutôt un placebo ou un mélange venimeux dont Isaac ignorait l'existence ? – et ajouta l'eau à la poudre. Puis but d'un trait.

— Acte I, annonça-t-il, tandis que je restais figé.

Il reprit l'aquamanile, le vida de ce qu'il restait d'eau et versa une bonne cuillère d'arsenic dans la même coupe.

— Non ! Isaac Renaudot, je vous l'interdis...

Il ne m'écoutait pas. Il avait déjà le poison au bord des lèvres.

— Pensez à votre frère, à moi, à ceux que vous aimez, suppliai-je dans l'espoir qu'il se fige.

Et je bondis pour lui arracher la mort des mains.

— C'est une décision insensée. Par pitié, renoncez...

— Attendons l'acte II pour conclure, marmotta-t-il.

_____

1. Medici : médecin en italien. Allusion à la légende noire (fausse) courant sur Catherine de Médicis (1519-1589), reine de France accusée d'avoir gouverné par le poison.

Il grimaça, ouvrit la bouche… Et pencha la tête en arrière en avalant le contenu fatal. Puis il reposa la coupe d'un geste ferme.

— Que vouliez-vous faire d'autre pour sauver le roi ? Pensez-vous que Vallot aurait tenté l'expérience ? Que l'on peut compter sur ses compétences ?

Et il clappa de la langue.

Je guettais ses gestes, son regard qui ne faiblissait pas encore, ses doigts qui ne tremblaient toujours pas. Il s'assit.

— Mourrez-vous ? gémis-je.

— Antoine, répondit-il comme si rien ne s'était passé. Je vous supplie de rester calme. Je peux avoir besoin de vous dans peu de temps. Il faut écouter attentivement. Voyez-vous ce récipient ? Non, sur le bord de l'étagère. Bien, prenez-le et ouvrez-le maintenant. Qu'y a-t-il ?

— Une sorte de sirop épais…

— Son odeur ?

— Âcre, nauséabonde, repoussante… Est-ce du poison ?

— Donnez-moi cela.

Il huma le contenu :

— Un concentré de racines d'ipéca[1]… Parfait !

— Qu'est-ce encore ?

— Un vomitif. Si vous me sentez défaillir, vous devez par tous les moyens me faire absorber cet émétique en le délayant dans du vin pour atténuer la répulsion. Ouvrez-moi la bouche de force, même si je suis inconscient, prenez soin d'empêcher qu'elle ne se referme en glissant un morceau de bois – celui-ci fera l'affaire – en travers de la bouche, versez-y deux gorgées, pincez-moi le nez pour que je ne puisse refouler le liquide et priez, sourit-il.

— Vous faiblissez ?

---

1. Arbrisseau d'Amérique du Sud dont les racines contiennent un puissant vomitif.

Il chercha son pouls :

— Il bat vite. L'antidote lutte contre le poison afin qu'il n'arrive pas dans le sang. Tout se passe ici, dit-il en me montrant son ventre. Et tout se passe comme prévu...

— Combien de temps avant de...

Je ne pus finir ma phrase.

— Les premières manifestations ne viendront pas de suite, si je pense à ce qui s'est produit chez le roi. Le dosage est fin. Il fallait que Marie Mancini ne soit plus dans la chambre pour que le mal agisse...

— Ce que vous avez fait est...

— Criminel ? Dieu me condamne ? De grâce, il est trop tard pour regretter...

— Je me sens tellement responsable..., bredouillai-je.

— De quoi ? s'anima-t-il tandis que son front s'emperlait de sueur. Vous êtes persuadé que Marie Mancini n'a pas empoisonné le roi et vous avez cherché à m'en convaincre. Vous soutenez encore qu'elle a pris l'arsenic et le fit comme le roi. À même cause, même effet. C'est une règle scientifique. Au moins, nous saurons si elle vous a menti...

— La belle affaire, enrageai-je, si vous...

— Je ne suis pas aussi fou que vous le pensez, cher ami, dit-il d'une voix calme qui m'impressionnait. Je ne pense pas que le flacon qu'elle vous a donné contienne du poison. Souvenez-vous, j'ai humé cette poudre. Douteriez-vous d'un Renaudot ?

— Voilà peu vous montriez moins d'assurance...

Il passa sa langue sur ses lèvres qui se desséchaient.

— Alors, il reste le vomitif. Au premier signal, agissez !

— Mordiou ! Combien de temps ? répétai-je.

— Cela devrait, ou pas, se produire bientôt.

— Mais je vois que vous vous sentez déjà mal...

— Non, grimaça-t-il. Ce que je vous montre, c'est ma peur.

Chapitre 21

Le quinquina agissait-il ? Moi je me sentais mieux, j'étais même gagné par une forme d'euphorie contre laquelle je luttais en ne cessant de me répéter : Isaac peut mourir à chaque instant.

— Un rat. Oui, un rat suffisait à votre affaire...

Je défendais *mordicus* ma position. Pour éprouver sa potion et savoir s'il s'agissait vraiment d'un antidote, il y avait d'autres moyens que de hasarder sa personne. Une bestiole détestable suffisait...

— Basile Valentin, répondit-il sans faiblir, un moine bénédictin du couvent de Saint-Pierre à Erfurt, utilisa un cochon pour étudier ce qui devint l'antimoine. Quelle réussite ! L'animal grognait de plaisir et réclamait son supplément... Fort de ce résultat, il en fit prendre aux moines qui l'entouraient. Et tous moururent le jour même.

Ah ! J'oubliais de préciser que, tout en évoquant ces... détails inquiétants, nous nous dirigions prestement vers la maison où le roi s'éteignait lentement.

— Ce qui prouve, conclut ce savant, que l'homme est un sujet et l'animal un autre. Admettez que mon organisme se rapproche de celui de Sa Majesté, si j'excepte la dimension royale... Marie Mancini vous a-t-elle donné l'antidote ? Eh bien, regardez-moi ! sourit-il en se frappant sur le thorax. Voici la réponse...

Quoi d'autre ? À l'exception de cette nouvelle encourageante à laquelle je m'accrochais à chaque foulée, le soleil se montrait. Midi sonnait. Six heures terribles, plus longues qu'un siècle, avaient scandé notre tête-à-tête car, à l'heure de l'Angélus[1], l'apothicaire Hippolyte Le Bastard n'avait pas montré le bout de son nez – sans doute affairé par sa tournée de lavements calaisiens et lucratifs.

J'avoue que sa présence m'aurait soulagé et n'étant pas certain de savoir opérer en matière d'émétique, je n'avais cessé de scruter le courageux Isaac, redoutant l'apparition d'un mal incurable. Mais rien chez lui, du moins extérieurement, ne songeait à se modifier. Aucun caprice de la nature n'annonçait l'irrévocable et les martèlements du pouls finirent par s'assagir, son visage recouvra ses couleurs quand, chez moi, par un étrange effet de contamination, tout allait de plus en plus de travers. Il y a que l'esprit a horreur de douter, qu'il cherche à pallier l'inconnu et qu'il s'échine à combler ses mystères par toutes sortes de fausses croyances. Respirait-il ? Non, il gémissait. Bâillait-il ? Je songeais au premier appel de l'au-delà. Toussait-il ? Eh ! Je prenais le vomitif dans une main tandis que l'autre serrait déjà le morceau de bois que je m'apprêtais à lui enfourner dans la bouche.

— Que faites-vous, Isaac ?

— Je m'allonge...

— Dieu ! Nous y sommes...

— Non. J'ai besoin de dormir un peu et vous devriez en faire de même car, je l'ai dit, la journée n'est pas finie...

Renoncer à la vigilance ? Autant m'arracher les yeux !

---

1. On sonnait l'angélus matin, midi, soir. L'Angélus : évocation de l'Annonciation ou annonce faite à la Vierge Marie par l'archange Gabriel de sa maternité divine.

Mais, en effet, la nature est capricieuse, et la volonté compte peu dans les tourments qu'elle nous inflige. De fait, la fatigue, et les années, peut-être, décidèrent pour moi...

— Cessez de parler en dormant, Antoine.

On me secouait énergiquement les os.

— Que... Que dites-vous ?

— Voilà une heure que vous êtes assoupi. Il est temps de nous rendre auprès du roi.

À midi donc, Isaac Renaudot prétendait avoir démontré qu'il avait survécu à sa maudite aventure.

⚜

Ce n'était pas la seule conclusion à laquelle j'étais parvenu au cours de ce matin épouvantable. Dans un ordre qui ne devait rien à la raison, tant mes sens allaient confusément, je notais que, *premièrement*, Isaac parlait, inspirait, expirait, marchait sans le moindre effort ; que, *deuxièmement*, un temps suffisant s'était écoulé pour en déduire, selon lui, que l'arsenic était maîtrisé. Arguant que le roi avait ressenti les premiers malaises dès l'aube et que celle du 6 juillet avait fui depuis longtemps, le poison était forcément vaincu... Devais-je contester le raisonnement de ce héros, palabrer, discuter, comptant les minutes, imaginant que ce qui n'était pas arrivé pouvait apparaître au prochain battement des cils ? Isaac se montrait formel. Il détenait l'antidote.

— Se peut-il que les effets n'agissent que dans un sens ?

— Que voulez-vous dire, Antoine ?

— Supposons que l'antidote ne soit efficace qu'à condition de l'absorber *avant* l'arsenic...

— C'est tout à fait possible, répondit-il. Mais il est souhaitable que vous vous trompiez.

— Et qu'en pensez-vous ?

— Je crois que, par l'action du sang circulant dans l'organisme et qui y diffuse l'antidote, on peut contrarier les effets du poison. En quelque sorte les étouffer.

— Et si vous vous trompez ?

— Qui ne tente rien n'a rien ! Que le roi prenne ou ne prenne pas ce remède, il va mourir, grogna-t-il en se détachant de moi d'un coup d'épaule.

Mordiou, me dis-je, ce mourant a plus d'énergie que moi. Et j'y vis un indice qui m'encourageait à laisser faire l'enthousiasme, car l'enquête progressait aussi vite que nos pas. Que savions-nous encore depuis ce matin ? Que le sujet se compliquait pour Son Éminence *Giulio Mazarino*[1] car, à propos de ses nièces Olympe et Marie, nous disposions d'assez d'éléments pour compromettre la nichée. Fallait-il cependant conclure à la mise en accusation définitive d'Olympe Mancini ? Tout y conduisait.

❦

J'avais jusqu'à présent fixé mon attention sur la cadette, mais il y avait autant à dire sur l'aînée. Charmeuse, piquante, sensuelle, Olympe, surnommée *la perle des Précieuses* par la Cour, avait connu son heure de gloire. Elle devait être plus âgée que Louis. Un an peut-être, moins de deux assurément. Mais cela comptait peu pour ce prince, attiré très tôt par la grâce et la beauté. Trois années auparavant, on le voyait chercher des yeux Olympe, sourire dès qu'il l'apercevait, exiger qu'elle l'accompagnât pour des promenades bucoliques. Pas un soir, pas une fête, sans que le roi l'y conduise, dansant, riant dès qu'elle se rapprochait de lui. L'Italienne fut dès lors telle une reine et finit par y croire.

---

1. Jules Mazarin, en italien.

Quelle famille, en effet ! La ritournelle débutait par Olympe. Si bien que ses gazouillis, ses taquineries, ses pâmoisons, ses soupirs langoureux – et Dieu, qu'elle s'y connaissait ! – devinrent bientôt un sujet préoccupant pour Mazarin. Olympe s'accrochait, câlinait et, de l'avis de tous, céda bienheureuse au tempérament fougueux de Louis-Dieudonné. Il ne manquait plus qu'un bâtard... À moins qu'elle eût songé à se marier ? Connaissant le caractère de l'intéressée, l'affreuse combinaison pouvait avoir progressé dans une tête bien faite dehors, autant que dedans. Mazarin n'avait-il pas assez avec les affaires de l'État ? Voilà qu'il devait s'inquiéter de choisir un mari à sa nièce afin d'écarter les manœuvres de l'ensorceleuse. Le prince Eugène-Maurice de Savoie-Carignan, par ailleurs comte de Soissons et fidèle courtisan, ne demandait qu'à servir le cardinal et la Couronne. Le contrat d'union fut conclu avec lui. À défaut de Louis, elle eut donc Eugène. Anne d'Autriche et Mazarin en conçurent un vif soulagement. Et le roi ? Il ne souffrit aucunement du mariage de ce cœur qu'il avait conquis. Pis, on le dit indifférent.

Olympe, racontait-on, en tira une amertume immense. Or on la savait rancunière. Mais plus grave encore, alors qu'elle se traînait à la Cour, le ventre grossi par l'effet de son récent mariage, elle vit la jeune Marie reprendre le flambeau, virevolter autour du roi, lui offrir des livres, lui apprendre l'éloge de la poésie, conter sans relâche les récits chevaleresques et héroïques de Matteo Maria Boiardo et d'autres dont je connaissais les effets désastreux.

Louis y avait gagné un peu de l'ivresse et de l'esprit rebelle de la belle Marie, aimant de plus en plus cette épopée charmante dont Olympe, bientôt mère, était forcément écartée. Que n'avait-elle dû souffrir de leurs œillades complices, des roucoulades dont ils ne se cachaient plus, des compliments qu'ils s'échangeaient au moindre prétexte, des éclats du regard quand leurs mains se touchaient ou que la pierre blanche d'un petit chemin faisait fléchir la tendre cheville de Marie, autorisant Louis à se saisir de son bras et, elle, à remercier son prince d'un tel exploit. Oui, chaque nuit maudissant son mari qui, bien que n'étant que comte, exigeait ses caresses, se frottait à elle, ronronnant de désir, réclamant sa soumission au nom des devoirs conjugaux, Olympe imaginait Louis dans les bras voluptueux de sa sœur. Mûrissait sa revanche. L'organisait : « Chère Marie, entendais-je soupirer l'intrigante, tu sais que je connais le roi mieux que toi. Son cœur est fort, mais la tentation plus vive. N'avais-je pas autant d'atouts que toi ? Crois-moi, il te séduira et t'abandonnera, comme je le fus. Aussi, je te donne ce philtre d'amour que vous prendrez ensemble, la première nuit où… Mais, pour ne pas souffrir, voici autre chose qui te rendra éternellement désirable. Bois, ma sœurette, bois, je t'en conjure. » Olympe y mettait le ton, la voix, l'assurance pour convaincre la jeune innocente. Ah ! comme tout se dessinait alors que, décidés, nous approchions de la maison du roi… Même si un sujet taraudait mon esprit. Qu'elle se venge et qu'elle tue, ce point était envisageable, même acquis. Mais pourquoi avait-elle cherché à épargner sa rivale, la belle Marie ? Était-ce pour se souvenir que le même sang coulait dans leurs veines ?

Pour l'apprendre, il fallait interroger la conspiratrice. Mais le troisième enseignement de la matinée était que nous possédions peut-être le moyen de triompher de l'odieux poison. Voici l'urgence, me raisonnai-je en me présentant chez Sa Majesté, et le plus important. La *Vérité* viendra avec.

❦

Les lieux fourmillaient de chuchotements, de soupirs qu'une oreille attentive piquait, ici et là, au gré des petits rassemblements qui se formaient dehors, devant la maison, puis dedans, et de plus en plus densément quand on approchait de la chambre. L'opinion de chacun était le résultat d'une somme de remarques qui, additionnées, concouraient à la même idée : la fin venait. Pour tout progrès, Vallot, accompagné de Guénaut, médecin personnel de Mazarin, et d'Esprit n'avaient donc obtenu que le colportage de cruelles prédictions et de funestes présages car l'impéritie des savants qui s'avouaient vaincus conduisait ce monde oisif à inventer de sinistres conclusions, à les divulguer vilainement et, comme une suite logique, à se compter parmi ceux qui assisteraient bientôt à la mort du monarque. Était-il seulement irrespectueux de l'envisager ? Nombre n'y pensaient même pas, allant jusqu'à fixer la journée de l'ultime agonie au lundi 8 juillet, celle du 6 étant fort entamée, en vertu du don de clairvoyance d'une devineresse de Calais consultée dans la nuit par le marquis de Saulias. Quelques-uns arguaient d'une voix hésitante que la raison exigeait de se méfier d'un verdict prématuré, que le sort du roi ne reposait pas *uniquement* sur celui d'une sorcière, que Dieu seul décidait. Mais qui écoutait vraiment ?

Isaac et moi fendions ce tintamarre, ajoutant à notre allure décidée l'enthousiasme grisant de ceux qui savaient ce que les autres ignoraient car, plus le doute s'installait dans le camp des courtisans, plus le nôtre se persuadait de posséder la clef qui allait guérir le roi et deviendrait un miracle, un prodige, un mystère, selon les goûts ou les croyances, quand il ne s'agissait que du secret d'un espion. Mais pour réussir, nous devions vaincre le barrage de Vallot et de ses confrères qui tenaient la place et ne la céderaient certainement pas en nous entendant jurer que nous détenions l'antidote, laissé de surcroît chez l'apothicaire par crainte qu'on nous réclame la preuve de ce que nous affirmions nous forçant alors à expliquer l'origine du remède. Antidote, prétendez-vous... Et qu'en est-il du poison ? Qui, quoi, quand, comment ? Les questions fuseraient. Il faudrait s'avancer, se découvrir, évoquer les sœurs Mancini, et je m'y refusais. Aussi, la clef ne servait à rien si nous n'accédions point au verrou. Pour renouveler l'expérience d'Isaac, mais cette fois sur le roi, nous devions donc en passer par Mazarin, et plus encore le convaincre. En somme, nous découvrir.

Si l'affaire s'annonçait délicate, j'avais hâte de l'entendre, de confronter son assurance, sa froideur à ce que nous avions appris, d'en finir avec les faux-semblants dont les effets étaient aussi nocifs que le poison. Millard, Condé, Marie et Olympe Mancini, Mazarin... Qui mentait, qui disait vrai ? En répondant à ces interrogations, je voulais aussi, cédant je le crois à l'orgueil, défaire ce monde tortueux afin de me prouver que j'étais encore l'espion de la Couronne.

❦

J'avais fait prévenir Mazarin que Petitbois et Renaudot étaient là, qu'ils attendaient. Un valet nous informa que Son Éminence nous recevrait dans la pièce où nous nous étions rencontrés déjà, au cœur même de la *Maison du Roy*, près de sa chambre, mais à l'abri des regards. Sur le chemin qui nous conduisait, les mêmes commensaux se montraient silencieux, discrets, répétant leurs tâches, sans chercher à cacher une sorte de lassitude qui n'existait pas lors de mon premier passage, comme s'ils n'espéraient plus. Dans cette salle où, deux jours plus tôt, nous nous étions affrontés, Mazarin et moi, la cuirasse armée de Louis XIV paradait toujours, luisant sous le soleil qui entrait par la fenêtre, et rien, ni la table ni les chaises, n'avait changé. Le royaume s'était assoupi, attendant que le destin agisse à sa place.

Les minutes passaient et je perdais patience. J'entrais, sortais dans le couloir, guettant l'arrivée de Mazarin. À chaque coup d'œil, je gagnais en certitude et en férocité. Oui, nous allions sauver le roi et connaître la *Vérité* car ce que j'avais à dire l'obligerait à se découvrir, à me dire s'il soupçonnait l'une ou l'autre de ses nièces et jusqu'à quel point il était prêt à les condamner. *Faites tout ce qu'il vous dit*, avait-il exigé de Marie alors que le père Annat achevait l'onction divine. Ses mots méritaient qu'on les explique. Les avait-il prononcés pour croire à la culpabilité de la cadette des Mancini, montrant ainsi qu'il désirait plus que tout, au prix même de sa déchéance, que le roi soit sauvé (j'y associais alors ces autres paroles : *Bientôt, vous ne douterez plus de moi*) ? Était-ce au contraire parce qu'il était persuadé de son innocence qu'il n'avait pas hésité à l'offrir en pâture ? Pour résoudre ces questions et tant d'autres (je n'oubliais pas Millard et le mensonge de Mazarin à propos de Condé), il fallait que lui et moi abattions nos cartes, et commencer par cela. Savoir si, dans cette partie, nous étions alliés ou adversaires. En échange de la droiture, je pouvais parler du *philtre d'amour*, et surtout de l'antidote qui accusait Olympe et jetterait l'opprobre sur son camp. Que choisirait-il, me demandai-je, alors que je le voyais enfin, avançant d'un pas raide, boiteux, insensible à ceux qui le croisaient et le saluaient pourtant respectueusement ? Le roi ou ses intérêts ?

— Ne restons pas dans ce couloir, pesta-t-il sans même me saluer et en me poussant d'un geste ferme dans la pièce.

En entrant, il vit Isaac et ne cacha pas son agacement :

— Je veux vous voir seul.

— Pour ce que j'ai à dire, la présence du docteur Renaudot est nécessaire. Vitale, ajoutai-je sans le lâcher des yeux.

Il hésita. Puis renonça en fermant brutalement la porte.

Bien, me dis-je, la partie débute. Et elle sera à ton avantage...

❧

La fatigue. Au moins, nous avions ce point en commun. Les traits de son visage accusaient les heures de veille, le repos agité, rare, haché, interrompu sans cesse par l'ombre d'un valet se penchant sur lui pour murmurer que le roi gémissait, que Vallot le demandait, et toutes sortes de sujets où j'imaginais que se décidait la tenue ou pas d'un conseil sur la succession du roi, le choix du personnage qui le présiderait – serait-ce le duc d'Anjou[1] ou Anne d'Autriche ? –, la manière de taire ses décisions pour ne pas déchaîner les spéculations et, connaissant ses méthodes, pour se sauver par la même occasion.

Il ferma pareillement la fenêtre, mais peut-être faisait-il moins chaud ? Peut-être aussi que je m'habituais à la fournaise qui écrasait Calais ? Il saisit la chaise qu'il avait déjà occupée la nuit du 4 juillet.

— Vous semblez manquer de repos, grimaça-t-il en s'asseyant.

En dépit de tout, le ton restait ferme, la voix solide.

— Moi non plus je n'ai guère dormi depuis que nous nous sommes vus, répondis-je en m'installant face à lui, de l'autre côté de la table.

Il haussa les épaules, sans doute pour me montrer que cela lui était bien égal, et se tourna vers Isaac :

— Puisque nous devons composer avec votre présence, prenez un siège, monsieur Renaudot. Vous semblez le plus accablé de tous.

---

1. Philippe, frère du roi, est duc d'Anjou jusqu'en 1668, puis duc d'Orléans.

Aussitôt, il revint vers moi :

— Avez-vous progressé ?

— Assez pour espérer sauver le roi.

Tout autre que lui aurait sursauté, braillé, exigé des détails.

— Assez…, reprit-il calmement. Mais est-ce suffisant ?

— Tout dépend de vous et de l'honnêteté que vous montrerez.

Il écarquilla enfin les yeux et j'aurais juré de son innocence :

— Qu'avez-vous encore à me reprocher ?

— Mensonge, trahison… Pour l'heure, à peu près tout.

— Il suffit, Petitbois ! De quoi m'accusez-vous ?

— Êtes-vous décidé à ce que vive le roi ?

Il se leva d'un bond :

— Comment osez-vous ? Sortez !

— Dans ce cas, le roi mourra.

— Tant d'assurance, de morgue gratuite, de menaces voilées… Votre prétention tourne à la faute, Petitbois. Je ferai en sorte que…

— Je prends le docteur Renaudot à témoin, l'interrompis-je. Il pourrait jurer que nous détenons l'antidote au poison.

— Sur l'honneur, je l'atteste, intervint ce dernier qui, suivant à la lettre mes conseils, s'était tu jusque-là.

La sortie d'Isaac fit plus que la brutalité que j'employais.

— Vous avez le remède ? fit entendre Mazarin d'une voix blanche et presque tremblante, se montrant enfin lui-même, touché, dérouté, désemparé par ce qui lui échappait.

— Je le jure, répondit sobrement mon compagnon. J'ai moi-même essayé la méthode sur ma personne, avalant à la suite l'arsenic et ce qu'il convient d'appeler l'antidote…

— Il s'agit donc d'être franc, jetai-je en ne baissant pas les yeux. Pour sauver le roi, il faut convaincre Vallot de nous laisser agir. Vous seul le pouvez. Mais en échange, vous nous demanderez d'où vient cet espoir. Comment ? Pourquoi ? Qui ? Vous exigerez la *Vérité*…

— Continuez, glissa-t-il, recouvrant quelque peu son flegme.

— Rassurez-vous, je promets la sincérité, m'exécutai-je. Mais la mienne dépend aussi de la vôtre. N'y voyez pas l'effet d'une maladive curiosité. L'emploi de l'antidote dépend en partie de vos réponses car il me faut… éclaircir un ou deux points. Voulons-nous sauver le roi ? Je le crois. Mais pour cela, nous devons faire cause commune.

Je marquai un silence, puis repris :

— J'ajoute que tous les sujets évoqués ici appartiendront au silence. Je suis un espion, Renaudot un médecin, tous deux tenus au secret. Sommes-nous pour autant convaincus que la franchise siège entre nous et vous comme une loi commune ?

— Parlez, je répondrai, jeta aussitôt Mazarin. Mais faites vite…

— J'ai la certitude que Marie, votre nièce, n'est pas coupable, débutai-je sans plus d'introduction.

— Je le savais, ne put-il s'empêcher de répondre.

— Vous pensez donc que Condé est responsable, répliquai-je. Et qu'il ne peut s'agir que de lui ?

Chapitre 22

À quoi tient la *Vérité* ? Deux hommes marchent sur un chemin et regardent dans la même direction. Voient-ils pareillement ? En arrivant, le rêveur parle de la splendeur des joncs, des rayons du soleil glissant entre les branches du petit bois qu'ils ont traversé, quand l'autre dit que rien n'allait, que la route était cabossée, qu'il a entendu un sanglier marcher sur le côté et qu'il s'en est fallu de peu qu'ils finissent éventrés. Ainsi, les deux, si on le leur demandait, jureraient *mordicus* détenir la *Vérité* quand il ne s'agit que de points de vue aussi vrais que faux tant il est vain de prétendre tout savoir, tout pénétrer. En redoutable exégète, Mazarin soutenait donc que, dans notre monde imparfait, la *Vérité* demeurait un mystère insondable. L'établir avec certitude ? Jurer de dire la *Vérité* – et rien qu'elle ? Dès lors, en conclure que l'autre ment ? Dieu seul sait. Voici pourquoi, annonça-t-il en me fixant dans les yeux, il ne fallait se fier qu'à ce qui se prouvait et qu'il appelait la réalité. Le reste n'était qu'illusions et fariboles.

❧

Condé était-il coupable ? Mazarin répondait simplement que, de son point de vue, il était en droit d'y croire. Donc qu'il n'avait pas menti. Jusqu'à preuve du contraire, sa conviction se fondait sur des arguments solides, réels – des faits, répétait-il. Aussi demandait-il à entendre les miens pour, peut-être, se forger une autre opinion.

— Puisque de toute évidence votre avis est différent, faites-moi la grâce de le partager, glissa-t-il d'un ton laissant penser qu'il ne le craignait pas – et mieux, qu'il le désirait.

Ce redoutable joueur s'installait lui aussi dans la partie.

— J'ai rencontré Condé. Je sais qu'il est innocent.

— Condé ! Ici ? grimaça-t-il. Voilà qui est étonnant…

— Après vous avoir vu, nous avons rejoint l'Arsenal. Et dans la nuit, j'ai… quitté Calais contre mon gré, répondis-je prudemment.

— Ainsi s'expliquerait que vous vous soyez soudain *envolé* et qu'on ne vous ait aperçu qu'au soir, dans la chambre du roi, alors que nous priions tous dans l'espoir d'une guérison.

Il rassemblait les morceaux, comblait les vides.

— On vous a forcé, dites-vous ? continua-t-il aussi calmement.

— J'y viendrai. Et cela aussi risque de vous surprendre.

Il n'insista pas, se tourna vers Isaac et montra le bandeau qui enserrait sa tête.

— Étiez-vous de la partie ?

— Je sers à l'attester, répliqua Renaudot.

— Où se cache le prince frondeur ? tenta-t-il.

— Qu'importe ! jetai-je brusquement. Il n'est pas responsable.

— C'est votre *Vérité*, rétorqua-t-il placidement. En avez-vous la preuve ?

— J'étais avec Thierry de Millard, cédai-je, poussé par la colère. Il vous a trahi et vous avez fait de même en tentant de me convaincre que Condé était coupable.

Il ne broncha pas.

— Allez-vous enfin vous expliquer ! explosai-je.

— Millard..., soupira-t-il d'une voix lasse. Laissez-le approcher et il ne se privera pas de vous nuire, en prétendant n'agir que pour votre bien...

Se montrait-il inquiet, coincé par ses mensonges ? Se jouait-il encore de moi ? Pour tout effet, ma révélation sembla le soulager.

— Nous approchons enfin de la *Vérité*, se décida-t-il. Et si vous acceptez de m'écouter...

— Je vous promets d'être un auditeur attentif.

— Dans ce cas, souvenez-vous...

Il fallait selon lui remonter au 4 juillet. Nous arrivions de Paris, Isaac et moi, après une chevauchée sans répit. Nous n'avions aucun droit à être là, mais nous voulions sauver le roi. Vallot faisait barrage.

— Est-ce la *Vérité*, Petitbois ?

Ce l'était.

Mazarin avait surgi et s'était fait aussitôt notre allié, assurant ne rien ignorer de notre présence. Puis nous nous étions isolés dans cette pièce où, à l'occasion d'une violente discussion, j'avais évoqué à la fois l'empoisonnement du roi et, sans égard, laissé planer un doute sur le rôle de Marie Mancini.

— Malgré la gravité de vos accusations, me suis-je comporté comme votre ennemi, Petitbois ? À l'inverse, je me suis soumis à vos exigences quand vous demandiez à interroger Pierrette Dufour...

Comment nier ce qui était exact ?

— Puis, nous nous sommes donné rendez-vous ici, dans cette pièce, à minuit, continua-t-il.

Tout était bien réel, en effet.

— Vous revîntes, accompagné d'une certitude : quelqu'un était entré dans la chambre du roi la nuit où il avait été empoisonné. Et en démasquant ce *Qui*, vous espériez trouver l'antidote.

Il marqua un temps avant de reprendre :

— Ai-je menti, tronqué les faits, biaisé ?

Il fallait reconnaître que non.

— Maintenant, martela-t-il avec la même assurance, arrêtons-nous sur le moment précis où j'ai évoqué le nom de Condé. Était-ce après l'interrogatoire de la nourrice ou avant ?

Et il ne faisait aucun doute qu'il l'avait cité avant, lors de notre premier entretien.

— Nous cherchions un nom poursuivit-il. Celui de Marie Mancini trottait dans votre tête, sans preuve, sans raison, et, je le crains, sans impartialité, du seul fait que vous doutez de moi et de ma franchise. Était-il malhonnête de vous proposer une autre hypothèse ? J'ai livré celle de Condé. J'avais mes raisons. Je les donnerai. Mais, dans des circonstances que j'aurais aimé connaître, vous avez rencontré ce félon qui a plaidé l'innocence et compte tenu de cette maudite méfiance que vous me manifestez, vous en avez déduit que je cherchais – comment dire ? – à brouiller les pistes. Du moins à effacer celle qui pouvait me nuire.

Il me regarda fixement :

— Est-ce bien votre *Vérité* ?

Mon silence servit d'acquiescement.

— À présent, voici la mienne. N'en doutez pas. Vos allusions au sujet de ma nièce ne m'ont pas laissé indifférent. Je m'y suis intéressé, preuve s'il en est que je respecte votre opinion. Mais j'ai écarté la thèse criminelle à son sujet car, pendant que vous questionniez Pierrette Dufour, j'en faisais de même avec elle.

Voilà un point d'acquis, me dis-je. Marie Mancini m'a en effet parlé d'une rude conversation avec son oncle.

— Et nous nous retrouvons le lendemain chez le roi, intervins-je. Moi, je suis convaincu que Condé n'est pas l'empoisonneur. Vous, de même, à propos de votre nièce. Est-ce pour cela que vous lui avez ordonné de m'obéir ?

— Le père Annat vient d'achever sa prière et vous vous jetez sur Marie… Je ne sais où vous étiez, et vous surgissez. En effet, nous en sommes arrivés à ce moment-là.

— *Faites tout ce qu'il vous dit*… Ce sont vos propres mots.

— J'ai agi de la sorte car vous risquiez de produire un scandale. Je connais Marie. Sans un ordre de moi, elle ne vous aurait pas suivi. Mais je l'ai fait aussi pour vous donner la preuve que je ne vous avais pas menti. Ajoutez-y que je suis son oncle et que j'hésitais encore à la croire. N'avais-je pas été trop indulgent ? Mes questions étaient-elles bonnes ? Ne m'avait-elle pas trompé ? Vous pouviez réussir, arracher la *Vérité* quand moi j'avais échoué, et je vous ai laissé procéder à votre guise en dépit des risques que je courais. N'est-ce pas la preuve que nous marchions sur le même chemin ?

Il étira ces jambes qui le faisaient tant souffrir :

— Vous venez de dire qu'elle n'était pas coupable. J'en prends acte. Mais auriez-vous appris autre chose en l'interrogeant ?

— Pour le moment, je n'ai pas fini avec Condé.

— Nous perdons encore du temps avec ce prince renégat alors que le roi se meurt, fit-il claquer. Que souhaitez-vous entendre ? Que j'ai avancé son nom hâtivement ?

Il frotta son genou droit, cherchant sans doute à faire circuler le mal qui gisait dans son sang et compliquait sa marche, et chacun de ses mouvements :

— Dans peu de temps Anne d'Autriche arrivera de Paris. Elle embrassera son fils, et peut-être pour la dernière fois. À l'instant où elle sera là, je me rendrai à elle pour lui faire part de la décision que je crois la meilleure pour le roi. Vous parlez d'antidote, d'un moyen de le sauver. N'est-ce pas le plus important ?

— Pourquoi avez-vous accusé Condé ? refusai-je de céder.

Il me sonda encore afin d'être sûr que je ne renoncerais pas.

— La méfiance..., monsieur Petitbois, se décidat-il soudain, sans cacher son agacement. Le plus évident des mobiles, la plus commune des façons de se forger... *un point de vue*, corrompu – si je devais vous suivre – par la rancœur réciproque que nous nous réservons, Condé et moi. Il faut croire que les méandres de la vie me forcent à douter de tout – et en particulier de Millard, car j'y viens. A-t-il dit que Condé était innocent ? Exact. Mais était-ce bien la *Vérité* ? J'étais autorisé à m'interroger. Quelle était la manœuvre du messager et de ce commanditaire qui se croit au-dessus de tout et n'a nul besoin de demander à Millard ou à quiconque de le disculper ? Aussi, n'ai-je pas écarté la théorie d'un coup tordu et vicieux. Profitait-on de la situation et de ce qu'elle avait d'horrible pour me viser et chercher à m'abattre ? Souvenez-vous, Petitbois. En partageant cette piste avec vous, j'ai insisté sur le fait que *ce crime devait encore être prouvé*. C'est donc que je n'affirmais nullement. Mais que je n'écartais pas davantage Condé.

Mazarin avait en effet parlé avec précaution, n'assurant rien, suggérant simplement.

— Vous-même, que pensez-vous de Millard ? redoubla-t-il. Lui faites-vous aveuglément confiance ?

On le sait, je le redoutais comme la peste. Et tandis qu'il me quittait à l'entrée de Calais, au retour de mon entrevue avec Condé, il avait parlé de lui-même en ces termes : « Vous doutez encore de celui que vous traitez de serpent. Dit-il vrai ? Et quand ? Ainsi, quelle que soit ma réponse, vous ne me croiriez pas... »

Mon silence servit de réponse. Mazarin acquiesça sans en tirer plus de triomphe et reprit la parole toujours aussi calmement :

— Pour avoir appris à mes dépens combien l'esprit humain est retors, j'ai refusé d'ôter Condé de la liste des suspects. Affaibli par sa défaite à la bataille des

Dunes, il pouvait choisir la pire des solutions. Et je réserve la même défiance à ceux que la disparition de notre roi favoriserait. Personne n'est épargné ! Pas même Philippe, le propre frère de Sa Majesté. Ai-je mal agi en vous confiant le secret d'un nom murmuré par Millard, un homme adroit et calculateur qui, je le devine, vous a conseillé de ne pas oublier ma nièce *puisque*, soutenait-il, Condé était *angélique* ?

Mazarin reconstituait pas à pas ce que m'avait dit Thierry de Millard. Et tout était véridique.

— Mon erreur ? Il faudra la prouver ! En évoquant Condé, je n'ai usé que de prudence. De celle, me flatta-t-il, dont se sert l'espion. Ai-je eu tort ? Sans l'avouer, vous ne niez pas que Millard et peut-être Condé ont évoqué la piste de Marie Mancini. Ainsi, en s'innocentant lui-même, ce traître a cherché à me nuire. N'est-ce pas la preuve que j'avais raison de me méfier ? Voilà précisément ce que je pensais avant-hier. Et je n'ai toujours pas changé d'avis...

❧

La *Vérité* ? Que la chose est redoutable ! Il faudrait percer les consciences, gratter les âmes, céder à l'innocence et se persuader que nos coreligionnaires sont de temps à autre capables de sincérité. Étais-je prêt à tant de concessions ? Mazarin s'entêtait à accuser Condé. Et quoi de plus logique si on se souvenait qu'ils se détestaient ? Voici ce qu'il en était de la réalité, un état imparfait, éloigné de la *Vérité*, mais compréhensible si on acceptait ce principe : n'a-t-on pas le droit de se tromper ? Cherchait-il à sauver Marie ? Non, puisqu'elle n'était pas coupable et que, moi-même, je l'avais dit. Pouvait-il en douter ? Non, puisqu'il n'avait pu obtenir d'elle ce qu'elle m'avait confié. Le *philtre d'amour*, l'antidote fourni par Olympe ? Il en ignorait tout. Du moins, je devais m'en convaincre. Et si je croyais à sa franchise, tout devenait *Vérité*.

Millard, soutenait Mazarin, avait eu peu de mal à deviner que je m'étais rendu à Calais pour enquêter sur l'empoisonnement du roi.

— Ce courtisan est un intime du pouvoir, poursuivait-il sur sa lancée. Vous connaît-il ? Sans doute. Ajoutez votre arrivée, fort peu discrète, complétez ce tableau désolant par le bavardage de ceux qui étaient présents dans l'antichambre et voilà sa conviction établie. Vous étiez à Calais pour mettre la main sur le coupable...

Sur ce point, Mazarin se trompait. Le responsable était Isaac. Millard l'avait fait parler. Mon regard se porta sur Renaudot. Nous étions d'accord. Le cardinal pensait vite et bien.

— Mais pour quelle cause agissiez-vous ? continuait ce dernier, développant une thèse qui sonnait de plus en plus comme une évidence. Étiez-vous ici pour sauver le roi ou étouffer l'affaire ? Car je n'ai pas caché à Millard que, malgré sa plaidoirie, je doutais de l'honnêteté de Condé. Voici mon erreur. Aussitôt interprétée comme une faiblesse. J'accusais Condé, mais en sachant que Marie était coupable. Je protégeais mon clan...

Il se leva, fit quelques pas pour étirer ses muscles endoloris :

— Je devine la scène... Condé jure qu'il est innocent et avance que Marie Mancini est criminelle. Oh ! Il ne le fait pas ouvertement. Il évoque, suggère cette opinion et vous conseille de vous y intéresser.

C'était précisément ce que le prince frondeur avait fait, et tant de clairvoyance m'invitait à croire que Mazarin dominait son sujet : les méandres viciés du monde qu'il entendait gouverner.

— Pourquoi aurait-il suggéré que votre nièce était... liée à cette affaire ? demandai-je bien que devinant la réponse.

— Allons ! s'exclama-t-il. Il sait que Marie est proche du roi et se plaît, comme ces langues calomnieuses et oisives qui ternissent la Cour, à imaginer que j'encourage une union, l'organise dans le dessein de flatter ma personne. *Stupido !* Jamais je n'y ai songé.

Il s'arrêta un instant, me toisa comme s'il me comptait parmi ses détracteurs, agit de même avec Isaac et fit entendre sa fureur :

— Princes ou courtisans, tous m'accusent ! Dieu ! Si j'étais tel qu'ils le disent, j'aurais favorisé le rapprochement de mon autre nièce, Olympe. Or je n'ai songé qu'à la marier pour mettre fin à une histoire qui déplaisait à la reine Anne d'Autriche et me déshonorait.

Par saint Jean, me dis-je, nous approchons peu à peu. Mais je pris garde de ne pas l'interrompre. Avant de décider ce qu'à mon tour j'allais lui confier, il fallait encore comprendre la position sinueuse de Millard, tantôt du côté de Mazarin, tantôt avec Condé et alors que je lui demandais de l'expliquer, le cardinal vint se rasseoir, retrouvant aussitôt un peu de son calme :

— N'en doutez plus, il agit pour lui-même. Que le roi guérisse ou qu'il meure, Condé ne peut rester éloigné de la couronne. Il faudra négocier l'apaisement. Et Millard le sait[1]. Il plaide la cause du *rinnegato*[2] pour penser plus loin. Bientôt, je ne serai plus, soupira-t-il. Je suis malade et personne ne l'ignore. Moi disparu, rien n'empêchera le rapprochement avec

---

1. La réconciliation se produira en 1671 au château de Chantilly, fief du prince de Condé. Mazarin décédé, rien ne s'y opposait. Condé reçut le roi ainsi que plus de 2 000 courtisans lors d'un fameux dîner où Vatel, cuisinier et maître d'hôtel, connaîtra la mort, se tuant au prétexte qu'il manquait à manger pour quelques convives et qu'il s'en trouvait si défait qu'il ne le supporta pas. Cette fameuse réunion entre le roi et Condé fut l'objet d'une autre enquête d'Antoine Petitbois – qu'il acceptera peut-être un jour de raconter…
2. « Renégat » en italien. Ici, il s'agit de Condé.

Condé, quel que soit le nom du roi, et Thierry de Millard espère tirer profit du rôle de conciliateur qu'il aura joué.

Il ferma les yeux comme s'il cédait à la fatigue :

— Millard a fait savoir à Condé que vous enquêtiez. Ce dernier a exigé de vous rencontrer pour assurer qu'il n'était pour rien dans ce drame. Mais si je cherche à vous convaincre du contraire, c'est que je cache quelque chose. Voici comment naît l'accusation contre Marie Mancini. Elle est fausse, mais elle sert à m'abattre.

Il secoua la tête :

— Je ne renonce pas à la culpabilité de Condé. C'est ma *Vérité*.

Il s'enfermait, s'entêtait à croire que le complot contre le roi le visait également. Mais il méjugeait l'entretien avec Marie où le nom d'Olympe avait surgi. Et s'il l'apprenait, tout alors s'effondrerait. Au moins, me dis-je, la situation s'éclairait : Millard se trompait. Mazarin croyait sincèrement à l'innocence de sa nièce. Et le même Millard avait raison : une Mancini avait ourdi ce complot. Tels deux hommes marchant sur le même chemin, et ne voyant pas la même chose, les deux points de vue étaient donc faux. J'en déduisis sur l'instant que le cardinal m'avait bien demandé d'enquêter, non pour éteindre le feu qui le menaçait, comme y songeait Thierry de Millard, mais parce qu'il m'accordait sa confiance. *Bientôt, vous ne douterez plus de moi…* Ces mots prenaient tout leur sens. Ils étaient sincères.

J'eus la faiblesse de ne pas chercher une autre raison car celle à laquelle je me rangeais flattant ma personne, je la fis mienne, cédant, je le confesse, à la vanité. Voilà qui me rassurait… Et m'inquiétait. En lui annonçant la culpabilité d'Olympe, quelle serait sa réaction ? Me demanderait-il d'étouffer le scandale, d'enterrer ce qui le mettrait à mal et le condamnerait ?

D'un coup, je mesurai combien il devenait difficile d'annoncer la *Vérité*...

— Je veux bien croire que Millard ne songe qu'à sa cause, avançai-je prudemment. Faut-il pour autant oublier toutes les autres possibilités et accuser nécessairement Condé ?

— Dieu ! Nous perdons notre temps ! La reine arrive, je l'ai dit. Avez-vous, oui ou non, l'antidote ?

— J'ai aussi le nom qui effacera celui de Condé, répondis-je en me découvrant imprudemment.

Il plissa les yeux à la manière du félin décidé à l'assaut et dont il fallait craindre le pire.

— J'ai obtenu de Marie un peu plus que vous, me découvris-je.

Sa mâchoire se serra, ses mains s'accrochèrent à la table. Il était trop tard pour que je recule :

— Apprenez que c'est elle qui a donné le poison au roi.

Il bondit de son siège. Il ne sentait plus ses douleurs :

— Vous mentez ! À l'instant vous disiez qu'elle...

— J'ai assuré qu'elle n'était pas coupable du crime. Mais elle a néanmoins tendu la coupe contenant le poison.

Les mots entraient, frappaient, l'assommaient peu à peu.

— Elle fut l'instrument du complot... Car voici la *Vérité*.

❧

Reconnaît-on l'homme d'État à sa façon de supporter la pire des réalités ? Mazarin avait écouté sans broncher. Désormais, il savait pour le *philtre d'amour* caché dans le coffre de la chambre du roi et pour l'antidote. J'avais encore insisté pour qu'il mesure combien j'étais convaincu de la sincérité de sa nièce,

Marie Mancini. Elle n'avait pas voulu la mort du roi et, pour en persuader son oncle, j'avais expliqué qu'elle avait été elle-même soumise à une conspiration.

— Elle a partagé l'arsenic, croyant à un *philtre d'amour*.

— C'est impossible ! rugit faiblement Mazarin. Elle aurait dû...

— Voici que surgit l'antidote, répondis-je. Elle seule en a pris, en toute innocence. Pour vous prouver sa naïveté, j'ajoute qu'elle me l'a fourni sans hésiter.

— Et je l'ai moi-même expérimenté, rappela Isaac.

— Oui, redoublai-je. Faisant montre de courage et d'héroïsme, le docteur Renaudot a sans hésiter avalé l'arsenic.

— Et l'antidote, insista Isaac. Mais rassurez-vous. Le remède est à l'abri chez l'apothicaire de Calais, et il en reste assez pour sauver le roi.

Mazarin donnait l'impression de ne pas l'écouter. Plongé dans ses pensées, il mesurait la situation. Marie... Marie Mancini, victime et complice... Sa thèse s'effondrait. Condé s'échappait. Au prix d'un terrible effort, il revint vers nous et, desserrant à peine les lèvres, se décida à parler :

— Quelqu'un a livré le poison et l'antidote, dites-vous. L'auteur de cette machination odieuse ! Donnez-moi son nom...

Comment expliquer que la suite resta au fond de ma gorge ? La *Vérité* est une notion inaccessible à l'humain, soutenait le cardinal. Seule compte la réalité. Or j'hésitais à répondre. Était-ce pour douter de lui, par peur qu'il frappe sans égard, sans réfléchir, qu'il condamne sans que nous sachions la cause qui animait Olympe Mancini – voire si elle était seule à l'origine du complot ? Était-ce parce que ce nom, une fois prononcé, le menacerait à jamais ? Ou parce que je craignais qu'il me force au silence et que je m'y refuserais ?

— Parlez ! gronda Mazarin qui devinait ma réticence.

Devais-je obtempérer ? On frappa à la porte qui s'ouvrit sans attendre, retardant ma réponse. Un garde se montra, tendit un pli que Son Éminence avait, semble-t-il, réclamé. J'y gagnai un répit. Le salut de Louis XIV ne l'emportait-il pas ? Mazarin lut ce qu'on lui avait tendu. C'était court et bref. D'un geste sec, il chassa le messager qui s'inclina avant de disparaître.

— La reine vient d'arriver à Calais et se rend chez son fils, dit-il d'un ton terriblement neutre comme s'il oubliait la passe précédente. On me réclame. Si Daquin se fait attendre, les médecins Guénaut et Esprit sont sur le pied de guerre, et j'ai décidé que ce dernier prendrait la suite de Vallot. Je peux exiger qu'il donne l'antidote au roi.

Il me fixa froidement :

— Le nom... Je le veux.

Et parce que je croyais détenir la *Vérité*, que tout était dit, que le plus important était de sauver le roi, je me soumis :

— Olympe Mancini. Votre nièce.

Rien chez lui ne changea. Rien, je le jure.

— Attendez-moi.

Ce fut tout. Et il sortit.

Chapitre 23

La réunion se tenait dans la cuisine, choisie pour
sa taille et sa discrétion. Qui aurait pu imaginer
l'assemblée des illustres médecins de la Couronne au
milieu des braisières et des coquemars où fumait et
mijotait encore le souper du 6 juillet ? Les mirlitons
avaient déserté les lieux précipitamment, abandonnant sur place leurs volailles, entrailles éventrées,
leurs poissons, écaillés, leurs ramassis de racines,
épluchées, le tout amoncelé sans ordre ni soin dans
des bassines afin de libérer la vaste table qui trônait
au centre. L'odeur du sang, des viscères flottait dans
l'air, imprégnait le bois de ce méchant meuble
jusqu'aux vêtements ; et ce n'était qu'une des incon-
gruités d'une scène où l'on parlait de la mort. Il y
avait quelque chose de plus saisissant à observer
Guénaut, Vallot, Esprit et Renaudot, agglutinés
autour de Mazarin, plaidant à tour de rôle sur le sujet
de l'antimoine, s'exprimant et se maudissant parfois
en latin au milieu des abats, des tripes et des boyaux
tandis que se décidait le sort d'un homme et d'un roi,
les deux ne tenant qu'à un fil. C'était un moment
immense, soutenu par une tension formidable, que
l'Histoire ne retiendrait sans doute pas car Mazarin,
exigeant le serment des présents, la discussion reste-
rait secrète, n'existait pas, ne serait jamais consignée,

comme cela se produisait lors des seuls événements qui comptaient.

On y parlait de choix curatif aux effets incalculables. Sauver le roi consistait à s'engager sur une voie qui soit renierait la thèse de la faculté de Paris, soit l'encenserait. Céderait-on aux sectateurs de l'antimoine ou reviendrait-on à la tradition ? Un roi s'éteignait et parce qu'il n'était pas un sujet, les bienfaits de la saignée d'Hippocrate ou l'usage de l'émétique prenaient une allure capitale. C'était politique, philosophique, irrationnel, presque religieux, stupide et détestable à la fois puisqu'il suffisait de couper ce bavardage en prononçant le mot antidote. Mais je n'en avais pas le droit, promesse faite à Mazarin.

⚜

Le cardinal avait convoqué ce joli monde pour décider ou pas de délivrer le remède que défendait Renaudot et qu'il présentait tel l'émétique, se gardant d'employer le terme d'antidote – et plus encore d'en indiquer la provenance. C'était l'accord conclu lorsque Mazarin était revenu de son entretien avec Anne d'Autriche, repoussant à plus tard le cas d'Olympe Mancini, refusant de citer son nom, d'en parler simplement, ne reconnaissant son rôle et sa responsabilité que dans le fait d'accepter le principe de l'antidote, même s'il ajoutait une condition : la consultation de Guénaut et des autres, afin de se faire une opinion *définitive*, disait-il, et surtout, je le crois bien, pour donner un semblant de vérité officielle à une décision qui, selon moi, était déjà acquise. Ainsi, l'antidote devenait soudainement émétique. Le poison disparaissait, et l'auteur du crime par la même occasion. J'avais cédé à ses exigences, convaincu que l'urgence était le roi, repoussant à plus tard la conclusion de l'enquête. Et je rongeais mon frein, spectateur d'un débat faux, truqué, tortueux comme l'avait désiré le cardinal afin de protéger sa nièce. Oui, comment imaginer autre chose ?

Je me taisais donc, alors que, dans cette cuisine, se jouait la vie d'un homme hors du commun et la survie d'un ordre médical établi, d'une méthode domestiquée par les gardiens d'une foi ancienne qui résistaient au progrès, campaient sur leurs privilèges, qualifiaient de diableries les travaux des alchimistes. Le procès de Théophraste Renaudot se rejouait à huis clos et son fils mettait tout son cœur à le venger. Je le comprenais, mais tout était dit. Nous avions gagné. Il suffisait de se taire, d'écouter Vallot refuser le recours à l'antimoine et d'entendre Mazarin décider du contraire. Esprit et Guénaut étaient partisans de l'usage de l'émétique et, sans le défendre autant qu'Isaac, il y avait du bon à se laisser porter par l'opinion du cardinal qui, sans qu'on puisse en douter, basculerait dans notre camp car il ne pouvait s'y opposer. Pourquoi perdre plus de temps alors que les arguments s'enchaînaient sans que chacun renonce aux siens ? La ruse consistait à attendre le bon moment – le silence *ad hoc*, la fin des arguments – et, se tournant vers Mazarin, d'exiger qu'il tranche tel Salomon. Alors la *commedia* s'achevait. Hélas, la fougue d'Isaac l'emportait sur la raison. Il réglait ses comptes, ceux de son père, ceux de son frère, Eusèbe. Et après tout ce qu'il avait enduré, je lui devais au moins cela.

❦

Vallot, fort isolé et perdant pied, mesurait combien sa tâche relevait du sacerdoce, du sacrifice, du crucial. Songeait-il davantage à Louis XIV ou à Patin, son véritable maître ? Il était étrange de voir combien l'ambition l'emportait sur le sort de Sa Majesté, si bien que l'essentiel perdait sens, la mesure se diluait, la raison disparaissait par manque de sagesse ou, ce qui revenait au même, par esprit partisan. Qui dominait ? L'abnégation ou l'orgueil, la vie ou la mort ? Voulait-on vaincre la maladie ou vaincre un détracteur ? Triompher de soi ou du trépas ? Sauver le roi ou sauver sa position ? C'était un tournant – une dérive ! martelait Vallot – où se jouait le pouvoir, le dogme d'une académie, la victoire d'un clan, d'une théorie vengeresse. Et il était misérable d'entendre ces êtres instruits s'apostropher quand le temps s'écoulait et que le roi attendait qu'on le sauve.

— Monsieur ! hurla Renaudot en s'adressant à Antoine Vallot, je méprise le représentant de la Boucherie.

Le mot était… saignant. Isaac jouait sur le nom de la rue où se situait la faculté de médecine de Paris. Bûcherie devenait dans sa bouche *Boucherie*. Et Vallot en avait autant à son service :

— Partisan du vin hérétique ! Pour cela vous irez en enfer…

La langue de Vallot ne fourchait pas. Émétique devenait dans la sienne synonyme d'apostat, d'hérésiarque…

Esprit en manquait. Du moins il faisait mine, et usait de son lent débit (il bredouillait) pour retenir son point de vue, scrutant le cardinal et préférant ne pas prendre position. Pourtant, il le fallait. Diantre ! Allait-on en finir ? Mazarin cherchait-il à perdre ou à gagner du temps ?

❦

Je passerai rapidement sur la teneur épouvantable des paroles qui furent proférées ce soir-là, au cours d'une seule heure. Combien furent lâchées irréparablement, brisant l'espoir d'une réconciliation improbable ? Jurons, quolibets, lazzis étaient-ils utiles ? Les minutes qui s'écoulaient en vain avaient pourtant leur importance car, ailleurs, se produisait un drame, aux effets dévastateurs, et j'enrage encore à me souvenir de ce qui fut consommé en inepties, en chocs, en luttes stériles sous le regard de Mazarin qui, sans que je puisse l'expliquer, se taisait, prolongeant plus que nécessaire cette réunion inutile. Avait-on besoin de savoir que le sang, selon Antoine Vallot, ne circulait pas dans le corps et, *en conséquence*, que le mal agissait de même ? Selon l'hypothèse inverse, ajoutait-il fièrement, condamnant ses méthodes mieux que ses détracteurs, à quoi la saignée servirait-elle ? Devait-on entendre que le nom du médecin Esprit n'était pas le sien, qu'il s'appelait en réalité André, qu'il avait emprunté le prénom de son père et que la méthode tournait à la dissimulation, indice patent d'un « esprit » encombré et suspect ?

Voici, pour satisfaire la curiosité, un extrait de ce que je crois avoir entendu. Et puisque nous avions une heure devant nous, autant partager ce terrible constat du ridicule humain, de celui qui ne tua pas ses auteurs, mais défiait le roi que tous nous étions censés protéger.

❧

Vallot : « Le progrès ne peut venir que de nous : la Faculté...

Renaudot : — Vous êtes les amis du procès et de la mort...

Vallot : — Charlatan, chiromancien[1], diseur de bonne – non ! – de mauvaise aventure. Faux médecin ! Il n'existe que cela : ô bonne, ô sainte, ô divine saignée...

---

1. Procédé de divination fondé sur l'étude de la main.

Renaudot (*sans regarder Vallot*) : — Grands discours, mais peu d'effets...

Vallot (*montant sur ses grands chevaux*) : — Et que direz-vous de cela ? J'ai saigné plus de treize fois en quinze jours un enfant de sept ans. Un autre de trois jours. Leurs mères me bénissent et portent chaque matin un cierge à l'église de Saint-Germain en me citant dans leurs prières...

Renaudot (*à voix basse*) : — Faquin...

Vallot (*continuant*) : — J'ai mes témoins ! M. Mantel, par exemple, vous dira – car il vit ! – que j'ai pratiqué sur sa personne plus de trente-deux saignées pour le sauver d'une fièvre que je peux comparer à celle qui préoccupe Sa Majesté...

Renaudot (*montant la voix*) : — Escroc...

Vallot (*récitant son bréviaire, mais de plus en plus furieux*) : — Il faut saigner une femme douze fois pour une fluxion de poitrine et vingt fois pour une fièvre continue. C'est le chemin à suivre pour le roi. Saignons ! Saignons-le sans compter...

Renaudot (*raillant sans se cacher*) : — Fat, aigrefin...

Vallot (*les yeux fermés*) : — Nous devons plus à la médecine de Paris qu'à Dieu (*aussitôt se reprenant*), et plus encore à Dieu à qui nous devons notre médecine...

Esprit (*s'immisçant petitement et marmonnant ses idées sans rapport avec la querelle précédente*) : — Le médecin ne touche pas le scalpel. Cette indignité est l'affaire du barbier...

Guénaut (*s'exprimant avec une extrême lenteur*) : — Je crois à la tempérance... Calmons les excès dont souffre le roi en utilisant un peu de l'antimoine. Et attendons... En surveillant... Et avisons...

Vallot (*le coupant sauvagement*) : — C'est la nature qui tend à la guérison. L'état dont souffre Sa Majesté est une manifestation du combat qu'il livre secrètement. Intervenir sur ce cycle naturel revient à affaiblir ses forces vives... C'est non !

Renaudot (*bondissant*) : — Des forces ! Il n'en a plus...

Vallot (*faisant mine de ricaner, continuant sur le même ton*) : — Eh ! Ce qui vous conduit à dire qu'en agissant sur les causes vous le détruirez davantage. J'affirme donc que vous êtes un assassin... Et dès mon retour à Paris, j'engagerai un procès contre vous afin...

Renaudot (*se levant et renversant sa chaise*) : — Fripon, filou ! Votre seul mérite, vous et vos pairs, à commencer par Patin, *primus inter pares*, est d'avoir tué le grand Théophraste Renaudot... Maudits charlatans...

Esprit (*prenant parti, mais modérément*) : — Monsieur Vallot, vous tirez fort bas (*et corrigeant aussitôt*) : Monsieur Renaudot, point trop d'insultes, je vous prie...

Vallot (*hors de lui*) : — Bientôt, le diable vous saignera de force dans l'autre monde... »

Et je préfère finir ici.

⚜

Si bien que rien n'avançait. Rien ne se décidait. Du moins ce fut le cas jusqu'à ce qu'un soldat de la garde personnelle de Mazarin entre dans la pièce et se penche à son oreille. Il lui dit trois mots. Et cela suffit pour que le cardinal s'interpose enfin :

— Je vous ai tous entendus, osa-t-il prétendre. Nous utiliserons l'antimoine que prescrit le docteur Renaudot...

Vallot bondit, les yeux exorbités :

— Vous ignorez l'origine, la composition de ce faux remède... L'antimoine est une substance vénéneuse. C'est un poison !

— Le docteur Renaudot m'a assuré qu'il avait expérimenté ce remède sur sa personne, répondit calmement Mazarin.

— Il ment ! osa prétendre Vallot. Ce vice vient d'une famille dont le père, faut-il le rappeler, fut condamné pour avoir confondu le vil commerce de la friperie avec l'art, ô combien respectable, de la médecine ?

Ce fut de trop. Et il fallut se jeter sur Renaudot pour lui éviter de tuer son confrère. Vallot, retranché prudemment à l'autre bout de la salle, tenta encore de convaincre Mazarin en usant d'arguments diffamatoires n'ayant aucun rapport avec la médecine. Peine perdue. Le cardinal ne prononça plus un mot, lui signifiant de la sorte que la discussion était close.

— Vous avez gagné, affirmai-je à ce cher compagnon en le forçant à se rasseoir. Levez les yeux. Regardez Vallot. Il est défait...

— Vous confierez votre... breuvage à M. Guénaut, dit Mazarin, impavide et que la scène n'avait pas troublé. S'il confirme mon avis, le roi en profitera...

Le sacrifice insensé qu'Isaac avait commis au péril de sa vie se voyait récompensé. Et son combat pour l'antimoine en sortirait de fait grandi. Qui saurait que l'émétique n'était qu'un antidote ? Au prix d'une acrobatie qui taquinait l'éthique, j'en conviens, Renaudot faisait fi de la morale mais il triomphait de Vallot, de Patin, des rustres de la faculté. Cela lui suffisait puisqu'il était convaincu de détenir la *Vérité*. Nous irions donc chez l'apothicaire prendre le flacon d'antidote et nous retournerions ici. Guénaut, fin diplomate et partisan reconnu de l'antimoine, ferait mine de s'y intéresser mais, fort de l'assurance de Renaudot, qui jurait l'avoir expérimenté, et du soutien de Mazarin, il condamnerait Vallot puisque la vie du roi contenait un autre enjeu : la défaite des bonnets noirs de la rue de la Bûcherie.

Nous partîmes donc chez Le Bastard, l'apothicaire de Calais, encadré par un carré de mousquetaires, prêts à défendre notre trésor. Et je songeais au rendez-vous qui suivrait avec Mazarin quand le roi serait sauvé. Il deviendrait impossible de ne pas dénoncer Olympe Mancini. Alors, comment réagirait son oncle ? Je pensais à cela, retenant confusément les premiers signes de la victoire quand, approchant du domicile de l'apothicaire, je compris que la *Vérité* s'échappait. Et que l'on nous avait trahis.

La porte de la maison était grande ouverte, un corps gisait sur le sol. En hurlant, Isaac bondit à l'intérieur. À quoi bon ? Je devinais déjà ce que nous y trouverions. Et ce qui avait disparu.

Chapitre 24

Il fallait l'accepter. S'y résoudre. L'apothicaire, ce brave homme, était mort, étendu, roide, dans la première pièce, victime – paix à son âme – d'une affaire qui dépassait le cas d'une personne méritante, charitable, bienveillante. Hippolyte Le Bastard avait dû rentrer de sa tournée au moment où les racailles produisaient leur malfaisance. Surpris par son arrivée, ils s'étaient jetés sur lui. La suite se devinait. Le sang rougissait son torse, une plaie béante saignait abondamment, preuve que le crime remontait à peu. Isaac estimait la mort à moins d'une heure. Celle que nous avions perdue en billevesées, en victoire désormais tristement stérile car, faut-il ajouter que la scène désolante débouchait sur un constat plus affligeant encore : l'antidote avait bel et bien disparu.

L'avait-on volé ? Était-on seulement entré dans ce dessein ? Il était impossible de reconnaître les pots, les bocaux, les alambics, les flacons brisés, fracassés, jetés violemment pour que rien n'en reste. Et que tous disparaissent ? Les baumes, les potions, les onguents, les minéraux formaient un fin tapis coloré de teintes bariolées rendant utopique tout examen minutieux et précis. Cette poussière aux reflets jaunes, ternie et souillée d'huile, était peut-être ce qu'il subsistait de l'arsenic. L'amas misérable de poudre nuancée de blanc ressemblait-il à la trace perdue de l'antidote ?

Isaac était secoué de sanglots. Mais après qui pleurait-il ? S'en voulait-il d'avoir combattu Vallot, de s'obstiner dans une lutte gagnée d'avance car, et je n'en démordais pas, Mazarin était obligé de céder à notre demande ? L'antidote – diantre ! – voilà qui devait régler toutes les questions. Et mettait la nièce du cardinal dans l'embarras…

La foudre me frappa. En un éclair, le pire se dessina. Mazarin avait-il cherché à gagner du temps – celui qui lui était nécessaire pour organiser le forfait – en ne mettant pas volontairement un terme au débat entre ces médecins dont la fatuité était cause du plus grand des malheurs ? Les avait-il laissés se déchirer pendant que les autres, les coupe-jarrets, agissaient ? Mais il lui aurait fallu savoir où nichait le flacon d'antidote. Et le reconnaître entre mille, réussis-je à me calmer. Malgré l'émotion – et la fureur – qui brouillait mon esprit, je tentai de me souvenir si j'avais parlé du lieu où nous avions dissimulé l'antidote. Non, l'aurais-je juré. Je n'avais rien dit. Et Isaac ? Le noir seul se présentait. L'âge, la fatigue, la déception se rajoutaient pour obscurcir mes pensées. Allons, abandonnai-je, il est impossible que le cardinal ait pu organiser cette action…

⚜

Les mousquetaires sondaient les lieux. Mais à quoi bon ? L'un d'eux se pencha sur le corps tiédi de notre apothicaire et conclut que la mort avait été donnée par un coup d'épée, frappé de bas en haut afin de percer le cœur à coup sûr.

— C'est l'affaire d'un homme habitué au combat, assura-t-il.

La belle conclusion ! Il résidait à Calais mille, dix mille soldats qui pouvaient se vanter d'être de bons tueurs… Et cela augmentait le désastre dont nous mesurions peu à peu les effets. Comment décider avec certitude que ces écorcheurs étaient venus chercher l'antidote ? Hippolyte Le Bastard nous avait avertis. Il ne fermait jamais la porte de sa maison et nous étions nous-mêmes partis sans nous préoccuper de cette question. Personne n'entrait, par crainte d'affronter son *musée des horreurs*, disait-il, en parlant des serpents et autres bestioles effarantes. Mais tant de richesses entassées, des œufs d'autruche en passant par les pierres de saphir ou de rubis, avaient pu attirer la rapacité des misérables qui hantaient le camp de l'Arsenal et ne songeaient qu'à se battre, boire et voler !

Oui, il était impossible de porter ses soupçons sur Mazarin... Quand ce visage, ces manières, dès que je décidais de les abandonner, revenaient et tambourinaient dans la cervelle. Non, me convainquis-je une fois encore, je refusais de l'accuser sans preuve. Non ! Ce n'était pas assez. Il fallait écarter l'hypothèse, la rayer des possibilités, l'ôter de mon esprit car elle l'embrouillait. Pour sauver Olympe, il n'avait pu se décider à sacrifier le roi, son filleul. Et je réussis enfin à m'attacher au plus grave, au plus tragique : Louis XIV allait mourir. Je regardai Isaac Renaudot, souffrant pour lui, et le maudissant autant. À quoi bon ces querelles, ces duels ? Jouer les savants, défendre son savoir, son honorabilité... En somme, perdre son temps ! Voilà comment tout s'achevait : par le triomphe de Vallot et l'extinction prochaine de notre roi.

De rage, je pris l'aquamanile qui traînait dans ce capharnaüm et le lançai de toutes mes forces, ne parvenant qu'à renverser un récipient de parfums orangés qui, en tombant, vint corrompre davantage les trésors dissous de l'apothicaire. L'aiguière se brisa en deux. La tête du cygne roula aux pieds d'Isaac qui regarda d'un œil vide cet objet dont l'histoire racontait combien il avait risqué sa vie.

— Venez, Renaudot. Nous ne découvrirons plus rien ici...

270

Il ne bougea pas.

— Nous devons informer Mazarin…

— Je vais chercher, souffla-t-il sans bouger. Quelque part, il y a l'antidote…

Il se mit à genoux, commença à fouiller le sol avec les mains, reniflant, goûtant fébrilement ce qu'il dénichait pour s'en débarrasser, recommençant plus loin, de ce côté-ci, glissant sur les genoux, décidé à inspecter le moindre recoin de l'antre de l'apothicaire.

— Je vais réussir…

— Isaac, s'il vous plaît, tentai-je doucement.

— Laissez-moi. Retournez chez Mazarin. Moi seul suis fautif.

Et il me sembla qu'il était en train de perdre la raison.

— Je reste pour vous aider, décrétai-je, espérant le faire revenir. Les hommes qui nous accompagnaient préviendront le cardinal.

— Bien sûr, me dit-il d'une voix étrangement absente. Œuvrons à deux. Nous augmenterons nos chances… Tout n'est pas perdu. Nous allons rassembler ce qu'il reste d'antidote et sauver le roi…

Il creusait la terre battue du sol, la grattait avec ses mains.

— Je vais écrire un mot à Mazarin pour lui dire que…

— Faites ce que vous devez faire, dit-il sans me regarder.

Il reprit sa manœuvre, agissant tel un forcené.

— Tandis que je répare mes erreurs, continua-t-il.

— Allons, eus-je pitié. Cessez de vous accabler.

Il releva la tête et me regarda :

— Vous aviez raison, Antoine. Je parle trop.

— Au moins, me forçai-je à sourire, vous mouchâtes Vallot.

— Non, secoua-t-il la tête. Ma bêtise remonte à bien avant… Je n'aurais jamais dû dire à Mazarin où nous conservions l'antidote.

Chapitre 25

Il pleuvait enfin. Au soir du 6 juillet, le ciel se couvrit brusquement de nuages épais, ventrus, mafflus, affamés, tentaculaires, qui se mangeaient l'un l'autre et grossissaient à vue d'œil ; des géants, des colosses, rassemblés au-dessus de Calais, qu'une armada d'éclairs et de tonnerre fendit, déchira jusqu'à ce qu'ils cèdent, se vident de leurs entrailles. Désormais, c'était plus qu'un orage et il fallait au moins cela, un assaut ininterrompu, becquetant le visage et les mains, pour se libérer de ce qui encombrait l'esprit. La *Vérité* sombre, infecte, puante. L'eau ruisselante des toits se réunissait en torrent, au creux de la ruelle qui nous ramenait peu à peu vers la *Maison du Roy*. Nous marchions têtes baissées, autant pour ce qu'elles contenaient de lourd, d'effroyablement *insupportable*, que dans l'espoir de nous protéger de la vague céleste chargée d'iode marin qui détrempait nos capes. L'eau, comme salée et piquante, me glaçait et me brûlait à la fois. Sans doute que la fièvre s'ajoutait à ma peine, et mes jambes soudain lourdes hésitaient parfois à trouver le chemin. Je trébuchai une ou deux fois sur l'arête d'un pavé, d'un caillou saillant, et maudis ce moment et ceux qui allaient suivre. Je détestais la vie, ce qu'elle m'apprenait encore, et je crois qu'il me vint l'idée de supplier Dieu de ne pas interrompre Son déluge pour balayer l'engeance de la Terre, d'emporter ses souillures dans les entrailles infernales. Plus loin, dans les dunes de Dunkerque, dans les replis du champ de bataille, pourrissaient les corps enchaînés des soldats espagnols et français. On les savait infectés de germes impurs qui avaient provoqué plus de morts et de misères que la guerre. Et l'eau, libérant les forces impavides et herculéennes d'Alphée et de Pénée, se chargeait à présent – et enfin – de nettoyer Augias de ses immondices[1].

Le ciel choisissait-il de faire ce que nous n'avions su réussir ? Un miracle qui sauverait le roi ? Il ne restait que la prière et l'onction du père Annat pour croire. L'eau bénite et l'huile sacrée déposées sur le front et les mains de Louis… Et l'espoir que Dieu nous entende.

Mais la colère rongeait aussi mes suppliques. Ou plutôt, et ce qui était peut-être pire, le doute et le soupçon s'ajoutaient à la rage, cette autre peste. Et si dehors, tout se lavait, l'intérieur s'encrassait, se salissait d'une nouvelle infection, redoutable et cruelle. Mazarin nous avait-il menti ?

⚜

De fait, il était assez humain d'imaginer l'abject, depuis l'aveu du pauvre Isaac qui, en effet, avait révélé au cardinal que l'antidote était bien à l'abri chez l'apothicaire. Une poignée de mots peu importants, lâchés quelques heures plus tôt, auxquels je n'avais moi-même pas prêté attention sur le moment, mais qui, à présent, m'obligeaient à m'asseoir près de cet ami afin de lui demander de répéter ce qu'il venait

---

1. Mythe d'Hercule ou Héraclès qui nettoya les écuries d'Augias en détournant les fleuves célestes et divins Alphée et Pénée.

de me révéler, plongeant alors dans le passé afin d'en extraire ce moment-ci : c'était peu après avoir appris à Mazarin l'existence d'un remède qui pouvait sauver le roi. J'avais expliqué son origine en parlant d'Olympe. Bien sûr, le cardinal s'était gardé de montrer sa surprise ou sa peur. Il avait fait mine de douter, m'obligeant à préciser qu'avec *courage et héroïsme, le docteur Renaudot avait sans hésiter avalé l'arsenic.* « Et à la suite, l'antidote », avait ajouté précipitamment Isaac. Ajoutant sur le coup *que le remède était à l'abri chez l'apothicaire de Calais, et qu'il en restait assez pour sauver le roi...* Mazarin ne donnait pas l'impression d'écouter. Plongé dans ses pensées, il songeait aux effets de la *Vérité* sur sa personne. Et je m'en voulais autant qu'Isaac de ne pas avoir réalisé combien il avait été dangereux de fournir ce détail.

— Il fallait le dire, avais-je essayé de convaincre Isaac alors que nous étions toujours chez l'apothicaire. Sans cela, Mazarin ne nous aurait pas crus...

Mes paroles entraient-elles ?

— Moi-même, j'ai failli aux règles de l'espion. J'aurais dû me méfier de cet aveu et, au lieu d'écouter la chamaillerie des médecins, surgir ici, mettre en sûreté l'antidote, veiller dessus...

Ses yeux ne quittaient pas le sol, cherchant encore ce trésor que nous avions laissé filer.

— Continuons..., bredouillait-il.

Mais à quoi bon ?

J'avais renvoyé les mousquetaires munis d'un court message destiné à Mazarin. J'écrivais que l'apothicaire qui détenait *ce que nous y avions déposé* avait été tué, sa maison fouillée, pillée. *Tout est perdu, sauf pour Olympe M.* C'était ma façon d'exprimer ma rage et d'avouer mon échec. Les soldats étaient partis sans état d'âme, sans regrets pour Hippolyte Le Bastard, annonçant simplement qu'il serait enterré au plus vite afin d'éviter que les miasmes ne se propagent.

Puis le jour et le soir s'étaient étirés, moi tenant compagnie à Isaac qui, lui, s'entêtait à relever les récipients qui n'étaient pas brisés, à les replacer sur les étagères, à réunir les morceaux des autres, à recueillir, classer des pincées de poudre disséminées sur le sol et qu'il glissait tels des oisillons tombés du nid dans le creux de sa main pour murmurer leurs noms – galanga, iris, œillet sauvage, ambre, corail, menthe, bardane, girofle, serpolet, coing, figue, reine-des-prés, genièvre, pimprenelle, angélique, myrobolan, corne de cerf, ivoire, lavande, lierre, verveine… –, et aussitôt déclarant leurs vertus à voix basse :

— De quoi soigner le tournoiement, l'apoplexie, les calculs, la suffocation, la mélancolie, les fièvres, les gouttes, la toux…

Il avait tourné le visage vers moi :

— Regardez ! Il y a même un extrait du Polychreston.

Il parlait d'un médicament inventé par son père, Théophraste, et l'émotion le gagnait davantage.

— Nous pouvons sauver un peu de la magie qu'avait assemblée l'apothicaire Hippolyte Le Bastard… Mais il y a tant de travail.

— Allons, lui avais-je dit, en le prenant par le bras. Maintenant, nous devons partir.

Car j'avais pris ma décision. Peut-être que la pluie qui, croit-on, lavait de tout, me donnait à voir plus clair. Peut-être aussi que je voulais simplement affronter Mazarin. Et lui arracher la *Vérité*.

⚜

Désormais, l'éclipse du roi semblait sans retour. Un barrage se dressait devant sa chambre et il nous fut impossible d'entrer. Mais c'était ici que se tenait Mazarin. Ici donc que je pouvais le voir. Il se disait aussi que la reine Anne d'Autriche se montrait dans la pièce, en compagnie de sa suite, dont Mme de Sénécey, la gouvernante de Louis dans son jeune âge. On racontait encore que Guénaut occupait le devant de la scène et que la reine l'avait supplié de tout faire pour sauver son fils, conduisant à ceci : Guénaut œuvrait sur une dernière invention, assisté d'un inconnu, dénommé du Saussoy, praticien d'Abbeville à propos duquel le bruit courait qu'il s'agissait d'un obscur empirique. De quelle faculté était-il diplômé ? Aucune, donc. Ce qui permettait de conclure que Vallot subissait depuis peu un désaveu complet.

— À la suite d'une terrible algarade, crut m'informer un petit courtisan habillé en noir, Vallot a été... remercié. Guénaut, sur ordre de Mazarin, a pris le pouvoir. Et il se chuchote que ce médecin aurait en sa possession un élixir miraculeux, seul capable de sauver le roi. On parle d'antimoine et on se serait décidé à en donner au souffrant. Alors, il s'agirait d'un prodige, bredouilla-t-il en se signant.

D'un geste de la tête, je remerciai le bavard, mais je serrai les poings. Le miracle ! Nous seuls l'avions possédé. Et ce n'était pas ce du Saussoy, médecin empirique sans formation, ni savoir, qui allait l'inventer. Bientôt le rideau tomberait, la porte s'ouvrirait, et un valet, un marquis, un duc, Mortemart, peut-être, surgirait et dirait : « Le roi est mort... »

— Depuis combien de temps sont-ils tous enfermés à ne rien faire ? grinçai-je entre les dents.

Le courtisan me regarda étrangement. Ce ton de mépris n'allait guère avec l'espoir que suscitait ce dernier retournement.

— Une ou deux heures, je crois, répondit-il cependant, mais en s'écartant prudemment de moi.

Il n'eut d'ailleurs guère l'occasion ou le temps de parler à un autre car la porte de la chambre s'ouvrit et Mazarin apparut :

— Il vit, dit-il à la cantonade. Sa Majesté a ouvert les yeux, se reprit-il, et réclame à boire. Le roi s'est même redressé et a parlé. Je vous supplie de vous unir à nos prières...

Il jeta un regard sur l'assemblée qui piaffait déjà et ne retenait plus sa joie et s'arrêta un instant sur moi. Sa tête s'inclina, j'aurais pu le jurer. Et il retourna dans la chambre dont la porte était à nouveau close.

❧

On a beaucoup écrit ou jasé sur ce moment *miraculeux*. Vallot a rapporté qu'il fut de ceux qui participèrent au choix de l'antimoine. Oui, tous se joignaient au triomphe. Esprit, bien sûr, et Guénaut qui prit soin de fournir moult détails. *On* glissa, précisa-t-il, trois onces de vin dans l'antimoine et *on* y ajouta donc une tisane laxative pour faire bonne mesure. *On* força le roi à avaler le remède et il vomit très exactement vingt-deux fois, tandis que Mme de Sénécey ou la bonne Pierrette Dufour soutenait et réconfortait ce corps malingre dont s'échappait une matière verdâtre. Le poison, en somme, s'évaporait...

Mais qui était ce *On*, pesant, dosant, préparant la potion et agissant sous le regard de Mazarin ? Du Saussoy, semble-t-il, dont on apprit peu de chose car il était inconnu, étranger à la Cour, aux médecins, à la Faculté et qu'il retourna à l'obscurité dès que le roi fut mieux. Dieu ! N'était-il pas possible d'encenser l'homme, ce sauveur, ce prodige, puisque, à l'instant, nous en parlions ainsi ? Ah ! l'étrange gaillard, l'empirique sans diplôme jaillissant de l'ombre et ne demandant pas son reste pour disparaître ! Qui l'avait repéré ? Qui le fit venir à Calais ? Qui demanda à connaître la formule de l'antimoine pour au moins tirer profit d'une recette... *surnaturelle* ? Personne. Pas même le cardinal.

Guénaut, quand il fut questionné, précisa doctement que tout était affaire de dosage. L'antimoine était un poison, mais lui seul avait fait sortir le mal. Soigner le poison par le poison. On en restait là. Et ce n'étaient pas Vallot ou Patin ou leurs bonnets noirs de la Faculté qui allaient se charger de promouvoir l'antimoine. Guy Patin, ennemi forcené de Renaudot et des sectateurs de ce remède salvateur, ne se priva pas de dénoncer son usage, s'efforçant de démontrer que la saignée qui avait suivi l'emploi d'un presque rien de vin émétique était seule responsable de la guérison du roi. Mais on ne l'écouta pas. Même quand il attaqua le cardinal Mazarin, *ce pantalon sans foi, ce bateleur de longue robe, ce comédien à bonnet rouge...* Le roi vivait. Pourquoi chercher plus loin ?

Le 8 juillet, on constata une légère rechute. On recommença à se désespérer. L'ombre de l'extrême-onction surgissait à nouveau. Le père Annat fut appelé. Le miracle se confirma. Louis XIV ouvrait de plus en plus souvent les yeux, réclamait des nouvelles de Paris et de son royaume, voulait savoir qui avait souri de sa maladie, qui en avait souffert. Et qui l'avait pleuré ? Quand Anne d'Autriche n'était pas à son chevet, Pierrette Dufour et Mme de Sénécey se chargeaient de veiller sur *Louis*... « Qui pleura, demandiez-vous, Sire ? », répéta Mme de Sécéney. Et Pierrette répondit pour elle : « Marie. »

Le 9 juillet, le *Miraculé* se tenait debout. Il mangeait. Il riait. Il réclamait la présence de Marie, touché par l'affection, la douceur et l'amour qu'elle lui avait montrés. Olympe, sa sœur ? On ne parlait pas d'elle. On la disait partie, rentrée à Paris, épuisée par l'événement. Mazarin ? Étrangement, il me fuyait. Je frappais à sa porte. Il faisait répondre qu'il était occupé. Nous étions comme au départ. L'espion n'existait plus. J'étais vieux, dépassé. Mais surtout, je gênais. Millard que je vis une fois après ces événements me salua sans rien montrer de ce que nous avions vécu. Il se rendait chez le cardinal, me dit-il, et tourna les talons, plastronnant dans sa riche cape. Ainsi, il me laissait entendre que les affaires se poursuivaient, qu'il était en cour, qu'il ne doutait de rien et qu'il tenait toujours son rang, sa place dans le monde *mazariné*. Isaac souhaitait rentrer à Paris et je n'avais guère de raisons de m'y opposer. Philippe, notre cocher, piaffait autant que ses chevaux. Le 10 juillet, nous décidâmes de nous retirer. Mais avant, je fis ce qui était fortement interdit à un homme agissant dans l'ombre. Je pris une plume et écrivis ceci :

Vous serez peut-être intéressé d'apprendre que nous avons « récupéré » chez l'apothicaire de Calais un peu de l'arsenic et de l'antidote qui avaient été mis à l'écart afin d'étudier leur composition dans l'espoir de guérir le roi. Me direz-vous ce que je dois faire de ces preuves accablantes ?
Antoine Petitbois, espion de la Couronne.

Bien sûr, j'adressai ce pli au cardinal Mazarin, oncle de Marie et d'Olympe Mancini.

⚜

Nous allions, Isaac et moi, monter dans le carrosse quand un garde se présenta. J'étais convoqué d'urgence, sans attendre. Je souris à Isaac, et c'était la première fois depuis fort longtemps :

— Ne craignez rien. Nous allons peut-être connaître la *Vérité*.

Chapitre 26

Ejusdem farinae. Même farine, même vice, raconte-t-on. Mais il faut nuancer à propos de Marie et d'Olympe Mancini. Pour le sens commun, le vice serait une disposition naturelle à commettre le pire. C'est oublier que le mot s'emploie également pour désigner un penchant irréfragable envers quelque chose... Ou pour quelqu'un. Le vice est dans la peau, dit-on, et l'on pense au mal. Pourtant, avoir le cœur accroché à un autre, être possédé de tout son corps, de toute sa chair, l'est-ce forcément ? Aimer ou haïr, est-ce pareil ? Même farine, pour Marie et Olympe ? Même beauté, en effet, même grâce, même esprit rebelle, fantasque. Surtout, même fol amour pour un homme. Mais la cadette y pensait comme à la manne providentielle qui nourrit à elle seule une vie, quand l'aînée cherchait à l'étouffer dans la mort, tel le poison. Hélas, vouloir comprendre ces charmantes demoiselles ou s'échiner à nuancer leurs sentiments entre ce qu'ils comportaient de mauvais ou de charitable n'avait guère d'importance lorsqu'on parlait d'un roi. Mais si on chuchotait, simplement, le nom de Louis XIV, leurs penchants, malfaisants ou bienfaisants selon la nature du vice qui les habitait, devenaient alors un sujet encombrant, délicat, ne pouvant que tourner... *mal.* En somme, Olympe et Marie

Mancini ressemblaient à un secret d'État dont le destin était de retourner à l'oubli parce que l'histoire de notre roi, de la Couronne, de la France (et surtout celle du cardinal Mazarin) ne pouvait s'encombrer d'une chronique où deux jeunes femmes, italiennes et belles, passionnées et insoumises, avaient, pour l'une, espéré un amour impossible et, pour l'autre, voulu y mettre fin.

❧

L'Arioste, peut-être, en aurait tiré un beau récit. Matteo Maria Boiardo, fameux poète de la Renaissance, tout autant. Mais il existait *Roland amoureux*. Il valait mieux enterrer cette histoire. L'enfouir à jamais. C'était un peu ainsi que je songeais à résumer la position du peu prolixe Mazarin. Car il ne cédait rien, m'obligeant à comprendre qu'il était vain d'espérer davantage. Cette affaire sentait le vice et le soufre. Pis, elle le visait. Adieu, n'en parlons plus ! Le cours de la vie reprenait. L'espion devait se contenter de ce mépris.

Pourtant, l'entretien se tenait sur-le-champ, séance tenante, tout autre sujet ayant été écarté d'un emploi du temps surchargé. Il y avait urgence à me recevoir, chez lui, et non pas dans la pièce qui lui servait de bureau, mais dans une chambre, la sienne, aménagée à l'étage de la maison où avait failli mourir le roi. Je ressentais quelque chose d'assez étrange, de malsain, à découvrir que Jules Mazarin, au cours de ces journées tragiques, n'avait jamais lâché Sa Majesté, son filleul. Que son oreille traînait toujours et qu'il demeurait peut-être ici, juste au-dessus…, la nuit où sa nièce… L'endroit était rustique, peu conforme aux goûts et aux habitudes du conseiller principal. On y voyait cependant un lit drapé de riches broderies et, au-dessus, un modeste crucifix en bois qui, habituellement, devait accueillir de plus humbles prières, preuve que cette chambre au style mesuré n'était pour son occupant qu'un lieu de passage. J'apercevais encore, sous la fenêtre, une table encombrée de notes d'où s'échappait la couverture rouge du carnet de son éminent propriétaire, un objet dans lequel, se racontait-il, reposaient les mystères de sa vie. Celui qui m'intéressait y nichait-il ? Sur la droite, deux ou trois bûches de chêne brûlaient dans une cheminée taillée dans la brique. Le vent avait brutalement tourné, et le temps également, rabattant sur Calais la froidure de l'Angleterre. Les os du cardinal avaient besoin du feu, mais dans la braise du foyer se consumait aussi une boule de papier, décombres immolés des secrets rougeoyants d'un inquiétant royaume.

Que découvris-je encore ? Un meuble grossier, un seul, une commode vernie au brou de noix, vulgaire et indigne de la condition d'un fortuné. Deux chaises enfin, avancées au centre de la pièce. Pour que nous les occupions pareillement ? Que signifiait ce face-à-face sans barrière ? Le voulait-il pour parler d'égal à égal, comme deux hommes cédant à la *sincérité* ? J'y pensais plutôt à la manière de l'arène d'un tournoi.

⚜

La scène était posée, les acteurs en place. Pas un mot n'avait été encore prononcé. Il prit le temps de jeter un œil dans son carnet et, soupirant pour que je comprenne que chaque instant comptait, il accepta de me rejoindre et s'assit.

— Félicitons-nous des bonnes nouvelles, se força-t-il à sourire.

Il se leva aussitôt pour glisser une bûche dans la cheminée, comme s'il ne supportait déjà plus notre promiscuité.

— Le roi va beaucoup mieux. Ce matin, il est monté à cheval.

Qui l'ignorait ? Je me taisais toujours, acceptant l'épreuve des banalités. J'avais tant attendu, tant maudit le silence de mon hôte que j'étais même prêt à supporter sa faconde, son maintien négligemment et faussement détaché.

— Que pouvions-nous espérer de meilleur ? insista-t-il.

La *Vérité* ! avais-je envie de hurler. Mais je ne fis que croiser les genoux. Attendre... Cela devenait de plus en plus difficile.

— Si j'y ajoute la victoire de l'antimoine, voilà qui récompense grandement les efforts méritants du docteur Renaudot.

Il veut que je m'emporte, me dis-je à moi-même.

— Et qu'aurait-on besoin d'apprendre encore ? continua-t-il en usant de la même fatuité. Le passé est le passé. Nous rentrons à Paris. Le roi cherche à oublier qu'il fut affaibli. Et nous ferons en sorte...

C'en était trop ! Je me levai d'un coup, pris la chaise pour la mettre derrière le bureau et, sans un mot, me dirigeai vers la porte.

— Quelle mouche vous pique, Petitbois ?

— J'ai demandé ce que je devais faire de ce qu'il nous restait de poison et d'antidote. À défaut d'autre consigne, je m'en vais donner à Sa Majesté les preuves de son empoisonnement car après sa sortie à cheval, il ne tardera pas à rentrer, n'est-il pas ?

— Petitbois ! tonna-t-il.

J'ouvris la porte.

— Petitbois ! Ne sortez pas...

Sa voix tremblait de colère.

— Auriez-vous enfin quelque chose à me dire ?

— Palsambleu ! jura le cardinal, vous êtes... pire que ce que prétendait Richelieu.

— Ne citez pas les morts ! m'exclamai-je malgré moi. Je les ai trop fréquentés ces derniers jours.

— Fermez cette porte et restez. Je l'exige !

— Qui me donne cet ordre ? Le complice d'Olympe Mancini ? Le meurtrier d'Hippolyte Le Bastard ? Le cynique parrain du roi ?

— *Santa Maria !* hurla-t-il encore, pour qui me prenez-vous et pour qui *vous* prenez-vous ?

Il se précipita vers moi, s'accrochant à ma main pour m'immobiliser et arrêter ma fuite. Il ne sentait plus sa souffrance. Du moins, il l'oubliait. Un temps, la force que contenaient ses bras devint considérable. L'ire dévorait son regard. Je le sentais prêt à tout quand ses jambes, si fragiles, le trahirent. Il grimaça, fulmina. Mais il recula.

— Disparaissez et vous mourrez, gronda-t-il en cherchant le dossier de la chaise pour soulager la douleur qui le martyrisait.

— Avez-vous commandité la mort de l'apothicaire ? répétai-je d'une voix formidablement calme.

Il resta en retrait, à trois pas, à la façon du spadassin estimant son butin. Il sondait ma volonté, ma résistance, s'en étonnait peut-être, mais n'osa avancer de crainte qu'un seul geste me décide à tourner les talons.

— Venez vous asseoir et je répondrai, céda-t-il, devinant qu'il n'avait pas d'autre choix.

Et pour me montrer qu'il capitulait, du moins que je devais y croire, il se posa sur un siège, remuant doucement la tête comme s'il doutait de ce qui venait de se produire, ne comprenant pas pourquoi nous en étions là, et combien tout ceci ne lui ressemblait guère.

— C'est le sang qui parle, soufflai-je. Le vôtre que j'agresse et que j'offense. La colère se comprend. Votre nièce Olympe a cherché à tuer le roi et voilà que, pour ajouter à ce cauchemar qui vous hante, je sais tout. Oui, quelqu'un d'autre, sur cette terre, connaît votre secret…

Son regard s'échappa sur le méchant parquet de chêne, son visage s'immobilisa. Un jour, tout cela s'arrêterait-il ?

— Aviez-vous décidé de mettre fin à mes jours ?

Il ne bougeait toujours pas.

— Et à ceux d'Isaac Renaudot ? Sur le chemin du retour ? Un piège, un guet-apens sur la route… Et l'on accusait une bande de déserteurs espagnols…

Il se redressa enfin et revint lentement à moi :

— Pourquoi me haïssez-vous tant, monsieur Petitbois ?

Et chez lui, tout n'était qu'immense lassitude.

— Je n'éprouve rien pour vous, lui dis-je. Ni haine ni peur. Je n'ai donc nul désir de vous nuire et de me venger pour l'infecte façon dont vous nous avez traités, Isaac et moi, rompant un pacte où vous promettiez d'être honnête. Je me suis forcé pour obtenir ce rendez-vous. Je n'étais animé que par la *Vérité*, je ne réclamais qu'elle seule. Vous n'aviez qu'à me l'offrir pour que je disparaisse… Et que tout retourne à l'oubli.

— Qu'en feriez-vous ? soupira-t-il.

— Depuis la guérison *miraculeuse* de Sa Majesté, j'ai eu trois jours pour réfléchir, répondis-je. Trois jours où je n'ai cessé de regretter de vous connaître et autant pour me consoler en me répétant qu'Isaac avait peut-être sauvé la vie du roi en mettant la sienne en danger. Que lui offrez-vous en retour pour son sacrifice ? Le dédain, le mensonge. Aussi, ai-je décidé de ne plus vous entendre et de vous désobéir. Je ne suis plus l'espion de la Couronne. Laissez-moi partir, à présent.

— Ne comprenez-vous pas que c'est à cause de Renaudot que je ne peux parler ? s'emporta-t-il. Ce… docteur ! Maladroit, emporté, fantasque ! Il sait ? Il bavardera, il déblatérera ! Et sans penser à mal, sans même imaginer combien il peut en produire…

— Vous employez tous les arguments pour fuir, rétorquai-je en usant de la même dureté. Cet homme est bon, droit, généreux.

Mais sur un point, je m'accordais à lui. Isaac parlait trop et, en songeant à Millard, je me souvenais combien ses indiscrétions nous avaient coûté cher.

— Je sais qu'il peut tenir sa langue, mentis-je.

Mais on ne me crut point.

— Mon passé vous renseigne, m'enfermai-je. Je mesure ce qu'il faut dire et ce que l'on doit taire.

Je m'étais présenté fort, désormais je m'affaiblissais. Je n'avais nul besoin de me justifier, de plaider ma cause, et, maintenant, de promettre et d'agir de telle sorte que je lui donnais le sentiment que je quémandais la *Vérité* et que j'étais prêt à tout pour l'obtenir. Cela suffit-il pour qu'il prenne la main ? L'idée lui vint-elle sur le coup ? Cet esprit retors organisait son piège et tournait les choses de telle sorte qu'à présent Isaac seul pouvait faire obstacle à sa sincérité.

Il me sonda et c'était à nouveau Mazarin tout entier, maître de lui et de ses manœuvres. Puis il se leva encore et alla à son bureau :

— Vous désirez connaître ce qu'il s'est passé ?

— Promettez-vous toujours pour vous renier aussitôt ? tentai-je de reprendre le dessus.

Mais le ton n'y était plus. Je fléchissais peu à peu, je capitulais car je le sentais prêt à ouvrir son jeu, à se dévoiler. Que n'aurais-je donné pour le voir pâlir, n'eût-ce été qu'un peu...

— Je suis décidé à vous offrir ce que vous réclamez, répondit-il sans hésiter. Mais j'y mets une condition.

Et sans me laisser le temps de réagir, il l'annonça :

— Vous jurerez de ne jamais partager ce que vous apprendrez. Cela signifie donc que vous devrez mentir à Renaudot et pour apaiser votre conscience, grinça-t-il, nous parlerons d'une omission.

— Comment pouvez-vous me faire confiance ? plastronnai-je. À peine sorti, je me précipiterai vers Isaac pour partager avec cet ami ce que j'aurai appris...

D'un geste lent, il ouvrit le tiroir de ce bureau sans grâce :

— Faites-le. Voilà ce qui se produira. Renaudot ne pourra tenir sa langue. Vous-même n'en doutez pas. Pour commencer, il s'agira de peu de chose, d'un écart, puis d'un autre et, un matin, toute la *Vérité* se saura. Alors Paris jasera. Et je serai en danger.

Il glissa la main dans le tiroir et arrêta son geste :

— Il me faudra donc réparer cette erreur.

— En m'envoyant *ad patres* ? le provoquai-je.

— En tuant Renaudot. Et sa mort ne sera due qu'à vous.

D'un mouvement du menton, il montra le tiroir :

— Ce que vous voulez savoir est ici. Que décidez-vous ?

❧

Isaac m'attendait devant la maison qui avait été celle du roi. Il y avait peu d'animation, la Cour se préparait à partir. En me voyant, il fit un signe qu'aucun des présents ne put ignorer. Fichtre ! En toutes circonstances, il ne renonçait pas à une sorte d'enthousiasme juvénile et hasardeux qui donnait le meilleur, et parfois le pire.

— Parlez, Antoine ! Ah ! Je meurs d'envie de vous entendre...

— Eh bien, lui dis-je, je crois que tout est fini. Je suis vieux et fatigué. Rien de la Cour et de ses intrigues ne me manquera...

— M'annoncez-vous que vous abandonnez le métier d'espion ? Diantre ! Je n'y crois pas.

— C'est fini, Isaac, répétai-je d'une voix éteinte et en baissant les yeux de peur qu'ils me trahissent. Je renonce. Je n'ai plus envie de vivre avec les secrets du royaume. Les mystères, les coups tordus et retors... Non, ce n'est guère de mon âge.

— Oui, fit-il sans s'intéresser davantage à mon cas. Mais qu'en est-il de Mazarin ? Quelle est la *Vérité* ?

❧

La *Vérité* ! Elle se résumait à un drame, de ceux qui ne se résolvent qu'en tranchant dans le vif, en sachant que le choix, cornélien, sera toujours mauvais. Connaître la *Vérité*, et pour cela trahir Isaac ? Il ne fallait douter ni de la détermination de celui qui menaçait ni, hélas, de l'innocente faiblesse de mon complice. Ainsi, j'ignorais le secret de Mazarin, ou j'acceptais de ne jamais le partager. Et j'avais renoncé à l'amitié, jurant de garder pour moi seul ce que j'apprendrais.

Alors, sa main, celle qui plongeait dans le tiroir, se montra.

Dedans, se trouvaient deux flacons.

— Renaudot avait parlé de l'antidote. Un mot, rien qu'un seul, et je savais que vous l'aviez laissé chez l'apothicaire. Voyez-y la preuve de ce que j'avançais, insista-t-il. Votre ami Isaac est rusé, courageux, mais n'est pas espion. Et incapable de se taire. Accusez-vous seul de l'avoir jeté dans un monde qui ne convenait pas à son caractère. Pendant qu'il bataillait avec Vallot sur les vertus de l'antimoine, j'ai fait... chercher l'antidote. Le roi l'a pris. Voilà tout... Je regrette la fin de l'apothicaire, soupira-t-il. Mais il s'est montré alors que mes hommes repartaient bredouilles. Dans ce capharnaüm, impossible de mettre la main sur le flacon. Et voilà que cet homme – Le Bastard, je crois – leur vient en aide. Ils n'ont eu qu'à le questionner pour qu'il tourne la tête dans la bonne direction comme l'enfant qui cache son trésor dans un placard et ne résiste pas à la tentation de regarder là où seul il ne le fallait pas... Le pillage de sa maison ? Une simple mise en scène.

Sans plus d'émotion, il se replaça au milieu de la pièce :

— Pour toujours, le roi a survécu en prenant l'antimoine qu'un médecin inconnu a concocté avec l'accord de Guénaut. L'antidote n'existe pas. Entendez-vous ?

Il bougea encore et avança jusqu'à la cheminée :

— Ni le poison.

❧

— L'antimoine, dites-vous ? Cela seul a sauvé le roi ?

Isaac hésitait à me croire. Mais n'étais-je pas son ami ?

Et je me maudissais de lui mentir.

— C'est un beau triomphe pour votre cause, osai-je affirmer.

— En effet, marmonna-t-il...

Il se pencha vers moi :

— Laissez-moi douter. Mazarin vous a trahi. D'un autre côté, si j'y gagne le combat contre Patin et sa Faculté...

— Il faut en rester là, Isaac. Voyez-vous, moi aussi je renonce.

❧

La poudre s'accouplait aux flammes. J'y songeais comme à celles de l'enfer. La *Vérité* s'y décomposait. Le poison disparut d'abord, et l'antidote ensuite. Plus rien n'existait.

— Allez-vous punir Olympe Mancini ? demandai-je à Mazarin.

— Elle l'est déjà, affirma-t-il d'un ton égal malgré l'effroyable cruauté de ses aveux. Le roi vit. Marie ne souffrira jamais de la perte de son amour... Olympe Mancini a donc doublement échoué.

— Voici le mobile, soufflai-je à moi-même. Tuer pour venger un cœur trahi et briser la vie de celle qui l'a remplacée puisque Marie n'aurait pas supporté de voir mourir Louis... Et c'est sa propre sœur qui la poussait à commettre ce crime... Afin d'augmenter sa peine, Olympe lui aurait-elle tout avoué après le décès du roi, lui reprochant alors d'avoir elle-même tendu le poison ?

Je bondis de mon siège :

— Cet être est diabolique. Son échec ne peut être la seule façon de la faire souffrir à son tour. Vous devez la condamner !

— Pour que mes ennemis comprennent que ma nièce fut celle qui voulut tuer le roi ? Croyez-vous qu'un homme comme Thierry de Millard, dont je me méfie évidemment autant que vous, ne mènerait pas le raisonnement à sa fin si j'écartais Olympe, l'emprisonnais, l'exilais en Italie ? Et pourquoi ne pas l'empoisonner ! Non, Petitbois, il me faudra vivre avec cette plaie, ne rien dire, ne rien faire. Comme vous, oublier...

❦

— Voyez-vous Mazarin organisant un complot sur cette route pour nous faire disparaître...

Nous allions à Paris. Philippe faisait entendre le fouet. Isaac tentait de m'arracher à mon silence.

— Pourquoi le ferait-il ? répondis-je d'une voix lasse et éteinte. Il n'a rien à cacher.

— Que penser de la disparition de l'antidote ? s'enquit-il.

— *Sublata causa, tollitur effectus.* Supprimez la cause en imaginant que la mise à sac de la maison de l'apothicaire est une coïncidence... Dès lors, les effets disparaissent. Mazarin n'y est pour rien. Des vandales se sont introduits pour commettre un vol.

Ils ont été surpris par notre apothicaire et ont brisé le flacon sans savoir qu'il contenait un trésor.

— Peut-être, bougonna-t-il, peu convaincu.

— Voyez ce qui est bon pour vous, Isaac, insistai-je. Le roi est sain et sauf. Le camp de l'antimoine triomphe. Ne vous entêtez pas à bâtir de vaines chimères. La vérité est parfois simple…

Il retourna à ses pensées. Combien de temps tiendrait-il sans parler de – simplement évoquer – l'antidote ?

⚜

À la fin de notre entretien, Mazarin avait pris soin de me dire combien il me remerciait d'avoir tant fait pour sauver le roi. Sans moi, sans doute serait-on passé à côté de la…

Il n'osa pas prononcer le mot *Vérité*. Il se tut.

Nous n'avions rien de bien à gagner à prolonger cet entretien.

— Avez-vous vraiment décidé de renoncer à la vie d'espion ? demanda-t-il.

Mon mutisme lui suffit.

— Au fond, étiez-vous bâti pour ce métier ? grinça-t-il. Richelieu m'avait prévenu. Vos sentiments l'emportent parfois sur la raison de l'État.

— Adieu, lui jetai-je pour toute réplique en ouvrant la porte.

Mazarin ne prit pas la peine de lever les yeux :

— Bien sûr, vous détruirez le peu d'arsenic que vous possédez.

Et même si je n'en possédais pas, je me gardai de le lui dire.

Chapitre 27

Jusqu'à la mort de Mazarin, je fus paralysé par la peur de voir surgir Eusèbe Renaudot m'annonçant le décès brutal de son frère Isaac[1]. Mais je n'ai jamais craint pour ma vie. Je m'en moquais. Elle me paraissait vide, fausse, corrompue par le mensonge que j'avais commis et l'injuste situation d'Olympe Mancini, criminelle impunie. Et pour que Mazarin ne mette jamais son projet à exécution, je n'avais que l'espoir qu'il croie à mon invention à propos du fragment de l'antidote et du poison. Et, si je l'avais gardé, c'était pour l'utiliser le jour où le malheur atteindrait Isaac. Un esprit noueux comme le sien pouvait penser que j'avais couché la *Vérité* sur le papier (c'est le cas) et que j'étais prêt à m'en servir comme arme de vengeance. C'était ma meilleure protection, et je n'avais qu'elle.

Isaac venait plus souvent me voir qu'à l'inverse. Il traversait la Seine, rejoignait la rue des Rats, discutait avec ma logeuse des vertus des racines qu'elle concoctait le dimanche dans d'immenses braisières et, elle, l'écoutait fidèlement, affrontant la faconde, l'humeur joyeuse du docteur Renaudot. Cet homme

---

1. Le cardinal meurt le 9 mars 1661, soit trente-deux mois après ces événements.

ne changeait pas. Si bien qu'ayant épuisé la brave femme, il me houspillait, parlant de moi comme de Théophraste, ce vénérable père qui avait laissé agir la vieillesse. « Rien ne vous manque ? », me demandait-il. Non, rien du tout. Ni le goût de l'action ni le charme épicé de l'aventure.

À mon tour, je l'interrogeais sur les progrès de l'antimoine et de sa médecine. C'était une manière de savoir s'il songeait toujours à l'antidote et se doutait du mensonge dont j'avais usé pour le sauver. Je me forçais à croire à la version du salut – se taire pour qu'il vive – parce qu'elle diminuait un peu mes remords. J'y ajoutais une autre raison. En menaçant de révéler l'existence de l'antidote au roi, j'avais comme déclaré la guerre à Mazarin et, pour qu'il renonce à tuer nos deux esprits rebelles, il fallait se soumettre à son clan dépravé. Ainsi je trahissais Isaac, mais je l'épargnais. Et je devais vivre avec cet autre dilemme : si Mazarin nous graciait, Olympe Mancini était libre.

Après avoir épuisé les quelques sujets auxquels je prêtais un peu d'attention, Isaac s'en retournait à la maison du Coq, et le plus longtemps possible, je suivais sa silhouette alerte, descendant vers la Seine, et ce pas décidé se perdant dans la foule. Tant qu'il se taisait…

❧

Parfois j'allais en compagnie du chevalier François Pallonges, l'ancien maître écuyer des écuries royales du Louvre, celui-là même qui nous avait permis de rejoindre Calais à bord d'un carrosse royal. Pallonges ne discutait plus de son âge et, sans se l'avouer, avait renoncé à l'idée de batailler pour des causes auxquelles, d'ailleurs, on l'associait de moins en moins. En revanche, il ne lâchait rien de son allure altière, accusant le climat pour expliquer pourquoi il boitait, et inventant toutes sortes de fariboles pour ne pas accepter d'être vieux. En été, nous nous rendions dans les jardins du Luxembourg, allant à pas comptés, dissertant sur des aventures qui appartenaient au passé. Mais je préférais les ressasser, au risque de les enluminer, plutôt que de m'intéresser aux bruits de la rue. L'oreille se fatiguait, la vue raccourcissait. Et qu'aurais-je fait de ce que le hasard m'offrait à entendre ?

Les mois passaient. Rien ne nous menaçait. Pour tout dire, la situation des Renaudot s'améliorait. Le miracle de Calais produisait ses effets. L'antimoine avait supprimé le mal dont souffrait le roi. Et qui pouvait démontrer le contraire ? Dès lors, la cause d'Isaac n'avait jamais autant progressé, obligeant la faculté de Paris à modérer ses critiques et à accorder à ce remède certains bénéfices. Eusèbe publia *L'Antimoine justifié*, puis *L'Antimoine triomphant*, en apothéose. Et s'il me venait parfois l'envie destructrice de confesser ma faute à Isaac, j'y renonçais à l'instant où il s'avançait, le visage réjoui, toujours porteur d'excellentes nouvelles qui récompensaient son acharnement et réhabilitaient la mémoire de son père, mon très cher Théophraste.

Fallait-il s'inquiéter en regardant du côté de la Cour et du roi ? Là aussi, les choses s'enchaînaient et se suivaient logiquement. Après avoir aimé passionnément Marie, et plus encore après sa *maladie* pour avoir su que la belle Italienne rougissait ses yeux sans compter, le roi réserva à la cadette des Mancini le même sort qu'à l'aînée. Oh ! Ce fut moins simple et l'aventure dura car ils soupiraient, s'enfiévraient et ne se quittaient plus. Quand le roi allait à cheval, Marie se tenait à ses côtés. Quand il dansait, c'était avec elle. S'il riait, on pouvait être sûr que sa maîtresse n'était guère loin. Ils s'écrivaient, se pâmaient et se cachaient de moins en moins. Si bien que l'entreprise commençait à devenir sérieuse. Trop pour Anne d'Autriche, trop pour Mazarin qui, se refusant à croire à la folie d'un mariage, se chargea de convaincre son filleul que l'infante d'Espagne ferait un beau parti, que l'on y gagnerait la paix, des terres, de l'or et que rien ne nuirait à la promotion d'une nouvelle favorite. Mais, de grâce, Sire, pas elle. Pas la nièce de votre cardinal. Ce fut long, en effet. Et je n'étais pas là pour assurer qu'il y eut autant de larmes des deux côtés. Mais je sais, oui, qu'ils souffrirent car ils s'aimaient. Le 7 novembre 1659, la paix des Pyrénées fut signée. Rien ne s'opposait au mariage de Louis XIV, avec l'Espagnole Marie-Thérèse d'Autriche. Si Marie crut un instant pouvoir se glisser encore dans le lit de Louis, entre ses bras, la déconvenue fut sévère. La jeunesse s'achevait. Mazarin lui dénicha un époux italien : Lorenzo Colonna, un prince romain. Elle refusa. Puis accepta et le cardinal mourut sans voir les noces. Marie n'existait plus aux yeux de Louis XIV et pour ceux de sa cour. Se douta-t-elle de son rôle, de celui de sa sœur ? Je ne pense pas. Elle erre entre l'Italie et la France, sans se fixer et, à ce jour de 1680, je la sais malheureuse pour n'avoir jamais cessé d'adorer le roi[1].

Et il n'y a, à mon sens, rien d'autre à dire sur elle.

⚜

Mazarin étant mort sans qu'Isaac soit mis en danger, je me sentis mieux et il me sembla que j'y gagnai un regain de saine vitalité. Il n'était pas possible qu'Olympe Mancini s'en sorte à si bon compte. Et je mis à profit les années qui suivirent pour surveiller cette femme incroyablement cruelle et fausse, méchante et terrifiante. Je notais ses actions, voyais combien elle cherchait encore à se rapprocher du roi,

---

1. Marie Mancini mourra en 1715, quelques mois avant Louis XIV.

œuvrant pour le bien puis le mal des favorites, se glissant dans l'intimité de tous et bravant de son audace la famille royale et la reine elle-même.

Mordiou ! J'enrageais. Mais que faire ? Allais-je crier sur tous les toits que cette Mancini avait tenté de tuer Sa Majesté, Louis XIV ? Que l'antimoine n'était pour rien dans la guérison *miraculeuse* ? En somme, nuire à Renaudot sans apporter la moindre preuve de ce que j'avançais ? Je songeais à tout abandonner, à me laisser mourir quand surgit, vingt ans plus tard, l'affaire des Poisons qui occupe les jours et les nuits de M. de La Reynie. Et, en *Vérité*, je compris alors qu'elle pouvait éclater.

Paris, le 21 janvier 1680,

À Nicolas de La Reynie,

Le plus grand limier de Sa Majesté (suite et fin)

Me voilà de retour, monsieur de La Reynie. Et je devine que le sujet vous a intéressé. Qui ne le serait pas puisqu'il s'agit de Louis XIV, devenu Roi-Soleil ? Ignoriez-vous les raisons de l'éclipse qu'il connut à Calais, en juillet 1658 ? Rien d'étonnant si on sait, comme vous à présent, que tout fut fait pour oublier. Seul le terme de *Miraculé* resta dans les mémoires parce que ce mot grandissait le personnage, augmentait l'éclat d'une âme qui avait ému le divin au point de l'épargner.

Ne m'accusez pas d'être cynique, je suis simplement lucide. J'ai entendu tant de faussetés, d'inventions, tant retenu ce que j'étais seul à connaître, cachant pendant vingt années la *Vérité* qui menaçait Isaac Renaudot et n'arrangeait personne, pas même Sa Majesté, car *il ne pouvait être possible* qu'une de Ses conquêtes ait tenté de mettre fin à Sa vie… Du moins jusqu'à l'affaire des Poisons.

Eh ! Voilà qui nous plonge sitôt dans le vif d'un sujet hantant vos jours et vos nuits. Athénaïs de Montespan, maîtresse adorée de notre roi, a-t-elle fréquenté devineresses et prêtres sataniques pour lui nuire ? S'est-elle procuré auprès de cette engeance un *philtre d'amour* aux vertus maléfiques, cherchant à tuer le roi pour se savoir trompée et bientôt démise de son rang de favorite ? Est-elle donc l'Angélique de Matteo Maria Boiardo ou Olympe ? Marie ou sa sœur ? A-t-elle un penchant irréductible pour Louis XIV ? Est-elle portée par le vice de l'amour ou celui de la mort ? Permettez-moi de ne pas vous répondre car j'ignore trop de choses à son sujet. Une opinion, peut-être, et ce sera assez. Je la crois victime d'une cabale considérable dont Racine, Colbert et autres sont aussi les accusés. Vérifiez les témoignages, mesurez ce qu'ils ont de contradictoire, soupesez leur valeur et voyez en quoi ils servent les intérêts des comploteurs. Cherchez le mobile qui servirait la cause de ceux qui haïssent le libertinage de la marquise de Montespan et parlent d'elle comme de la débauche et de la luxure et ne jurent que par la sainteté des âmes et des cœurs. Qui aurait intérêt à ce que Montespan quitte la Cour ? Sans doute les dévots dont Mme de *Maintenant*[1] est l'égérie. Ajoutez-y les sermons de Bossuet qui s'échine sur la fidélité, sans calmer l'ardeur de notre roi. Oui, que pourrait-on faire pour le détourner du *vice* de la chair et le ramener à la raison ? Nuire à la *sultane débauchée de Versailles*[2] en l'accablant à tort ? Accuser, blesser, noircir parce qu'il reste toujours *quelque chose* d'une odieuse rumeur aux effets plus redoutables que le poison ?

Je n'irai pas plus loin par crainte de vous agacer. C'est votre enquête, le roi la veut. Le lieutenant général de police doit démêler les fils d'une intrigue où s'amassent dans la même pelote les puissants et les racailles. On y voit les dames la Bosse, la Vigoureux et la Voisin – des sorcières ! – s'acoquiner avec les marquis et les chevaliers et rongeant notre société de maudits travers. Hélas, l'usage du poison ne remonte pas à hier. J'ai parlé de 1658. Mais sait-on de quoi est morte Henriette d'Angleterre, cousine de

---

1. Mme de Maintenon, ainsi surnommée *Maintenant* pour avoir pris le cœur et la place de Mme de Montespan.
2. La Sultane. Surnom donnée à Mme de Montespan.

Louis XIV[1] ? Doit-on croire que Racine tua son amante, la comédienne Du Parc ? Imagine-t-on que le courageux maréchal de Luxembourg, soldat droit et honnête, a signé un pacte avec Satan ? Ces noms vous étonnent, je les cite quand certains ne sont connus que de vous, pas même de la Chambre ardente, chargée de juger. C'est que je veille à ma façon sur cette entreprise criminelle, ne lâche pas mon sujet, crois pouvoir vous aider à éclaircir cet imbroglio afin d'arbitrer entre les innocents et les coupables, même si ce n'est pas sur ceux que je viens d'évoquer que je souhaite m'arrêter. Dans la longue liste des disparitions étranges, je choisis celle qui nourrit mon sujet et je m'arrête sur un nom : le comte de Soissons. Vous devinez pourquoi. Il s'agit du mari d'Olympe Mancini[2]. Voici un cas que je juge plus sérieux que celui de Mme de Montespan, condamnée avant d'être jugée. Rêviez-vous d'une affaire solide alors que vous ne savez comment avancer dans celle, dangereuse et délétère, qui implique Athénaïs ? Cherchiez-vous une vraie coupable pour détourner les regards qui se tournent de plus en plus vers la favorite du roi ? Manquiez-vous d'une proie à jeter en pâture à l'opinion, d'un moyen de libérer ce qui étouffe la *Vérité* ? Je vous livre tout cela.

Le comte de Soissons s'est éteint d'une étrange façon. Paix à son âme. Et pendant qu'elle hésite peut-

---

1. Henriette d'Angleterre meurt le 30 juin 1670. Anglaise par son père, et Bourbon par sa mère, elle était la petite-fille d'Henri IV, donc cousine de Louis XIV. Lors de la révolution anglaise, elle fuit en France, épouse Philippe, frère de Louis XIV... Et devient, semble-t-il, la maîtresse du roi. La liaison est secrète, mais Olympe Mancini manigance pour écarter Henriette, puis Louise de La Vallière, autre maîtresse royale, et finit par apprendre à la reine que son mari, le roi, l'a trompée avec toutes ces dames...
2. Le comte de Soissons s'éteint en 1673. l'affaire des Poisons fait ressortir ce cas suspect. Comme celui du duc de Savoie, mort d'une fièvre qui peut rappeler ce que subit le roi, à Calais.

être encore entre le paradis et l'enfer, tâchons de la soulager... Ou de la venger. Car l'affaire des Poisons a comme réveillé le mort. Paris bruisse d'horribles soupçons. Olympe, l'ondoyante épouse, serait l'empoisonneuse. On évoque un commerce avec la diablesse la Voisin. Mais ne s'agit-il pas encore d'un tapage, accusant sans assurances, cherchant à détruire comme je devine que l'on s'y emploie à propos de Mme de Montespan, de Racine ou de Colbert ? D'abord, que dit le dossier ? Que sait-on sur Olympe Mancini, comtesse de Soissons ? Sans parler de ce que je vous ai appris, est-ce la première fois que les soupçons se resserrent sur la sulfureuse Italienne ? Non, monsieur de La Reynie. Étiez-vous aux commandes de la police quand le roi aima et séduisit Henriette d'Angleterre, l'épouse de son frère Philippe, se servant de Louise de La Vallière comme d'un leurre pour cacher une relation coupable ? Savez-vous qui organisa le stratagème consistant à jeter *en même temps* dans les bras de Louis XIV Henriette et Louise, afin de « noyer le poisson », de tromper la Cour et Monsieur, cadet du roi ? Qui œuvra à ces méthodes, ajoutant la bigamie à l'adultère ? Olympe. Mancini ou Soissons. Qu'importe. C'est la même femme, le même esprit, le même vice, la même farine. Saurons-nous un jour si cette Italienne habitée par la luxure a fourni *en même temps*, à l'une ou à l'autre, comme à Marie, sa sœur, un *philtre d'amour* pour conquérir le cœur du roi ? Nous n'en sommes pas là. Cependant, on colporta des bruits sur Olympe ; qu'elle songeait à faire empoisonner Louise de La Vallière par crainte que le roi n'oublie qu'il s'agissait d'une passade et qu'il ne s'entiche réellement de cette femme, retirée au couvent après cette liaison pour ne plus avoir à endurer une intrigue tortueuse, plus nocive que le poison. Enfin, oublions-nous trop tôt que la cousine et maîtresse du roi, Henriette d'Angleterre, attachée à Louis, mourut étrangement ? Mystérieusement ? Tant qu'on ne pensait pas au poison[1]... La somme de ses débauches stupéfierait la famille des Borgia[2]. Derrière il y a un nom qui domine, celui d'Olympe Mancini, qui, en juillet 1658, tenta de tuer Louis XIV.

Je sais que dans vos rapports (ne me demandez pas comment, c'est la loi de l'espion) traîne la confession d'un charlatan, adepte de la poudre à succession, accusant Olympe Mancini d'avoir exigé d'une de ses empoisonneuses de lui concocter un *philtre d'amour* afin que le roi lui revienne. Je sais encore que, lors d'une violente discussion, elle lui ordonna de se soumettre à elle, sinon, le menaça-t-elle, « Il s'en repentirait ». Et j'ajoute que les devineresses que vous avez arrêtées en parlent comme de la plus savante doctoresse en matière de poisons. Si vous en doutiez, je crois que le récit qui précède vous en a apporté la démonstration. Mais il vous manque une garantie, un témoignage direct, une accusation qui la mettrait à la faute. Vous y songez. Vous la savez coupable. Et vous ne possédez pas encore ce qui la confondrait...

Or voici que je surgis.

Ne me demandez pas d'attester publiquement l'histoire vraie du *Miracle* du roi qui survécut en juillet 1658 à la pire des souffrances. Je ne le peux car j'ai juré de ne jamais céder à cette tentation. Non pas pour le cardinal Mazarin qui, mort, m'a soulagé de mon serment. C'est à cause d'Isaac Renaudot dont je ne veux détruire la réputation en révélant que l'antimoine ne fut pas ce qui guérit Sa Majesté. Qu'il vive, ce qui est heureusement le cas, ou qu'il passe à

---

1. À propos de la mort suspecte d'Henriette d'Angleterre, il fut aussi évoqué le nom du chevalier de Lorraine, proche de Monsieur, frère de Louis XIV et mari d'Henriette. Fut-il l'empoisonneur ? Reste que la *cause* et les *effets* ne se démentent pas. Sur ce point, Petitbois dit sans doute la *Vérité*.
2. Célèbre famille qui influença l'Italie du XVe siècle et qui régna pour beaucoup par le poison, les intrigues, le crime et le sexe.

trépas avant moi, ce dont je me consolerai peut-être en le sachant au moins auprès de son père[1], je ne m'autoriserai jamais à divulguer ce que je sais. Il en va de son honneur, de ce qui flétrirait son nom et la mémoire de son aïeul, de l'amitié aussi, et du terrible effet que produirait mon annonce sur son camp. La faculté de médecine de Paris n'attend qu'une faute pour briser les sectateurs de l'antimoine. Il y aurait procès, accusation. Isaac ne pourrait hélas se défendre. Et je crains que s'ensuive une confusion avec l'affaire des Poisons. Le combat que vous menez en faveur de la *Vérité* y perdrait beaucoup, et l'on pourrait être tenté d'en profiter pour l'étrangler. Puis vient le plus important. Peut-on évoquer l'hypothèse d'une tentative de meurtre sur Louis XIV ? Je suis certain que vous refuseriez cet étalage. Je vous l'interdirais même car vous en subiriez les effets. Le lieutenant de police Nicolas de La Reynie n'a nul droit d'assombrir les rayons du Soleil. Il existe une frontière incertaine que vous ne devez jamais franchir. Au-delà, vous brûleriez.

En somme, le passé est le passé, ainsi que l'affirmait Mazarin. Vingt années se sont écoulées. Le roi ne ressemble guère à celui de sa jeunesse. Qu'auriez-vous à gagner à déterrer ce qui n'est plus ? De sorte que vous êtes en droit de vous demander à quoi sert mon récit, et pourquoi l'ai-je confié à votre sagacité ? Eh bien ! Parce qu'il est des coupables que l'honneur et la vertu exigent de dénoncer lorsqu'ils récidivent. Je parle des vrais criminels, non de ceux que le vacarme accuse. Je dis que je vous donne la possibilité de séparer enfin le bon grain de l'ivraie, de vous appuyer sur des causes sérieuses dont les effets seront prouvés. De ne plus subir l'ouragan, mais de le dominer en accusant sur la foi de faits sincères, loyaux et vérifiables. Je ne viens donc pas à vous tel

---

1. Isaac Renaudot meurt en mai 1680.

l'anonyme dénonçant sans gage, ni charge. Je m'avance sans haine, sans passion, pour que surgisse la *Vérité*. Et j'accuse Olympe Mancini d'être coupable d'avoir empoisonné le roi, et sans doute son mari le comte de Soissons. Henriette d'Angleterre ? Je ne peux l'assurer, mais j'en suis convaincu. Je ne doute pas qu'une fois placée dans la cage, vous saurez adroitement torturer l'esprit de cette folle aventurière. Reste à savoir comment l'arrêter ? Avec quoi ? Des preuves, évidemment, il vous en faut. Et je possède ce qui vous permettra de mettre en pièces la nièce de feu Mazarin.

Vous souvenez-vous des dernières paroles de Mazarin ? Nous étions dans sa chambre. Il avait montré les flacons qui accusaient Olympe Mancini, puis les avait jetés au feu, et je devais vivre avec cela. Mais au moment de sortir, sans même lever les yeux, il avait exigé que je détruise ce que je détenais encore du poison et de l'antidote. Il croyait donc à ma fable, celle dont j'avais usé pour lui arracher un entretien. *Vous serez peut-être intéressé d'apprendre que nous avons « récupéré » chez l'apothicaire de Calais un peu de l'arsenic et de l'antidote qui avaient été mis à l'écart afin d'étudier leur composition dans l'espoir de guérir le roi. Me direz-vous ce que je dois faire de ces preuves accablantes ?*

Accablantes… Combien j'aimerais vous les offrir. Mais qui sait, sinon vous et moi, qu'elles n'existent pas ? Voyez-vous, je me suis fait à l'idée qu'Olympe Mancini n'avait pu ignorer combien elle était passée près de la déchéance, et peut-être de la mort. Mazarin lui a forcément parlé. À défaut de la désavouer, car il se condamnait et me l'avait expliqué, leur entretien fut sans doute rude. Je ne dirai rien du cardinal qui composa avec sa nièce – et ce moment dut être long –, mais je devine qu'il la menaça du pire. Pour freiner sa folie, a-t-il évoqué l'existence d'une preuve *accablante* ? Une pincée, un simple fragment du poison et de l'antidote étaient détenus par un homme capable de surgir chez le roi pour lui expliquer la *Vérité*. Un homme qui avait pu aussi bien écrire sa confession et la mettre en sûreté afin de l'utiliser le moment venu. Quand Mazarin, son protecteur, serait mort ? Depuis, le danger virevolte au-dessus d'elle comme l'épée de Damoclès. Un crin casse, le désastre arrive. Un mot, la voilà soumise, accusée par les révélations d'un homme coutumier des secrets et de l'ombre, un conseiller qui servit la Couronne et à qui Richelieu remit un anneau, synonyme de son estime et de sa confiance. Un témoin indiscutable dont vous pourriez vous servir. Sans le faire apparaître...

Voici que je propose un plan, celui d'arrêter Olympe Mancini, d'affirmer que les preuves existent. Brandissez ma confession. Usez-en pour la faire pâlir. Servez-vous de votre talent de questionneur qui effraye l'assassin. Il sera trop tard quand elle comprendra que vous ne cherchiez qu'à lui faire avouer le crime d'un mari. Que l'éclipse du roi restera secrète. Ensuite, jouez-en comme d'un *donnant donnant*. Vous tairez l'affaire de Calais si elle cède sur le meurtre de son époux. Et pour qu'elle se livre, parlez encore de Marie, de l'antidote. Du *Miracle*. Munissez-vous d'un flacon où gît de l'arsenic. Je l'ai décrit. Tout est possible, y compris de croire que son impunité n'existera pas.

Mais je m'emporte, décide à votre place. Irez-vous au bout de cette entreprise dangereuse ? Aurez-vous le courage qui me manqua ? Je vous confie ce qu'il me reste d'honneur. Vengez-le, au nom de la *Vérité*, que je meure en sachant si elle éclate enfin.

Antoine Petitbois
L'espion de la Couronne

Épilogue

Selon certaines descriptions[1], Gabriel Nicolas de La Reynie, le premier lieutenant de police de Sa Majesté Louis XIV, était maigre et petit. Des bas au chapeau, ses effets déclinaient le noir, comme sa perruque frisée, épaisse, tombant sur l'épaule et qui ne le grandissait pas. Son visage s'illustrait entièrement par un long nez coincé entre deux yeux énormes auxquels s'ajoutait, pour finir le portrait, une voix fluette que ses ennemis comparaient à celle du pivert. Qu'on ne doute pas. Ils se moquaient peut-être, mais seulement dans son dos, car rien de pire ne pouvait se produire qu'un désaccord avec La Reynie.

Cet homme n'était ni aimable ni chaleureux mais aucunement colérique. Égal, en somme, dans son indifférence ou sa sévérité. D'un jour à l'autre, rien ne variait chez lui et l'on soutenait encore qu'il dormait peu, sommeillant dans un bureau austère où trônait un crâne shakespearien qu'il caressait en écrivant pour Sa Majesté le rapport de tournées nocturnes au cours desquelles il rencontrait les *mouches*, les auxiliaires de sa justice intraitable, fidèles délateurs disséminés dans la foule, *déguisés* en manants,

---

1. Voir du même auteur, *L'Insoumise du Roi-Soleil*, Éditions J'ai lu, n° 8289.

ce qui les rendait discrets, invisibles, anonymes, et plus dangereux qu'un chat fixant la souris au coin de l'ombre. Combien d'écumeurs se faisaient ainsi prendre dans les mailles de ses filets ! Crapules, chenapans, coupe-jarrets et, depuis peu, sorcières et devineresses succombaient à la méthode tentaculaire du policier du roi, droit dans des bottes qu'il portait avec des talons. Décidé jusqu'à l'entêtement à ce que l'ordre règne, La Reynie, du Marais à la Cour des Miracles, terrorisait Paris, peu à peu domestiquait la ville. Pas une ruelle borgne, pas une impasse, pas un porche, pas un parvis d'église n'échappait à la vigilance de ses gens, les *mouches*.

L'étrangeté de La Reynie conduisait à s'interroger sur son cas. Comment cet être austère, insensible au vice et à ses tentations, et que l'on imaginait plutôt dans les habits d'un anachorète désintéressé par le monde et ses turpitudes, pouvait-il comprendre les ignominies de l'âme humaine ? Pourtant, tel le jésuite entendant la confession de ses ouailles, rien ne l'étonnait ou le surprenait. L'égorgement d'une matrone au marché Saint-Pierre pour le prix de son cabas, le martyre d'un enfant à qui on avait ôté un œil pour fabriquer un mendiant, la luxure, la débauche orgiaque ou cruelle, le vol, le viol, l'enlèvement, la torture… En somme, la litanie des péchés capitaux ne nuisait en rien à son équilibre. Mains croisées dans le dos, il menait son enquête. Questionnait peu et à coup sûr. Puis, généralement, emprisonnait, et passait au cas suivant, allant au milieu de la lie commune, vulgaire, infâme, sans se départir de son air distant. Si bien que, résistant à son métier infernal et ne succombant à aucune de ses folies, La Reynie s'en sortait. Réussissait. Et tout aurait pu agir de concert, le policier et les forbans, puisque l'un ne va pas sans les autres, chacun conjuguant la brutalité à sa manière. Lui, le lieutenant incorruptible, étouffait un peu le mal du monde imparfait, maniant pour cela la répression avec prodigalité et le pardon avec plus d'avarice. Quand surgit cette affaire des Poisons. Alors, La Reynie montra son humanité.

Il devint impatient et pour tout dire fébrile.

❧

Cela avait sottement débuté. Une devineresse, revendiquant le rôle de la sibylle, fut accusée de bouillir le sang du crapaud, manière particulière d'exploiter une mode : voir se réaliser ce que l'on désirait. Vouliez-vous la mort de l'époux ? La prêtresse s'y engageait sur la foi de Satan en troquant un sachet de poudre mortelle contre une bourse sonnante. Mais ses prédictions finirent par être connues. Arrêtée, elle libéra sa conscience et mit fin à la torture qu'on lui faisait subir en citant des noms, et parmi eux ceux de nobles membres de la société. La marquise de Brinvilliers en faisait partie. La Reynie ne retint pas ses *mouches*. Elles se posèrent chez l'accusée où l'on découvrit de quoi expliquer la mort de son père et de ses frères. Des héritiers en somme. Chez elle, le poison était classé selon l'usage recherché. Mort lente ou rapide ? Des bruits incroyables circulèrent. Ceux qui avaient soupé chez la marquise se souvinrent qu'ils s'étaient sentis mal, et l'on comprit après coup – ce qui augmenta l'effroi ! – que la marquise expérimentait ses recettes sur ses invités. L'affaire fit grand bruit, et le roi lui-même ordonna à La Reynie de faire toute la lumière. Il n'en fallut pas plus. Consciencieux, méthodique, calme et déterminé, notre petit homme en noir se lança dans la bataille. Et, de fil en aiguille, il découvrit que la poudre à succession était d'un usage fréquent, autant chez les plébéiens que chez les princes.

Les empoisonneurs furent piégés car ils se fournissaient chez les mêmes *boutiquiers*. La Voisin, une sorcière qu'on imaginait sortie d'un mauvais conte de l'excellent Charles Perrault, fut vite arrêtée puisque La Reynie excellait dans son métier. Mais la bouche de la Voisin ne tarda pas à vomir ces crapauds qu'elle avait tant cuisinés. Et voici que l'enquête sur les poisons grossissait, devenant, au fur et à mesure des progrès du policier, un scandale. Pour qu'elle devienne une Affaire, il lui manquait un ou deux noms, dont celui de Mme la marquise de Montespan, la favorite du roi. On l'accusait, fournissait des détails, citait Des Œillets, sa dame de compagnie, pourvoyeuse de philtres d'amour, de remèdes contre l'indolence, adepte d'us sataniques où se combinaient des messes noires. Antoine Petitbois avait raison. À propos de Montespan, il s'agissait pour beaucoup de rumeurs enchevêtrant la jalousie de tous et la perfidie de la dame Des Œillets, décidée à nuire à la favorite du roi pour de viles raisons dont la plus incroyable était ce chuchotement : Des Œillets était grosse du roi. Mais la servante ne comptait pas. En attaquant sa maîtresse, on visait le roi, sa conduite, sa licence – donc son impiété –, et tout servait cette cause, même les enfantillages de Montespan qui usait peut-être d'élixirs dans l'espoir d'accroître l'attachement du roi à sa personne. Mais dans la bouche vénéneuse de ses détracteurs, ces breuvages se métamorphosaient en poison. Sombre affaire... Embarrassante pour La Reynie. Arrête-t-on un cheval emballé ? Le roi avait voulu la *Vérité*. Désormais, celle-ci l'encombrait.

❧

L'officier de police songeait à ses désagréments, seul dans son bureau, survolant du regard ces dossiers, ces enquêtes, ces mémoires consignés un à un et qu'il lui faudrait emporter quand il quitterait le Louvre pour rejoindre Versailles où le roi avait décidé d'installer son État. Dans ces milliers de pages, il y avait de quoi garantir l'enfer à la moitié de la Cour et embastiller l'autre. L'aube se levait sur le lundi 22 janvier 1680 et notre personnage avait passé la nuit à lire le récit d'Antoine Petitbois. Il connaissait l'espion de la Couronne. Intègre et honnête, comme lui, et, pas un instant, il n'avait douté de sa sincérité, pendant d'un caractère trop entier, rebelle, qui, Richelieu parti, avait beaucoup coûté à la carrière de l'espion de la Couronne. D'ailleurs il n'avait eu nul besoin de plus de preuves pour savoir que la comtesse de Soissons, Olympe Mancini, la nièce de Mazarin, était passée dans le camp des suspects. Il la suivait à la trace, recueillait, multipliait les témoignages et se disait aussi, comme Petitbois, qu'il serait bon pour le roi, et pour lui, de détourner les regards de la Cour et des caciques qui ne lâchaient plus la marquise de Montespan.

S'intéresser à Olympe devenait une *déviation* astucieuse. Les oisifs de Paris se jetteraient sur cette femme sulfureuse, connue pour ses éclats, ses manœuvres, ses manigances, et qu'il offrirait en effet en « pâture », selon les vœux de l'espion de la Couronne. Mancini, c'était un peu, pour nombre de sujets grands ou petits, comme se venger du souvenir de Mazarin, un nom brillant et détesté, mais qui appartenait au passé, donc moins encombrant que celui de Montespan. L'affaire de Calais, rapportée par Petitbois, donnait à La Reynie l'occasion de briser la comtesse de Soissons qui serait désemparée par l'évocation d'un scandale qu'elle croyait enterré. En y joignant ce qu'il possédait sur la mort étrange de son mari, il disposait d'assez d'éléments pour la soumettre.

Le donnant donnant dont avait parlé Petitbois appartenait au genre de la manipulation, un art dans lequel le policier excellait. Il lui serait facile de négocier son silence sur la tentative de régicide contre l'aveu du meurtre du comte de Soissons, fort banal pour l'époque et ce milieu. La Reynie signerait ainsi un beau succès qui ne gênerait pas le roi. Montespan passerait au second plan. Enfin, Petitbois verrait le triomphe de la *Vérité*, soulageant sa conscience du mensonge forcé à son ami Isaac Renaudot.

Ce plan lui semblait parfait. Équilibré. Et il s'installa à sa table afin de rédiger deux messages. Le premier, par prudence, visait à se voir autoriser par Sa Majesté l'arrestation d'Olympe Mancini. L'autre était destiné à Petitbois, un homme de l'ombre qu'il connaissait pour tenir à jour une fiche bien remplie sur ce personnage qu'il appréciait malgré ses excès, ses défauts, son exaltation, et pour se reconnaître, chacun à sa façon et selon ses méthodes, dans les mêmes habits du serviteur de l'État. Le mot était rédigé ainsi : « Votre honneur sera soulagé. » Plus bref était impossible, plus prudent non plus, mais La Reynie existait ainsi. De même, il prit soin de conserver le pli qu'il destinait à Antoine Petitbois, attendant pour l'expédier d'obtenir la réponse de Louis XIV. Elle vint vite. Au soir du 22 janvier, Louis XIV signifia son accord.

❦

On se demande encore pourquoi La Reynie ne porta pas lui-même au roi cette lettre si importante. Mais le policier s'affairait au Louvre et Sa Majesté à Versailles, détaillant avec Le Nôtre le chantier des jardins du futur palais qui occupait ses pensées et dévorait son temps. En lisant la missive de La Reynie, le roi ne put retenir une sorte d'exclamation. Olympe, c'était sa jeunesse. Il pensa peut-être à Marie, sa sœur. Un peu de nostalgie le gagna et – hélas – il s'en ouvrit d'un rien à un courtisan, membre bienheureux de sa suite. Quelques mots annonçant ce qui allait se produire et qu'il offrit au marquis de La Palonges, oisif parmi les oisifs, favori d'un jour, témoin de hasard d'une émotion naturelle, mais surtout ami de Godefroy Maurice de La Tour d'Auvergne, duc de Bouillon et... mari de Marie-Anne Mancini, la dernière de la lignée, une enfant lors de l'affaire de Calais[1]. Le marquis de La Palonges, être faible, ne résista pas au plaisir de faire savoir que le roi l'honorait de sa confiance et mit le duc dans la confidence, lui faisant jurer de garder ce secret que lui-même n'avait pu conserver, serment rompu le jour même par le nouveau dépositaire pour plaire à son épouse que l'on disait plus belle encore qu'Olympe ou Marie, et dont le sang italien aussitôt s'enflamma. Il lui fallait sauver celui de son clan...

Le 23 janvier au soir, Olympe se montrait dans un salon. Elle brillait. Quand soudain on vint la prévenir que tout était perdu et que La Reynie venait l'arrêter. Pas un instant, elle ne douta du messager. Il se présentait de la part de sa sœur, la duchesse de Bouillon qui avait donc trahi son mari afin d'avertir Olympe du danger qu'elle courait. L'intrigante blanchit, comme le pensait Petitbois, et se reprit sur-le-champ, portant sa main criminelle au collier de perles qui décorait sa gorge. Elle se força à sourire à son voisin, abandonna mille livres à la table de jeu et se retira *illico presto*. Dans la nuit, elle filait vers le nord, passait la frontière et ne revint jamais sur les terres du roi de France.

Quand Petitbois apprit la fuite de la comtesse de Soissons, il crut à une sorte de malédiction. Sa confession n'avait donc servi qu'à cela. Pour éviter le scandale – l'étouffer – on avait préféré conseiller à Olympe Mancini de s'exiler. Se refusant de douter de

---

1. Hortense, Laure, Victoire, Marie... et Marie-Anne. Voici la lignée complète des (seules) filles Mancini.

la probité de La Reynie, Petitbois en vint à croire que l'âme de feu le cardinal Mazarin continuait, d'où qu'elle se dissimulât, à veiller sur le sort des Mancini. Et le vieil espion de la Couronne se persuada qu'il s'éteindrait sans qu'un juste châtiment puisse s'exercer.

C'était oublier l'entêtement discret et monastique du premier lieutenant de police du roi qui n'avait pas plus supporté la témérité insolente et scandaleuse d'Olympe Mancini.

❧

Bien après, alors que l'affaire des Poisons s'achevait sur ordre du roi qui avait fait dissoudre la Chambre ardente créée pour juger les auteurs de ces crimes épouvantables, La Reynie confia à Sa Majesté les pièces du dossier qu'il avait scrupuleusement conservées. L'esprit ordonné de l'enquêteur se reconnaissait au classement qui renfermait, bien en place, les interrogatoires, les aveux crapuleux, les confessions les plus sordides, les descriptions de messes noires. Louis XIV brûla les entrailles abyssales du mal sans y jeter un œil, persuadé de détruire des jours et des nuits de patientes investigations. Mais tout avait-il *vraiment* disparu ? L'encombrante affaire des Poisons appartenait-elle au passé, comme ce mois de juillet 1658 à Calais ? Écornant à cette seule occasion le principe inaltérable de l'obéissance, le prudent La Reynie avait gardé ses notes personnelles, parmi lesquelles figuraient le récit de Petitbois et une chemise épaisse consacrée au destin des Mancini. Celui qui aurait pu accéder à ce dossier noir y aurait aussi remarqué une copieuse correspondance entre Petitbois et lui, car tous deux entretenaient une relation épistolaire sous les sobriquets de *Vacarme* pour le policier et de *Silence* pour l'espion. En résumé, les lettres démontraient que l'impunité, du moins pour cette famille, les Mancini, n'existait pas.

Olympe avait échappé à la justice. Mais sa vie devint celle du paria, allant de l'Angleterre à la Flandre, sans revoir Paris... ou Calais. Marie, on le sait, jamais remise de son histoire d'amour avec le roi, connut le même sort, errant de Venise à Pise, perdant peu à peu son esprit et sa beauté. Philippe, ce frère qui avait tant donné de sa personne pour qu'éclose l'éducation amoureuse de Monsieur, frère du roi, connut l'isolement *manu militari* en France avant de rejoindre tantôt Marie, tantôt Hortense, une autre des filles Mancini, exilée à son tour, comme poursuivie par l'exécration qui, désormais, frappait son nom. On apprit bientôt qu'elle demeurait en Angleterre, dans la misère. On ne parlait que de sa beauté, et jamais il ne fut question de poison, mais la malédiction qui s'acharnait sur ce clan italien se porta sur la descendance. Ainsi, Eugène de Savoie-Carignan, fils d'Olympe, fut écarté de l'armée où il cherchait à faire carrière. Et on raconte qu'il mourut étouffé dans son lit. Marie-Anne Mancini, duchesse de Bouillon à qui l'on devait le départ soudain de sa sœur Olympe, fut présentée aux juges de la Chambre ardente. Elle en sortit, la tête sur l'épaule, mais subit l'exil, avant, telle l'exception confirmant la règle, de revenir en grâce. Mais c'était sans doute pour faire taire les rumeurs qui parlaient d'acharnement sur les Mancini, ce qui était d'ailleurs le cas.

Quoi d'autre ? Un dernier mot à propos de la correspondance entre Petitbois et La Reynie. Dans l'une des lettres qu'ils échangèrent, *Vacarme* conseillait à *Silence* de coucher sur le papier ce qu'il avait vécu en avril 1671, lors de la réconciliation du roi avec le prince de Condé au château de Chantilly. *Vacarme* disposait sur cet événement d'un rapport incomplet et il se souvenait que l'espion de la Couronne avait œuvré à l'occasion. Dès lors, s'il trouvait agréable de disposer de son temps en racontant la *Vérité* sur cette affaire capitale...

Et *Silence*, malgré son âge, ne résista pas à ce projet.

FIN

Remerciements

Mes remerciements iront en premier lieu à Thierry Billard, mon éditeur et mon ami depuis de longues années. Tant d'affection et de complicité ont rendu nos vies indissociables. Nous sommes comme les quatre mains d'un même projet. Je n'oublie pas Virginie Plantard, vigie intraitable, ennemie de la facilité, lectrice hors pair qui traque et *trouve* la répétition, *démêle* les fils du récit pour vouloir et aimer le meilleur. Un nom encore, celui de Maryse Israël qui corrige ligne après ligne afin que brille l'œuvre, et peut-être son auteur – un mot qui ne dit pas ce qu'il doit à l'armée de ceux qui, dans l'ombre, de l'alpha à l'omega, du premier signe à la fin, vouent leur vie au plaisir de ceux qui lisent.

Bibliographie sommaire

Au lecteur,

Pour celle ou celui qui souhaiterait poursuivre l'aventure de ce livre, ou l'approfondir, je fournis ci-après une brève bibliographie, extraite des nombreuses sources que j'ai consultées lors de l'écriture de *1658, L'Éclipse du Roi-Soleil*.

Ce qui suit ne se veut pas une somme (il faut ajouter les ressources prodigieuses de l'Internet), mais un choix libre, dicté par mes préférences et par la qualité de ces sources inépuisables.

⚜

Les Femmes du Roi-Soleil, Simone Bertière, Le Livre de Poche.

Les Médecins au temps de Molière, Maurice Raynaud, Didier et Cie.

Du *Médecin volant* au *Malade imaginaire*, le théâtre de Molière sur la médecine du XVIIe siècle.

Le Roi-Soleil se lève aussi, Philippe Beaussant, Gallimard.

Louis XIV, François Bluche, Fayard.

La Société de cour, Norbert Elias, Champs Flammarion.

Remarques sur la santé du Roy, Antoine Vallot, extraits, in *La Revue du praticien*.

Louis XIV – 1. Le Lever du Soleil, Jean-Pierre Dufreigne, Pocket.

Les rois qui ont fait la France. Louis XIV, Georges Bordonove, J'ai lu.

Table

L'espion de la Couronne
Volume II

J'AI LU

9493

Composition
NORD COMPO

Achevé d'imprimer en France (Malesherbes)
par MAURY-IMPRIMEUR
le 2 février 2011.

Dépôt légal février 2011.
EAN 9782290029633

ÉDITIONS J'AI LU
87, quai Panhard-et-Levassor, 75013 Paris

Diffusion France et étranger : Flammarion